國際學術研討會

古龍武俠小說 領先時代半世紀

【記者賴素鈴／報導】江湖代有才人出，這廂古龍凋零二十載，那廂今朝懸賞百萬獎新秀，浪淘不盡，唯有武俠熱愛，不隨時間變易，在學術研討會上更見分明。以「一代鬼才：古龍與武俠小說」爲主題，淡江大學第九屆文學與美學國際學術研討會昨起在國家圖書館，展開爲期兩天的議程，紀念武俠小說家古龍逝世二十周年，新生代學者與古龍故舊齊聚一堂，以文論劍話武俠。

日前與淡大中文系教授林保淳共同發表《台灣武俠小說發展史》，武俠小說評論家葉洪生昨天在專題演講中，直批胡適1959年底發表「武俠小說下流論」是「胡說」，學界泰斗的不當發言以及隨即展開的「暴雨專案」，反而促成1960年起台灣武俠新秀的繁興，「武俠小說迷人的地方，恰恰在門道之上。」，葉洪生認定，武俠小說審美四原則在文筆、意構、雜學、原創性，他強調：「武俠小說，是一種『上流美』。」

集多年心血完成《台灣武俠小說發展史》，葉洪生認爲他已爲從十歲起迷上武俠小說的半世紀畫上完美句點，並且宣布他「以後決心退出武俠論壇，封劍退隱江湖」。

雖然葉洪生回顧武俠小說名家此起彼落，套太史公名言「固一世之雄也，而今安在哉？」，認爲這是值得深思的嚴肅課題，昨天意外現身研討會而備受矚目的溫世禮，則爲了紀念同是武俠迷的哥哥溫世仁，推出第一屆「溫世仁武俠小說百萬大賞」，即日起至今年10月3日截止收件，經兩階段評選後於明年12月7日公布首獎得主，預料將會是一場武林新秀的龍虎爭霸戰。

看明日誰領風騷？風雲時代出版社發行人陳曉林眼中的古龍，其實領先他的時代半世紀，以致如今雖然古龍逝世20年，陳曉林認爲大家對古龍的了解仍然有限，預言未來世代更能和古龍的後設風格共鳴。

昨天這場研討會，也凸顯武俠小說作爲一項文學研究門類，仍有待開發學習空間。多位與會者都指出，武俠小說的發表、出版方式和管道具考證難度，學術理論與論文格式的建立待加強。而武俠名家的版權之爭、市場競爭力，也增加出版推廣困難，古龍武俠小說的版權糾紛、司馬翎作品的版權官司也成爲研討會的場外話題。

與

第九屆文學與美

古龍兄為人慷慨豪邁、跌蕩自如，變化多端，文如其人，且復多奇氣，惜英年早逝。余與古兄當年交好，且喜讀其書，今既不見其人，又無新作可讀，深自嘆惜。

金庸

一九九六、十、十一、香港

流星・蝴蝶・劍

（上）

【導讀推薦】

大章法、大寫意、大象徵

——《流星·蝴蝶·劍》導讀

覃賢茂
（武俠文學評論名家）

一、別開生面的古龍

古龍名氣之大，是別的作家所難以夢想到的。古人說宋朝詞人柳三變名滿天下，「凡有井水飲處，即能歌柳詞」。這句話也許完全可以照搬到古龍身上。

金庸是武俠小說作家的另一個泰斗式的人物，他更早的成功，製造了中國文人幾千年來正統的「修身、治國、齊家、平天下」的夢想得以完滿實現的神話。金庸在五〇年代就已獲得了成功，古龍則遲至六〇年代末期才算真正修成正果，雖然二者同樣創下了一統江山，但是可以並不誇張地說：兩人相比較，古龍的成功，更具有無法想像的艱鉅難度。

舊派武俠小說，經過金庸卓有成效和用心良苦的改良，其藝術性和思想性在金庸的十五部小說中達到了巔峰，這個巔峰不能說不是一個神話。當時所有的人都以為金庸的小說盡善盡美，無人能與匹敵，是一個凡人所無法逾越的巔峰和絕頂，一個根本不可能打破的神話。當時已經流行了這樣一個口號：「金庸之後再沒有武俠小說。」但是所有的人都認爲做不到的事，古龍卻做到了。古龍打破了金庸神話。當古龍將他才華橫溢的作品擺到了讀者和評論家面前時，人們才開始驚歎：原來武俠小說竟可以這樣寫！原來武俠小說這樣來寫竟是這樣的美好！

古龍讓我們看到了完全不同的一個新的高度，新的境界。我們的眼界因古龍的指點而亮了起來，高了起來，開闊和爽朗了起來。

如果說金庸是舊派武俠小說的改良者、總結者、集大成者，那麼古龍則是新派小說的締造者、開拓者、樹豐碑者。

如果沒有古龍，武俠小說藝術性和思想性的發展當然就停止在金庸的身上，起碼很長很長的一段時間將是這樣停止下來。古龍以一種大無畏的氣概給武俠小說注入了全新的活力。開創了一個改天換地的新世界。古龍將這個建設新世界的工作完成得太出色了。以至於在他打破了金庸這個神話的同時，製造出了一個新的屬於古龍的神話，這是一個天才宗師的神話。這個神話不僅包括古龍龐大的作品的數量和精湛獨創的質量，還包括了古龍本人傳奇的一生，浪漫的一生，落拓和惆悵的一生。

二、不斷創新的境界

古龍一生的七十一部作品，其風格隨著時間的推移是有很大差別的。

古龍一生的作品大該可以分爲四個階段：第一階段是試筆階段；第二階段是成熟階段；第三階段是輝煌階段；第四階段是衰退階段。這樣的四個階段比較準確地描述了古龍畢生作品的風格和水準的變化趨向。

在一九六九年前後，古龍不論在意境或風格上，均發生了意想不到的大突破，從此他的小說進入了一個海闊天空的全新境界。古龍的創作進入第一個階段的頭兩年就發表了三部幾乎是他一生寫得最精彩的重要作品。

一九六九年，古龍發表了《多情劍客無情劍》，境界上突然拔高到一個卓異的高度，緊接著在一九七〇年又發表了《蕭十一郎》，同樣獲得了巨大成功。《蕭十一郎》是一個奇蹟，也是一個契機，通過這部作品的寫作，古龍創造的新派武俠小說的風格得以進一步的成熟和發展。一九七〇年古龍繼《蕭十一郎》又隆重推出了精華之作：《流星·蝴蝶·劍》。古龍繼續在脫胎換骨，操演一種新的刀法。同年，《流星·蝴蝶·劍》改編成電影，錦上添花，再次征服了讀者挑剔的審美趣味。

一九七〇年左右是古龍一生中創作上的黃金時節。這時幾乎古龍隨便寫的一篇作品，都是精彩絕倫，可以傳世的。

古龍的創作雖然已經創立了一種全新的風格，但此時他又正是靈感橫溢，天縱英才的時候，因此此時的特點是，他又不完全爲了這種全新的風格所拘束。

這時古龍的新派風格更多地是發自於靈感和激情的需要，而古龍更後一些的作品，則是有了觀念的束縛，落於爲新而新，爲變而變之嫌了。特別是古龍創作中衰退的階段，往往只是對自己既有的風格的繼續和因襲了。

《流星·蝴蝶·劍》是內在激情的，如行雲流水的，自然自如的，毫無黏滯的，這就是《流星·蝴蝶·劍》足可列爲古龍寫得最好的精品行列之一的原因。

這時對於古龍來說，主導他創作的只是他要創造的欲望，要寫的欲望，所以這時他對「怎樣寫」就考慮得少些。

古龍因此犯了一個大忌，差一點受到批評者的毀滅性的抵制。因爲古龍在《流星·蝴蝶·劍》的故事上幾乎是西方暢銷小說《教父》的翻版。

小說一開始的許多細節都是從《教父》中搬過來的。

「老伯」就是「教父」，猶如同《教父》小說中的黑手黨的首領。老伯慷慨仗義，幫助歸屬於他的人，這些細節在《教父》中是相同的；萬鵬王的愛馬最後被砍下了頭煮在了他自己的鍋裡，這一細節也完全是《教父》中的。

古龍在開始寫《流星·蝴蝶·劍》時並沒有去多想，他只是要寫，只是要寫那些首先已經打動了他自己的東西，即使這東西別人已經先用過。

古龍自信就是「炒陳飯」也會炒出一盤美味，比當初的還要好，還要誘人。況且古龍覺得這並不是什麼問題，他的許多前輩都這麼做過，例如梁羽生就照搬過《牛虻》中的現成的情節，金庸也這麼幹過，有過先例。古龍照搬《教父》中的故事寫《流星·蝴蝶·劍》，他有很多理由，這是最重要的一條。

古龍舉金庸的例子說：「可是在他初期的作品中，還是有別人的影子。在《書劍恩仇錄》中，描寫『奔雷手』文泰來逃到大俠周仲英家，藏在枯井裡，被周仲英無知的幼子，爲了一架望遠鏡出賣，周仲英知道這件事後，竟忍痛殺了他的獨生子。這故事幾乎就是法國文豪梅里美最著名的一篇小說的化身，只不過將金錶改成了望遠鏡而已。」

古龍又說：「武俠小說最大的優點，就是能包羅萬象，兼收並蓄——你可以在武俠小說中寫『愛情文藝』，卻不能在『文藝』小說中寫武俠。每個人在寫作時，都難免會受到別人的影響，『天下文章一大抄』，這句話雖然說得有點過火卻也並不是完全沒有道理。一個作家的創造力固然可貴，但聯想力、模仿力，也同樣重要。」

但是《流星·蝴蝶·劍》發表之後，批評的苛求的呼聲還是高得讓古龍沒有想到。

許多年以後古龍還不得不爲自己一再辯護。古龍說：「模仿不是抄襲。我相信無論任何人在寫作時，都免不了要受到別人的影響。《米蘭夫人》雖然是在德芬·社·莫里哀的陰影下寫成的，但誰也不能否認它還是一部偉大的傑作。在某一個時期的瓊瑤作品中，幾乎到處都可以看到《蝴蝶夢》和《咆哮山莊》。《藍與黑》這名字，也絕不是抄襲《紅與黑》的，因爲他有他自己的思想和意念。你若被一個人的作品所吸引所感動，在你寫作時往往就會不由自主的模仿他。我寫《流星·蝴蝶·劍》中的老伯，就是《教父》這個人的影子。他是『黑手黨』的首領，頑強得像是塊石頭，卻又狡猾如狐狸。他雖然作惡，卻又慷慨好義，正直無私。他從不怨天尤人，因爲他熱愛生命，對他的家人和朋友都充滿愛心。我看到這麼樣一個人物時，寫作時就無論如何也丟不開他的影子。」

「但我卻不承認這是抄襲。假如我能將在別人的作品中看到那些偉大人物全部介紹到武俠小說中來，就算被人辱罵譏笑，我也是心甘情願的。」

古龍這些談話，反覆爲自己辯護，反擊那些對於他的不切實際的攻擊和指責。

實際上古龍並不需要這樣長篇大論地辯解，真正有見識的讀者是早已接受了他的這部小說，認可了他的這種「改寫」。

事實上，《流星·蝴蝶·劍》無論從思想性，藝術性，還是可讀性上，都遠遠是《教父》所不能比的。

《教父》中的教父，當然不能和「老伯」相比。

「老伯」的形象是中國文化傳統「風流」之俠；教父的性格是被扭曲的，而「老伯」的處事言行，無一不是發自於他自我內在的人性的「真善美」。

老伯不是聖人，不是完人，也不是社會意義上的正面人物，但老伯是莊子筆下的「真人」，超逸灑脫，不拘於外界的一切戒律，唯求能明其本心，盡其本性。

古龍的筆下成功的俠客形象迥異於金庸筆下的「俠之大者」，古龍筆下的「俠」之風流和風采，追求的是人性的自由，人性的解放。

老伯有一種人格的偉大力量。

老伯非但放過了高老大，還把她一心想奪取的地契送給她；但老伯這並不是爲了「行義」，爲了「收買」，爲了「愛他的仇敵」，老伯拉高老大一把，只因爲他自己內在的偉大的人格的力量。

古龍無疑是欣賞老伯這樣的人物的，也爲這樣的人物的人格力量所感動，所以孟星魂最終改變了立場，與老伯站到了一起。

三、唯美、驚艷與詩意

《流星·蝴蝶·劍》是古龍的極品之作中最讓人驚異和不可思議的一部。古龍寫這部小說，是以全身心在投入，灌注了他的靈魂和精血之氣，他寫孟星魂，簡直就是在寫自己。

古人有「詩讖」的說法，《流星・蝴蝶・劍》便是古龍之讖，一種神秘和不由分說的命運的驗證。

「流星的光芒雖短促，但天上還有什麼星能比它更燦爛，輝煌！」

「蝴蝶——牠美麗，牠自由，牠飛翔。牠的生命雖短促卻芬芳。」

小說的主題飛速地逼近和切入，驚豔、撲朔迷離而環環相扣，密不容針的情節把我們帶進了超越的詩意和境界。極端情景下不斷出現的極端衝突和衝突的緩解，使我們產生了一種高度的閱讀審美和愉悅。

孟星魂人稱江湖第一冷血殺手，本來是奉自己的恩人，又像是母親又像是情人的高老大之密令，要去取老伯的性命的。

孟星魂厭倦了殺人的孤獨寂寞生涯，他終於在生活中找到了真愛，開始了覺醒，走上了向上的一面。

律香川的陰險狡詐是超群的，他不僅毀滅了十二飛鵬幫的萬鵬王，還背叛了老伯，幾乎陷老伯於死地；律香川能夠欺騙老伯，正所謂「君子可以欺之以方」。

老伯雖不是君子，他光明的一面會使他自己看不到陰暗。

孟星魂終於站到老伯這一方來了。

邪惡終於還是不可能戰勝正義，律香川背叛了老伯，最後他也嘗到了被人背叛的滋味。

「死也許並不是很痛苦，但被朋友出賣的痛苦，卻是任何人都不能忍受的！」

「黑夜無論有多麼長，都總有天亮的時候。」

和古龍的所有作品一樣，《流星·蝴蝶·劍》謳歌的還是光明的力量！英雄情懷，武林膽色，《流星·蝴蝶·劍》真是寫得轟轟烈烈，可歌可泣。《多情劍客無情劍》寫得纏綿，《蕭十一郎》寫得悲壯，《流星·蝴蝶·劍》則是寫得英氣勃發，寫出了一種好男兒的膽色。

「只要你有勇氣，有耐心，就一定可以等到光明。」

「你致命的敵人，往往是你身邊的朋友。」

這一尖銳殘酷的斷語，在《流星·蝴蝶·劍》中第一次正式明確了，其後古龍的小說開始經常出現這一主題。

四、經典之作的印證

作爲一部武俠小說，《流星·蝴蝶·劍》只能算得上一個中篇，篇幅並不長，然而其格局，其氣派，其藐遠，卻是自成一格，雅致精細，可賞可玩，絕非其他大而不當的長篇可比。

文法和結構的精嚴，正可謂作者「全書在胸」，一場絕大的陰謀，一種懾人魂魄的懸念，不到最後一刻，是無法確然瞭解的。作者充滿激情而又有所嚴謹節制的敘述，如行雲流水，緩急有度，層層推進，又迂迴曲折，能指和所指達到高度的統一。這種大章法、大寫意，技術層次上是超一流的水平。

全書的情節和結構，分爲以下五層：

第一層包括第一章到第七章，以孟星魂奉高老大之命去刺殺老伯爲弄引，切入老伯和萬鵬王之間爭霸的故事作爲全書的大背景，展開了揭露誰是老伯嚴密組織內的背叛者這一全書結構上的主線。在第一層中，孟星魂和高老大，老伯的律香川，萬鵬王一方，都快速上演精彩節目，三國鼎立，群雄爭勢的複雜關係明白建立，讀者一下子就能進入故事，迫切關注局勢的發展，追尋懸念的疑釋，進行閱讀快感的衝鋒。但到第一層情節演示結束之時，線索卻又掐斷，一切回到起點，讀者此時已可能不想讀下去。

第二層應包括第八到十二章，小蝶的出現豐富和擴大了場景，新的衝突繼續牽引讀者到更新更高的視野，孟星魂和小蝶之間純真幻美的愛情遭遇，撥高著全書的主題的境界，愛的力量戰勝了邪惡，頑石般封閉著內心真情的老伯，開始了潛移默化的改變，在惡勢力的窒迫中，光明開始出現。這一層中，葉翔獻身的感人故事，適宜地起到穿針牽線的作用，真相在抽絲剝繭地合理繼續展開。和第一層的故事一樣，線索在這時又再次中斷，一切又回到起點，除了閱讀的審美和快感，讀者對懸念的瞭解，還是一無所知，這正是古龍的擅場獨勝，是高明的大章法大文法，正如金聖歎評釋《水滸》所說：「偏是急殺人事，偏要故意細細寫出，以驚嚇讀者，斯作者快活也。」但讀者卻是愈這樣，愈是手不能釋卷，因爲「讀書之樂，第一莫樂於替人擔憂。」

結構的第三層爲第十三章到第十七章，情節迴宕周旋之後，倏然又推上了驚心動魄的高峰。

這一層的內容，主要寫律香川猙獰面目的按捺不住，精心設局謀算老伯終於一擊得手。局勢雖最爲緊迫，但讀者卻因終於發現了幕後黑手而略舒一口氣。古龍準確地捕捉行文的節奏，再次佈下新的懸念：老伯雖已受傷中毒但還是從律香川的眼皮底下溜走，他還有機會，他還有多大的秘密？多大的能力？讀者不能不替古人擔憂，「然若此篇者，亦殊恐得樂大過也。」

本書第四層，為第十八章到第二十四章，如果借用起承轉合的說法，此層情節已在轉移，善的勢力在向上挺進，惡的一面不能不去作配戲。這一層是厚實飽滿的大過渡，過渡的場景必須同樣精緻和有著持續的閃光點，才能繼續刺激讀者保持一種新鮮的敏銳奔赴最後的目的地。這一層中幾個故事雖然是過渡和點綴，卻寫得可圈可點，章法謹嚴，正如獅子搏兔一樣，也同樣用著搏象一般的全力。馬方中一家的故事，孫巨的故事，都是震驚著讀者的善良人性，讓人扼腕歎息和揪心不已。而另一些場景，如井下密室中的老伯和鳳鳳之間上演的一些小鬧劇，讀來也是繞有趣味，在極小處也體現了作者透人紙背的靈性和才情，最後孟星魂的出現，恰到好處地推進了情節的發展，找到了突破口。

本書的第五層也就是最後一層，包括第二十五章到第二十九章，當然是全書的大收尾，大結穴，完成了全書的大框架，大結構。一部大書，無數文字，七曲八折，千頭萬緒，至此脈絡通貫，快然清理。首先是書中一開始就暗藏的伏筆，孟星魂的朋友和兄弟：石群，至此歸案，雖事出突然，卻又合於文理，正是文章收尾的高明手法。然後是高老大完全暴露，驚醒夢中人。最後是書中前文處處照顧，點到為止的易潛龍，出來一總全局，將讀者期待已久的快意閱讀推向高潮和圓滿。全書結束時流星的神秘象徵再次出現，給人以言雖盡而意無窮的無盡回味。

《流星·蝴蝶·劍》堪稱經典之作，由此可見。其文本的結構完美盡善，文法精嚴，正如金聖歎評《水滸》時所說：「蓋天下之書，誠欲藏之名山，傳之後人，即無有不精嚴者，何謂之精嚴，字有字法，句有句法，章有章法，部有部法是也。」金聖歎又謂：「如《水滸傳》七十回，只用一目俱下，便知其二千餘紙，只是一篇文字，中間許多事體，便是文字起承轉合之法」。古龍的《流星·蝴蝶·劍》，照我們以上五個層次的結構分析來看，確類於此。

《流星·蝴蝶·劍》是古龍列作巔峰狀態時的一部作品。是古龍的那種全新武俠小說文體和藝術風格的代表作之一。《流星·蝴蝶·劍》寫出了古龍小說所獨有的那種俠客的風流，劍舞的浪漫，英雄的寂寞，使這部小說像詩歌一樣，表現出熱愛和水與火的特質，賦予小說豎琴和酒神一樣浪漫和風流的色彩，展示出人類處世最大的智慧和經驗，響動著對真、善、美追求的共鳴，對寧靜、和平、恬適生活的熱愛，讓人們像品味詩歌一樣品味著無以言傳的美好和純真質樸的情感。

感謝古龍爲我們留下這樣的一本好書。

古龍精品集 11

流星・蝴蝶・劍(上)

目錄

一　殺手行動

流星的光芒雖短促，但天上還有什麼星能比它更燦爛，輝煌！

當流星出現的時候，就算是永恆不變的星座，也奪不去它的光芒。

蝴蝶的生命是脆弱的，甚至比最鮮艷的花還脆弱。

可是牠永遠只活在春天裡。

牠美麗，牠自由，牠飛翔。

牠的生命雖短促卻芬芳。

只有劍，才比較接近永恆。

一個劍客的光芒與生命，往往就在他手裡握著的劍上。

但劍若也有情，它的光芒是否也就會變得和流星一樣短促。

流星劃過夜空的時候，他就躺在這塊青石上。

他狂賭，酗酒。

他嫖，在他生命之中，曾經有過各式各樣的女人。

他甚至殺人！

但只要有流星出現，他都很少錯過，因爲他總是躺在這裡等，只要能感覺到那種奪目的光芒，那種輝煌的刺激，就是他生命中最大的歡樂。

他不願爲了任何事錯過這種機會，因爲他生命中很少有別的歡樂。

他也曾想抓一顆流星，當然那已是很久以前的事了。現在他剩下的幻想已不多，幾乎已完全沒有幻想。

對他這種人來說，幻想，不但可笑，而且是可恥。

這也就是世界上最接近流星的地方。

山下小木屋的燈光還亮著，有風吹過的時候，偶爾還會將木屋中的歡笑聲、碰杯聲，帶到山上來。

那是他的木屋，他的酒，他的女人！

但他卻寧可躺在這裡，寧可孤獨。

天上流星的光芒已消失，青石旁的流水在嗚咽，狂歡的時候已經過去了，現在他必須冷靜，徹底的冷靜下來。

因爲殺人前必須絕對冷靜。

他現在就要去殺人！

他並不喜歡殺人。

每當他的劍鋒刺入別人的心臟，鮮血沿著劍鋒滴下來的時候，他並不能享受那種令人血脈賁張的刺激。

他只覺得痛苦。

但無論多深邃，多強烈的痛苦他都得忍受。

他非殺人不可。

不殺人，他就得死！

有時一個人活著並不是爲了享受歡樂，而是爲了忍受痛苦，因爲活著也是種責任，誰也不能逃避。

他開始想起第一次殺人的時候。

洛陽，是個很大的城市。

洛陽城裡有各種人，有英雄豪傑，有騷人墨客，有的豪富，有的貧窮，還有兩大幫派的幫主，三大門派的掌門人住在城裡。

但無論誰的名聲都不如「金槍李」那麼響亮。無論誰的產業都沒有金槍李一半多，無論誰也無法抵擋金槍李的急風驟雨七七四十九槍。

他第一次殺人，就是金槍李。

金槍李的財富和名聲並不是天上掉下來的，所以他有很多仇人，多得連他自己都記不清。

但卻從沒有一個人妄想來殺他，也沒有人敢。

金槍李手下有四大金剛、十三太保。每個人的武功都可說是江湖中第一流的，還有兩個身長八尺的力士爲他扛著金槍。

這些人經常寸步不離他左右。

他自己身上穿著刀槍不入的金絲甲，別人非但無法要他的命，根本無法近他的身。

就算有人武功比他高，要殺他，也得先突破七道埋伏暗卡，進入他住的金槍堡去。打退圍擁在他四周的力士、四金剛、十三太保，然後一槍刺入他的咽喉，絕不能刺在別的地方。這一劍絕不能有絲毫錯誤，絕不能慢半分。因爲你絕不可能有第二次機會。

沒有人想去刺這一劍，沒有人能辦得到。

只有一個人能辦得到，這人就是「他」，就是孟星魂。

他先花了半個月的工夫將金槍李的生活環境、生活習慣、左右隨從，甚至連每天的一舉一動都打聽得清清楚楚。

他又花了一個月的工夫混入金槍堡，在大廚房裡做挑水的工人。

然後，他再花一個半月的工夫等待。

什麼事都容易，等卻不容易，金槍李就像是一個冷淡而貞節的處女，永遠不給任何人一次侵犯他的機會，甚至，連洗澡、上廁所的時候，他身旁都有人守護。

可是，只要能等，機會遲早總會來的——處女總有做母親的時候。

的。

有一天，狂風驟起，吹落了金槍李頭上的高冠，緊貼在他身旁的四個人同時搶著去追。

金槍李的目光也跟隨著被風吹走的帽子。

在這一刹那間，沒有人留意別的，因爲這一刹那實在太短，沒有人能把握住這一刹那機會的。

所以他們疏忽了，他們認爲這根本沒有什麼值得擔心的。

孟星魂就在這一刹間衝了過來，斜劍一刺。

只一刺！

劍往金槍李左頸後的血管刺入，右頸前的喉管刺出！

劍立刻拔出。

鮮血激飛，霧一般的血珠四濺。

血霧迷漫了每個人的眼睛，劍光驚飛了每個人的魂魄！

血霧散開的時候，孟星魂已到十丈外。

沒有人能形容他身法的速度，同時更沒有人能形容這一劍的速度。

據說金槍李入殮的時候，眼睛還是瞪著的，目中還是充滿了懷疑和不信。

他不信自己也會死！

他死也不信有人能殺得了他的。

金槍李的死訊立刻震動了天下，但孟星魂的名字卻還是沒沒無聞。

因爲誰也不知道是什麼人下的毒手。

快。

有人發誓要找到這「兇手」，爲金槍李報仇。

有人發誓要找到這「救星」，跪下來吻他的腳，感激他爲江湖除了一害。

還有些一心想成名的少年劍客，也在找他，卻只不過是想跟他鬥一鬥，比比看是誰的劍快。

這些他全不在乎。

殺了人後，他就一個人跑回那孤獨的小木屋，躲在屋角流著淚嘔吐。

到現在，他雖已不再流淚，無淚可流，但每次殺了人後，每次看到劍鋒上的血漬的時候，他還是忍不住要一個人躲著偷偷嘔吐。

殺人前，他是完全冷靜，絕對冷靜，極端冷靜的。

可是殺人後，他就再也不能控制自己。

他必須狂賭，酗酒，爛醉，去找最容易上手的那個最好看的女人，來將殺人的事忘卻。他很難忘卻，甚至根本無法忘卻。

所以他只有繼續不停的狂賭，酗酒，繼續不停的找女人。

直到他下一次殺人的時候。

那時他就會一個人跑到山上，在流水旁的青石上躺著，什麼事都不做，什麼事都不想。

他不能想，也不敢想。

他只是勉強地使自己冷靜下來，好去殺另一個人。

這個人和他既不相識，也沒有恩怨，甚至連見都沒有見過。

這個人的死活本來也和他全無關係。

可是現在他必須去殺這個人。

他殺他只因為高老大叫他這麼樣做。

他第一次見到高老大的時候，才六歲。那時他已餓了三天。

飢餓對一個六歲大的孩子來說，甚至比死更可怕，比「等死」更不可忍受。

他餓得倒在路上，幾乎連什麼都看不到了。

六歲大的孩子就能感覺到「死」，本是件不可思議的事。

但那時他的確已感覺到死——也許那時他死了反倒好些。

他沒有死，是因為有隻手伸過來，給了他大半個饅頭。

高老大的手。

又冷，又硬的饅頭。

當他接著這塊饅頭的時候，眼淚就如春天的泉水般流了下來。淚水浸濕了饅頭。他永遠不能忘記又苦又鹹的淚水就著冷饅頭嚥下咽喉的滋味。

他也永遠無法忘記高老大的手。

現在，這隻手給他的不再是冷饅頭，而是白銀、黃金，他要多少就給多少。

有時這隻手也會塞給他一張小小的紙條，上面只寫著一個人名，一個地方，一個期限。

紙條是那個人的催命符！

「蘇州，孫玉伯，四個月。」

四個月，這期限就表示孫玉伯在四個月內非死不可。

自從他殺了金槍李之後，他從來沒有再花三個月的時間殺一個人。

就算他殺點蒼派第七代掌門人天南劍客的時候，也只不過用了四十一天。

這並不是因爲他的劍更快，而是因爲他的心更冷，手也更冷。

他知道再也不必花三個月的工夫去殺人。

高老大也知道。

但現在，期限卻是四個月，這已說明了孫玉伯是個怎麼樣的人，要殺這個人是多麼困難、多麼艱苦。

「孫玉伯」這名字孟星魂並不生疏，事實上，江湖中不知道孫玉伯這名字的人，簡直比佛教徒不知如來佛的還少。

在江湖中人的心目中，孫玉伯不但是如來佛，也是活閻羅。他善良的時候，可以在一個陌生的病孩子床邊說三天三夜故事，但他發怒的時候，也可以在三天中將祁連山的八大寨都夷爲平地！

這顯赫的名字，此刻在孟星魂心裡卻忽然變得毫無意義了，就好像是一個死人的名字。

他甚至又可想像出劍鋒刺入孫玉伯心臟時的情況。他也能想像得到孫玉伯劍鋒刺入他自己心臟的情況。不是孫玉伯死，就是他死。

這其間已別無選擇的餘地，只不過無論是誰死，他都並不太在乎。

東方漸漸現出曙色，天已亮了。

乳白色的晨霧漸漸在山林間、泉水上升起，又漸漸一縷縷隨風飄散，誰也不知飄散到什麼地方，飄散到消失爲止。

人生，有時豈非也正和煙霧一樣！

孟星魂慢慢的站了起來，慢慢的走下山。

小木屋就在山下的楓林旁，昏黃的燈光照著慘白的窗紙，偶爾還有零星的笑聲傳出來。屋子裡的人顯然不知道歡樂已隨著黑夜逝去。現實的痛苦已跟著曙色來了，還在醉夢中貪歡一晌。

孟星魂推開門，站著，瞧著。

屋子裡已只剩下四、五個人，四、五個似乎完全赤裸著的人，有的沉醉，有的擁睡，有的卻只是在怔怔的凝視著酒樽旁的孤燈。

看到孟星魂，沉醉的半醒，相擁的人分開，半裸著的女孩子嬌笑著奔過來，白生生的手臂似蛇一般纏住了他脖子，溫暖的胸貼上他的胸膛。

她們都很美麗，也都很年輕，所以她們還未感覺到出賣青春是件多麼可怕的事，還能笑得那麼甜，那麼開心！

「你溜到哪裡去了，害得我們連酒都喝不下去了。」

孟星魂冷冷的瞧著她們，這些女孩子都是他找來的，爲她們，他袋中的銀子已水一般流出。

半天前，他還會躺在她們懷裡，像唸書般說著連他自己也不相信的甜言蜜語。現在他卻只想說一個字。

「滾！」

「你叫她們滾？」

軟榻上半躺著一個男人，赤裸的上身如紫銅，衣服早已不知拋到哪裡去了，但身旁卻還留著一把刀。

一把紫銅刀，刀身上泛著魚鱗般的光。他穿不穿衣服都無妨，但這柄刀若不在手旁的時候，他就會覺得自己好像是完全赤裸著的。

孟星魂淡淡的瞧了他一眼，道：「你是誰？」這人笑了，道：「你醉了，連我是誰都忘了。我是你從三花樓請來的客人，我們本來是在那裡喝酒碰上的，你一定要請我來。」他忽然沉下了臉，道：「我來，是因爲你這裡有女人，你怎麼能叫她們滾？」

孟星魂道：「你也滾！」

這人臉色變了，寬大粗糙的手握住了刀柄，怒道：「你說什麼？」

孟星魂說道：「滾！」

刀光一閃，人躍起，厲聲喝道：「你就算醉糊塗了，就算是忘了我是誰，也不該忘了這把紫金魚鱗刀！」

紫金魚鱗刀的確不是普通的刀，不但價值貴重，份量也極重，不是有身家的人用不起這種刀，不是愛出鋒頭的人不會用這種刀，不是武功極高的人也用不了這種刀。

江湖中只有三個人用這種刀。孟星魂並不想知道他是誰，只問他：「你用這柄刀殺過人？」

這人道：「當然！」

孟星魂道：「殺過多少人？」

這人目中露出傲色，道：「二十個，也許還不止，誰記得這種事。」

孟星魂凝注著他，身體裡彷彿有股憤怒的火焰自脊髓衝上大腦。

他總覺得殺人是種極痛苦的事，他想不通世上怎會有人殺了人後還沾沾自喜，引以為榮。

他痛恨這種人，正如他痛恨毒蛇。

紫金刀慢慢的垂下，紫銅色的臉上帶著冷笑，道：「今天我卻不想殺人，何況我又喝了你的酒，用過你的女人……」

他忽然發覺孟星魂已向他衝了過來，等他發覺了這件事時，一個冰冷堅硬的拳頭，已打上了他的臉。

他只覺得天崩地裂般一擊，第二拳他根本沒有感覺到。

甚至連疼痛和恐懼他都沒有感覺到。

很久很久以後，他才覺得有陣冷風在吹著他的臉，就像是一根根尖針，一直吹入了他的骨骼，他的腦髓。

他不由自主伸手摸了摸嘴，竟已變成了綿綿的一塊肉，沒有嘴唇，沒有牙齒，上面也沒有鼻子，鼻子已完全不見。

這時他才感覺到恐懼。

一種令人瘋狂崩潰的恐懼突然自心底湧出，他失聲驚呼。

別人遠遠聽到他的呼聲還以爲是：一隻被獵人刀鋒割斷喉管的野獸。

木屋中已沒有別的人，樽中卻還有酒。孟星魂慢慢的躺下，把酒樽平放在胸膛上。

酒慢慢的自樽中流出，一半流在他胸膛上，一半流入了他的嘴。

辛辣的酒經過他的舌頭，流下咽喉，流入胸膛，與胸膛外的酒彷彿已融爲一體，將他整個人都包圍住。

他忽然覺得有種暈眩的感覺。

平時，在殺人前，他總是保持著清醒，絕不沾酒。

但這次卻不同。他忽然覺得自己不該去殺那個人，也不想去，在那個人的身旁，彷彿正有種不祥的陰影，在等著他。

等著將他吞噬！

第七杯酒喝下去的時候，她眼睛大亮了起來。

世上喝酒的人大致可以分爲兩種，一種人喝了酒後，眼睛就會變得矇矇矓矓，佈滿了血絲，大多數人都屬於這一種。

她卻是另一種。

第九杯酒喝下去的時候，她的眼睛，已亮如明星。

屋子裡有六、七個人正在擲骰子，骰子擲中的聲音，脆如銀鈴。

燈也是銀的，嵌在壁上，柔和的燈光照著桌上精緻的瓷器，照著那紫檀木上鋪著大理石的桌子，照著那六、七張流著汗的臉。

她心裡覺得很滿意。

這是她的屋子，屋子裡所有的一切，全都是她的，而這屋子，只不過是她財產中極小極小的一部份。

這幾人不是家財萬貫的富商鉅賈，就是聲名顯赫的武林豪傑，本來甚至連瞧都不會瞧她一眼，現在卻全都是她的朋友。

她知道她只要開口，他們就會去爲她做任何事，因爲他們也同樣有求於她，她也隨時準備答應他們各種奇怪的要求。

迎門坐著的一個留著短髭，穿著錦袍的中年人，就是魯東第一豪族秦家的第六代主人。

有一天他帶著酒意說，他什麼都吃過，就是沒吃過一整隻烤熟的駱駝。第二天，他剛張開眼，就看到四條大漢抬著他的早點進來。

他的早點就是一整隻烤熟的駱駝。

在她這裡，你甚至可以提出比這更荒唐的要求，在她這裡你無論要什麼，都絕不會失望。

但就在十幾年前，她還一無所有，連一套完整的衣服都沒有，只能讓一些無賴貪婪的眼睛在她身上裸露的部份搜索。

那時無論誰只要給她一套衣服，就可以在她身上得到一切。

現在她卻已幾乎擁有一切！

她眼睛愈亮的時候，酒意愈濃。

骰子聲不停的響，賭注愈來愈大，臉上的汗也愈來愈多。

看著他們的臉，她忽然覺得很可笑，這些平日道貌岸然的男人，一遇到賭和女人，就變成一群狗，一群豬，一群豬和狗的混種。

她想吐。

那邊有人在喊：「這次我作莊，老闆娘要不要過來押一注？」

她過去，隨隨便便押了張銀票，作莊的人是個鏢局的鏢主，還開著幾家飯莊，平時總喜歡在她面前賣弄他那又粗又壯的身體，和手上那塊漢玉戒指，表示他不但有錢，還有人。

她當然知道他在打她的主意。

莊家擲出的點子是「十一」，他笑了，露出了滿嘴餓狗般的黃板牙。

她隨隨便便的拈起骰子，一擲，擲了一個「四紅」。

莊家雖然笑得已有點勉強，卻還在笑，可是當他看到她押下的銀票上寫著「五萬兩整」的時候，他的臉就變成比牙齒更黃、更黑了。

她笑了笑，道：「這是鬧著玩的，算不得認真，宋三爺身上若是不方便就學兩聲狗叫，讓大家樂一樂，這次賭的算是狗叫。」

爲了五萬兩銀子，相信很多人都願意學狗叫。

但她已輕輕推開門，悄悄溜了出去，她生怕自己會當場吐出來。

曙色已臨，廣大的園林，在曙光中顯得更加神秘。

她沿著小徑走，走出了這一片美麗的園林，就到了山腳下的木屋，一推開門，就看到了半醉的孟星魂。

她悄悄走過去，向他伸出了手……

孟星魂並沒有睡著，也沒有醉，他只是不願意太清楚。

聽到腳步聲，他張開眼，就看到了她的手。

無論誰都不能不承認這是雙極美麗的手，只不過略嫌太大了些，正顯示出這雙手的主人那種倔強的性格。

現在看到這雙手的人，絕不會相信這雙手曾經在結了霜的地下挖過番薯，在幾十尺深的廢礦穴下挖過煤。

她凝視著他，輕輕拿起了他胸膛上的酒樽，道：「你不該喝酒的。」

她的聲音雖溫柔，卻帶著種命令的方式。

她的確可以命令他。

「高老大」並不是大哥，是大姐。他的生命就是這雙手給他的，在當時說來，那塊又冷又硬的饅頭實在比世上所有的黃金都珍貴。

那時正是戰亂饑災最嚴重的時候，你隨時可以在路旁看到餓死的人，餓死人並不奇怪，能活下去才真是怪事。

沒有家，沒有父母，什麼都沒有，一個六歲大的孩子居然活了下去，不僅是怪事，而且是奇蹟。

奇蹟就是高老大造成的。

她造了四個奇蹟——有四個孩子跟著她，最小的才五歲，而她自己，也不過只是十三歲的孩子罷了。

爲了養活這四個孩子，爲了養活她自己，她幾乎做過任何事情。

她偷，她搶，她騙，她甚至出賣過自己。

她十四歲的時候就被一個屠夫用兩斤肥肉換去了童貞，她始終沒有忘記那張壓在她臉上淌著口水的臉。

十五年後，她找到那屠夫，將一柄三尺長的刀從他嘴裡刺了下去。

初升的陽光溫柔的灑滿了窗紙。

她走過去，拉起窗簾，她不喜歡陽光，因爲在陽光下已可看到她眼角的皺紋。

孟星魂忽然道：「你是來催我的？」

高大姐笑了笑，道：「你從來用不著我催，也從來沒有讓我失望。」

孟星魂道：「但這次……」

高大姐道：「這次怎麼樣？」

孟星魂道：「這次我不去行不行？」

高大姐猝然轉身，盯著他，道：「爲什麼？你怕孫玉伯？」

孟星魂沒有回答，因爲他自己也不知道如何回答，他得先問自己：「我是不是怕？不是。」

一個人若連死都不怕，還怕什麼！

那只是一種厭倦，一種已深入骨髓，滲透血液的厭倦，厭倦了殺人，厭倦了流血，厭倦了這種永遠見不到陽光的生活。

這種生活豈非正如妓女一樣？

他前面只有一條路，後面卻有條鞭子。過了很久，他才回答道：「我只是不想去。」

高大姐美麗的笑容忽然凝結成冰，道：「不行，你非去不可。」

她走得更近了些，又道：「你知道，石群在西北，小何入了京，暫時都回不來，何況，這件事只有你能做，只有你才能對付孫玉伯。」

孟星魂道：「葉翔呢？」

高大姐冷笑，道：「葉翔！他現在只能抱抱孩子。」

孟星魂道：「他以前做過的。」

高大姐道：「以前是以前。」

她臉色漸漸和緩下來，柔聲道：「我已經給過他三次機會，我不能再讓他令我失望一次。」

孟星魂臉上沒有表情，一點表情也沒有，但他右邊的眼角卻在不停的跳動，每次他感覺到傷心和憤怒時，就會這樣。

他和石群、小何、葉翔，都是被高大姐養大的孩子，葉翔是他們其中的領袖，他不但年紀最大，也最聰明，最堅強！

但現在……

高大姐嘆息了一聲，忽然在他身旁坐下，躺下，道：「不要跟我爭了，我已經累得很……」

她的手慢慢的伸過去，握著了他的手，緩緩接著道：「我知道你也累得很，但生活就是這樣子的，我們要活下去，就不能停下來。」

活下去？誰能在乎活下去！

但人生中總有些事是你不能不在乎的。

孟星魂閉起眼睛，道：「你若一定要我去，我就去。」

高大姐的手握得更緊，道：「我知道你絕不會令我失望。」

她的手柔軟而溫暖。從他六歲開始，這雙手就常常握著他的，她是他的朋友，他的長姐，也是他的母親。

但現在，他忽然發覺這隻手帶來了另一種完全不同的情感。

他張開眼，瞧著她的手，然後慢慢的從手上向上移動，終於看到了她的面靨，她的眼睛。

她的眼睛清澈而明亮，但她的臉，卻是矇矇矓矓的，陽光已被厚厚的簾子隔在窗外，燈光也已滅熄。

他忽然覺得她就像是陌生人，一個陌生而美麗的女人。

她也在看著他，過了很久，才輕輕嘆息，道：「你已經不是個孩子了。」

他不是，他十三歲的時候已不再是個孩子。

高大姐道：「我知道你找過很多女人呢！」

孟星魂道：「很多。」

高大姐道：「你有沒有喜歡過她們？」

孟星魂道：「沒有。」

高大姐道：「你若不喜歡她們，她們就無法令你滿足，一個人若永遠不能滿足就會覺得厭倦。」

她笑了笑，笑得那麼溫柔，那麼嫵媚，道：「也許，你根本還不懂得女人，還不知道一個女人能給男人多麼大的鼓舞。」孟星魂沒有說話，他的喉頭上下移動。

他看著她。

她站了起來，慢慢的站了起來，姿態是那麼柔和優美。

她的手放上衣鈕，衣鈕解開……

忽然間，她就已完全赤裸，她的腰還很細，胸還很挺，腿依然修長而結實，皮膚依然像緞子般發光。

她絕不像是個青春已逝去的女人。

站在這熹微朦朧的晨光中，她看來依然像是個春天的女神。

她在看著他。

忽然間，他覺得一種無法形容的衝動，連咽喉都似已堵塞，在這一瞬間，他已忘卻過去，忘卻將來，甚至連現在都已忘卻了。

她慢慢的俯就向他，聲音溫柔而遙遠，輕輕的道：「你若懂得女人，就不會再厭倦，我要教你懂得……」

她的呼吸溫柔如春風，帶著種令人們心醉的甜香。

她也許已醉了，但酒也化做了甜香。

雖然青春已逝去，但她依然是個不可抗拒的女人。

孟星魂在秋日已帶著寒意的晨風中猛奔，就像是一隻中了箭的野獸。

他奔跑的時候，眼淚突然流落。

他想，他要，可是他不能接受，無論誰都不知道他想得多麼厲害，可是他不能接受。

他第一次衝動是在十三歲的時候，那時他們還在流浪，有一天睡在別人的穀倉裡，是夏天，穀倉裡又悶又熱，半夜他被熱醒，無意中發現她正在角落裡用冷水在沖洗。

月光從穀倉頂上的小窗照下來，照著她赤裸裸的，發著光的胴體，她的手在自己的胸膛上輕揉，咽喉裡發出一聲聲夢囈般的呻吟。

然後她身子突然痙攣，整個人都似已虛脫。

就在這時，他覺得自己小腹中像是燃起了一團火，他咬緊牙，閉起眼睛，汗水已濕透了衣服。

自從那時開始，他每一次衝動的時候，都不由自主會想到她，想到她那隻在胸膛上輕揉的手，想到她那痙攣發抖的腿。

每次事後他都會有種犯罪的感覺，拚命禁止自己去想，他甚至在身上偷偷藏著根針，每次只要一想到，就用針刺自己的腿。

他年紀愈大，腿上的針眼愈多，直到他真正有了女人的時候。

但他只要一閉起眼睛，還是忍不住要將別的女人當做她。

他永遠想不到有一天能真正得到她。

他的確想，的確要，可是他無論如何也不能接受。

他從木屋中衝出來的時候，她臉上那種表情就如被人重重摑了一耳光，在一個女人來說，世上簡直沒有比這種更大的侮辱。

他也知道她心裡的感覺，但卻非拒絕不可。

她永遠是他的姐姐，是他的母親，也是他的朋友，他不能破壞她在他心目中的這種地位，因爲這地位永遠沒有別人能代替。

林中的樹葉已開始凋落。

他奔入樹林，停下，緊緊擁抱著面前的一棵樹，用粗糙的樹皮摩擦自己的臉，只覺得臉是濕的，卻不知是血還是淚？

陽光已升起，林外的庭園美麗如畫。三千里內，再也找不出第二個如此美麗的庭園，同時更不會找到比這裡更迷人的地方。

各種不同的人，從各種不同的地方到這裡來，就像是蒼蠅見到了肉上的血，就算在這裡花光了最後一分銀子，也不會覺得冤枉。

因爲這裡是「快活林」。

在這裡，你不但可以買得到最醇的酒、最好的女人，還可以買到連你自己都認爲永遠無法實現的夢想。

只要你夠慷慨，在這裡你甚至可以買到別人的命！

這裡絕沒有錢買不到的東西，也絕沒有不用錢就可以得到的東西，到這裡來，就得準備花錢，連孟星魂都不能例外。

沒有人能例外。

因爲這裡的主人就是高寄萍高老大。將近二十年艱苦、貧窮的流浪生活，教會了她一件事：「親生子也不如手邊錢」，世上絕沒有任何事比錢更重要的。

沒有人能說她不對，因爲她從貧窮中得到的教訓，比刀割在自己的肉上還痛苦、還要真實。

小橋旁的屋子裡，正有幾個人走出來，手攬著身旁少女的腰，一面打著呵欠，一面討論著方才的戰局。

一場通宵達旦的豪賭，有時甚至比一場白刃相見的生死搏鬥更刺激，更令人疲倦。

孟星魂認得最先走出來的一個人姓秦，是魯東最大世家的這一代主人，年紀已大得足夠做他身旁少女的祖父。

但他身體還是保養得很好，精力還是很充沛，所以每年秋天，他都要到這裡來住一段日子。

孟星魂忽然想：「要買孫玉伯性命的人並不多，是不是他？」

要買人性命的代價當然很大，夠資格買孫玉伯性命的人並不多，以前孟星魂殺人的時候，從不想知道買主是誰，但這次，他忽然有了好奇心。

姓秦的這一夜顯然頗有所獲，笑的聲音還很大，可是他的笑聲突然間停頓了，因為小橋上正有個人從那邊走了過去。

這人的身材很高，很魁偉，穿著件淡青色的長袍，花白的頭髮挽了個髮髻，手裡叮噹作響，像是握著兩枚鐵膽。

孟星魂看不到他的臉，只能看到秦護花的臉。

秦護花在武林中的地位並不低，已可與當代任何門派的掌門人分庭抗禮，但他看到了這個人，臉上的神色立刻變得很恭謹，閃身在橋畔躬身行禮。

這人只點了點頭，隨意寒暄了兩句，就昂然走了過去。

孟星魂真想過去看看這人是誰，但卻不能。

在這裡，他只不過是個永遠不能見到天日的幽魂，既沒有名，也沒有姓，既不能去相識別人，也不能讓別人認得他。

因爲高老大認爲根本就不能讓江湖中知道有他這麼樣一個人存在。

他這一生就是爲了殺人而活著，也必將爲了殺人而死。

他若想活得長些，就絕不能有情感，絕不能有朋友，也絕不能有自己的生活。

他的生命根本就不屬於自己。

二 梟雄之搏

孟星魂忽然覺得連這棵樹都比他強些，這棵樹至少還有它自己的生命，至少還能自己站得很直。

他推開樹，站直，樹上突然垂下了一隻手，手裡有酒一樽。

一個低沉嘶啞的聲音道：「這麼早就清醒了，可不是件好事，趕快來喝一杯。」

孟星魂低著頭，接著酒樽。

他用不著抬頭去看，也知道樹上的人是誰，就算他聽不出這已日漸嘶啞的聲音，也可以認得出這隻手。

手很大，大而薄，表示他無論握什麼都可以握得很緊，尤其是握著劍的時候，任何人都休想將他掌中的劍擊落。

但這隻手已有很久很久都未曾握劍了。

他手裡的劍已被他自己擊落。

「葉翔殺人……永遠不會失手……」

高老大一直對他很有信心，他自己對自己也有信心，可是現在，他卻彷彿連這隻酒樽都握不住。

他手臂上有條很長很深的創口，那是他最後一次去殺人的時候留下來的。

那人叫楊玉麟，並不能算是個很了不起的人物，葉翔殺過的人，無論哪一個都比他厲害得多。

高老大要他去殺這個人，只不過是想恢復他的信心，因為他已失敗過兩次。

誰知他這次又失敗了。

楊玉麟一刀幾乎砍斷了他的手。

從此以後，他沒有再去殺過人，從此以後，他沒有一天不喝得爛醉如泥。

酒酸而辣，孟星魂只喝了一口，就不禁皺起了眉。

葉翔道：「這不是好酒，我知道你喝不慣的，但無論多壞的酒，總比沒有酒好。」

他忽然笑了笑，道：「高老大還肯讓我喝這樣的酒，已經算很對得起我了，其實像我這樣的人，現在只配喝馬尿。」

孟星魂沒有說話，他不知該說什麼。

葉翔已從樹上滑了下來，倚著樹幹，帶著微笑，瞧著孟星魂。

孟星魂卻不去瞧他。

以前見過他的人，誰也想不到他會變得這麼厲害。

他本是個很英俊、很堅強的人，全身都帶著勁，帶著逼人的鋒芒，就好像一把磨得雪亮的刀。

但現在，刀已生鏽，他英俊的臉上的肌肉已漸漸鬆弛，漸漸下垂，眼睛已變得黯淡無光，肚子開始向外凸出，連聲音都變得嘶啞起來。

接過酒樽，仰首喝下一大口，葉翔忽然嘆了一口氣道：「現在我們見面的機會愈來愈少，我並不怪你，你就算看不起我，也是應該的，若不是你，我已死在楊玉麟手上。」

高老大最後一次叫他去殺人的時候，已對他不再信任，所以就要孟星魂在後面跟著去。從那一次起，孟星魂就完全取代了他的地位。

葉翔又笑了笑，道：「其實那次我早就知道你會在後面跟著來了，所以我……」

孟星魂忽然打斷了他的話，道：「那次我根本就不應該去的。」

葉翔道：「爲什麼？」

孟星魂道：「你知道高老大叫我跟著你，知道她對你已不放心，所以你對自己沒有信心了，我若不去，你一定可以殺死楊玉麟。」

葉翔又笑了，笑得很淒涼，道：「你錯了，那次我去殺雷老三的時候，已知道以後永遠也沒法子殺人。」

那次去殺雷老三，就是他殺人第一次失手。

孟星魂道：「雷老三只不過是個放印子錢的惡霸，你平時最恨這種人，我一直奇怪，那次你爲什麼居然下不了手？」

葉翔苦笑道：「我也不知道爲什麼，我只是忽然覺得很疲倦，疲倦得什麼事都不想去做，那種感覺你也許不會懂的。」

「疲倦」這兩個字，就像是針。

孟星魂的眼角又開始跳，過了很久，才一字字的說道：「我懂。」

葉翔道：「你懂？」

孟星魂道：「我已殺過十一個人。」

葉翔沉默了很久，忽然問道：「你知道我殺過多少人？」

孟星魂不知道，除了高老大，誰都不知道。

每次任務都是最大的秘密，永遠都不能向任何人說起。

葉翔道：「我殺了三十個，不多不少，整整三十個。」

他的手在發抖，趕緊喝了口酒，閉著眼吞下去，才長長吐出口氣，慢慢的接著道：「你將來一定也要殺這麼多的人，也許還要多些，因爲你非殺不可，否則你會變成我這樣子。」

孟星魂的胃在抽搐，忽然，又有了種嘔吐的感覺。

葉翔就是他的鏡子。

他彷彿已從葉翔身上，看到了自己的一生。

葉翔道：「每個人，都有自己的命運，大多數人都在受著命運擺佈，只有很少人能反抗，能改變自己的命運，我只恨我自己爲什麼不是這種人。」他黯淡的眼睛中忽然有了一線光亮，道：「但我也曾有過機會的。」

孟星魂道：「你有過？」

葉翔嘆了口氣，道：「有一次，我遇見過一個人，她願意不顧一切來幫助我，那時我也肯不顧一切跟她走。現在也許活得很好——就算死，也會死得很好。」

孟星魂道：「你爲什麼當時沒有那麼做呢？」

葉翔的目光又黯淡下來，瞳孔已因痛苦而收縮，過了很久，才黯然道：「那也許因爲我是個又愚蠢又混蛋、又膽小的呆子，我不敢。」

孟星魂道：「你不是不敢，是不忍。」

葉翔道：「不忍？不忍更呆，我只希望你莫要跟我一樣呆。」

他凝注著孟星魂，緩緩又道：「機會只有一次，錯過了就永不再來，但每個人一生中都至少會有這麼樣一次機會的，我求你，等機會來的時候，千萬莫要錯過。」

他扭轉頭，因爲他不願被孟星魂看到他目中的淚光。

他求孟星魂，也許並不是爲了孟星魂，而是爲了自己。

他這一生反正已完了，他希望能從孟星魂身上看到生命的延續。

孟星魂沒有說話，他心裡的話不能對人說。

他對高大姐的情感只有他自己知道。

他情願爲她死。

葉翔又道：「你是不是又有事要做了？」

孟星魂點了點頭。

葉翔道：「這次你要殺的是誰？」

孟星魂道：「孫玉伯。」

這本是他的秘密，可是在葉翔面前，他沒有秘密。

他發現葉翔的瞳孔又在收縮，過了很久，才問道：「是江南的孫玉伯？」

孟星魂道：「你認得他？」

葉翔道：「我見過。」

孟星魂道：「他是個怎麼樣的人？」

葉翔道：「他是個怎麼樣的人，……沒有人能說得出，我只知道一件事。」

孟星魂道：「什麼事？」

葉翔道：「我絕不會去殺他！」

孟星魂沉默了很久，才緩緩道：「我也只知道一件事。」

葉翔道：「你知道什麼？」

孟星魂目光凝注著遠方，一字字道：「我非殺他不可——」

老天對他們的確太不公平，他們悲哀、憤怒，都無可奈何。

這世上不公平的事情本來就很多。

幸好他們除了老天外，還有老伯。

老伯從未讓他們失望過。

「老伯」的意思並不完全是「伯父」，這兩個字包含的意思還有很多。

在很多人心目中，它象徵著一種親切，一種尊嚴，一種信賴。

他們知道自己無論遇著多麼大的困難，老伯都會爲他們解決，無論受了多麼大的委屈，老伯都會替他們出氣。

他們尊敬他，信賴他，就好像兒子信賴自己的父親。

他幫助他們，愛他們，對他們一無所求。

但只要他開口，他們願意爲他付出一切。

方幼蘋回家的時候，已爛醉如泥。

他已不記得自己是在哪裡喝的酒，也不知道自己是怎麼回來的。

他清醒的時候絕不會回來。

他本來有個溫暖的家，可是在七個月前，這個家忽然變成了地獄。

僕人們都已睡了，他自己找到了半樽喝剩下的酒。

他還沒有開始喝已開始嘔吐，就吐在地上他花三千兩銀子買來的波斯地氈上。

吐完了就彷彿清醒了很多，但他卻不願清醒。

清醒的時候他會發瘋。

他有錢，又有名，有錢有名的人，大多數都有個很美麗的妻子。

他的妻子不但美，簡直美得令人無法忍受，他受不了男人們看到他妻子時眼睛裡帶著那種貪婪的表情。

他恨不得將這些男人的眼睛挖出來。

可是她喜歡。

她喜歡男人看她，也喜歡看男人那種貪婪的表情。

雖然她外表冷若冰霜，但他卻知道她心裡也許正在想著和那男人上床。

他知道她還沒有嫁給他以前，就已經和很多男人上過床。

在他們洞房花燭的那天，他就已幾乎忍不住要握死她，但只要一看到她那雙大而靈活的眼睛，小而玲瓏的嘴，他伸出去準備握死她的手就會擁抱住她，伏在她胸膛上流淚。

他永遠不知道她和多少別的男人上過床。

他只知道一個。

床上沒有人，她一定還在那個人的床上。

方幼蘋衝入廳堂，找到另一樽酒，就在門口地上躺了下來，繼續不停的喝，直到他聽見窗外衣袂帶風的聲音。

朱青在嫁他之前，本是個很有名的女飛賊，輕功甚至比方幼蘋更有名。

現在她當然用不著再去偷，但輕功還是給她很多方便，她隨時可以從窗子裡溜出去，去偷。

現在她不再偷別的，只偷男人。

燭已將殘，燭光卻還是很亮，她忽然出現在他面前，就站在他面前，垂首看著他，眼睛裡帶著輕蔑不屑的表情望著他。

她臉色蒼白，眸子漆黑，神情冷漠而高貴，看起來甚至有點像是個貞節的寡婦，無論誰也想不到她剛出去做過什麼事。

方幼蘋道：「你出去幹什麼去了？」

他明知道回答，卻還是忍不住要問。

朱青目中的輕蔑之色更濃，冷冷的道：「找人。」

方幼蘋道：「找誰？」

朱青道：「當然是去找毛威囉。」

毛威，城裡的人沒有一個不知道毛威，毛威的財產比城裡一半人加起來的還多，毛威玩過的女人比別人看到的還多。

十個人中，至少有六個身上的衣服都是毛威綢緞莊買來的，吃的米也是毛威米店裡買來的。

你隨便走到哪裡，腳下踩著的都可能是毛威的地，隨便看到哪個女人，都可能是毛威玩過的。

在這裡，你無論做什麼事，都免不了要和毛威沾上點關係。

方幼蘋的臉在扭曲，道：「毛威，你……你又去找他幹什麼？」

朱青道：「你想知道我去幹什麼，是不是？」

她眸子裡忽然露出一種撩人的媚態，蒼白的臉上也現出了紅暈，咬著嘴唇道：「他也喝酒，但卻不像你，他就算醉了也行。」

方幼蘋突然跳起來，握住了她的咽喉，嗄聲道：「我殺了你！」

朱青忽然笑了，吃吃笑道：「你殺吧，你只有本事殺我，你若敢去殺他，我才佩服你。」

方幼蘋不敢，就算喝醉時也不敢。

他的手鬆開，手發抖，但看到她臉上那種輕蔑的冷笑，他的手又握成拳。

朱青尖叫，道：「別在我的臉……」

她尖叫，卻不恐懼。

她還在笑。

他一拳打在她肚子上，她仰面跌倒，卻勾住了他的脖子，拖著他一齊倒下，倒在她身上，讓他聞到她身上的芬芳。他還在打她柔軟的胸膛和大腿。

但他打得實在太輕了，打得她吃吃的笑，修長的腿隨著笑而扭動，曳地的長裙捲起，終於露出了她那雙雪白柔滑的腿。

方幼蘋牛一般喘息著。

朱青的腿分開，浪笑著道：「來吧，我知道你真正想要的是這個，我雖然陪過了他，卻還是可以再陪你，陪你用不著費力。」

方幼蘋突然崩潰，再也無能爲力。

他連試都已不能試，只有從她身上滾下來，滾到他方才嘔吐過的地方。

他還想嘔吐，卻已吐不出，他只能痛哭。

朱青慢慢的站起來，輕攏鬢邊的亂髮，一剎那間，她已又從浪婦變成了貴婦，冷冷的瞧著他，道：「我知道你一喝醉就不行，我要去睡了，千萬莫要來吵我，因爲我要睡得好，明天才有精神去見他！」

她轉過身，慢慢的走回臥房，冷冷道：「除非你殺了他，否則我天天都要去找他的！」

他聽到房門關起上栓的聲音。

他繼續不停的哭，直到他想起了一個可以幫助他，可以救他的人！

「老伯……」

一想起這個人，他心情忽然平靜，因爲他知道他能替他解決一切。

只有他，沒有別人。

張老頭站在床頭，望著他美麗的女兒，眼淚不停的流。

他是個孤苦的老人，一生都在默默的替別人耕耘，收穫也是別人的，只有這唯一的女兒，才是他最大的安慰，也是他的生命。

但現在他的珍寶已被人摧殘得幾乎不成人形。

從昨天晚上回來，她就一直昏迷著，沒有醒過來。

抱回來的時候全身衣服都已被撕裂，白嫩的皮膚上青一塊，紫一塊，身上帶著血，右眼被打腫，渾圓美麗的下顎也被打碎。

昨天晚上究竟遭遇到什麼，他不能想，不忍想，也不敢去想。

她出去提水的時候，還是那麼純真，那麼快樂，對人生還是充滿了美麗的幻想，但她回來的時候，人生已變成了一場噩夢。

在倒下去之前，她說出了兩個人的名字。

兩個畜牲。

他只恨不得能親手握斷他們的咽喉。

他當然做不到。

江風和江平是「徐家堡」的貴賓，他們的父親是大堡主徐青松的多年兄弟，他們兄弟都是江湖中有名的壯士，曾經赤手空拳地殺死過白額虎。

若是憑自己的力量，他永遠沒法子報復。

但徐大堡主一向是個很公正的人，這次也一定會爲他主持公道。

徐大堡主鐵青著臉瞪著站在他面前的江家兄弟，他衣袖高高挽起，好像想親自握死這兩個少年。

江風和江平頭雖然垂得很低，極力在裝出一副害怕的樣子，但他們的眼睛裡卻並沒有畏懼之色，弟弟在瞧著自己的鞋尖，鞋尖上染著塊血漬。

這雙靴子是他剛從京城託人帶回來的，他覺得很可惜。

「畜牲！天咒的畜牲，狗娘養的！」

張老頭憤怒得全身都在發抖，拚命忍耐著，他相信徐大堡主一定會給他們個公正的懲罰，讓他們以後再也不敢做這種事，徐青松的聲音很嚴肅，道：「這件事是你們做的？說實話！」

江風點頭，江平也跟著點頭。

徐青松怒道：「想不到你們竟會做出這種事，你父親對你們的教訓，難道你們全都忘了，我身為你父親的兄弟，少不得要替他教訓教訓你們，你們服不服？」

江風道：「服。」

徐青松臉色忽然緩和了下來，嘆了口氣，道：「你們的行為雖可惡，總算還勇於認錯，沒有在我面前說謊，年輕人只要肯認錯，就還有救藥，而且幸好張姑娘所受的傷不算太嚴重……」

張老頭忽然覺得一陣暈眩，徐青松下面說的話，他一個字都聽不到了。

「她受的傷還不算太嚴重……」要怎樣才算嚴重，她一生的幸福都已毀在這兩個畜牲手上，這創傷一生中永遠再也不會平復。這還不算嚴重？

徐青松又道：「我只問你們，以後還敢再做這種事不？」

江風目中露出一絲狡黠的笑意，他知道這件事已將結束。

江平搶著道：「不敢了。」

徐青松道：「念在你們初犯，又勇於認錯，這次我特別從輕發落，罰你們在這裡做七天苦工，每天三兩工錢，全都算張姑娘受傷的費用。」

他重重一拍桌子，厲聲道：「但下次你們若敢再犯，我就絕不容情了。」

張老頭全身的血液都似已被抽空，再也站不住。

每天三兩銀子，七天二十一兩。二十一兩銀子在江家兄弟說來，只不過是九牛一毛，卻買到了她女兒一生的幸福。江家兄弟垂著頭往外走，走過他面前的時候卻忍不住瞟了他一眼，目光都是帶著勝利的表情。

張老頭一生艱苦，也不知受過多少打擊，多少折磨，多少侮辱。

他已習慣了別人的侮辱，學會了默默忍受。

可是現在，他再也控制不住自己，用盡全身力氣衝過去，抓住了江風的衣襟，捶著他的胸膛，大聲嘶喊道：「我也有二十一兩銀子，帶你的姐姐來，帶你妹妹，我也要……」

江風冷冷的瞧著他，沒有動，沒有還手。

張老頭的拳頭打在他胸膛上，就好像蜻蜓在撼搖石柱。

兩個家丁已過來拉住張老頭的手，將他整個人懸空架了起來，他忽然覺得自己就像是架上的猴子，終生都在受著別人的侮辱和玩弄。

徐青松沉著臉，道：「若不是你女兒招蜂引蝶，他們兄弟也不敢做這種事，否則他們為什麼沒有對別人的女孩子這麼做，這堡裡的女孩子又不止你女兒一個。」

他揮了揮手，厲聲道：「快回去教訓你自己的女兒，少在這裡發瘋！」

一陣苦水，湧上了張老頭的咽喉，他想吐，卻又吐不出。

他拿起根繩子，套上了屋頂。

他恨自己沒有用，恨自己不能為自己的女兒尋求公正的報復，只有眼睜睜瞧她受畜牲的摧殘。他情願不惜犧牲一切來保護他的女兒，但他卻完全無能為力。

「這麼樣活著，是不如死了的好。」

他在繩上打了個結，將脖子伸了進去，就在這時，他看到了堆在屋角的幾個南瓜和一大堆葡萄。

每年秋收，他都會將田裡最大的瓜和最甜的葡萄留下來，去送給一個人，表示他對這人的愛和尊敬。

「老伯」。他想起了這個人，心裡的苦水突然消失，因爲他相信這個人一定會爲他主持公道。

他是他這一生中唯一可以信賴的人。

只有他，沒有別人。

「七勇士」是七個年輕、勇敢，充滿了活力的人！

只不過他們對「勇敢」這兩個字的意思並不能全部瞭解。

他們什麼話都敢說，什麼事都敢做。

他們認爲這就是勇敢，卻不知這種勇敢是多麼愚蠢！

「七勇士」的大哥叫鐵成剛！

鐵成剛和他們六個兄弟都不一樣，只有他不是孤兒，但他卻喜歡在外面流浪。

秋天是狩獵的天氣。

這一天，鐵成剛帶著他的六個兄弟到東山去打獵，剛打了兩隻鹿、一隻山貓和幾隻兔子，忽然發現後山起了火，火頭很高。段四爺的「萬景山莊」就在後山。

段四爺是鐵成剛的舅父。

他們趕到後山起火的地方果然就是萬景山莊。

火勢很猛烈，卻沒有人救火，萬景山莊上上下下七、八十個人到哪裡去了？

他們衝進去，就知道了答案。

萬景山莊連男帶女，老老小小七十九口人，已變成了七十九具死屍！

段四爺常用的梨花銀槍已斷成兩截，槍頭就插在自己的胸膛上。

但槍桿並不在他手裡。

他雙手緊握，手背上青筋凸起，像一條條死蛇。

是什麼東西能讓他握得這麼緊？連死都不肯鬆手。

沒有人知道，他自己也永遠再無機會說出，他死不瞑目。

鐵成剛望著這張已扭曲變形的臉，望著這雙已因憤怒驚恐而凸出的眼珠，只覺得心在絞痛，胃在收縮。

他蹲下來，將他舅父的眼皮輕輕闔起，然後再去扳他的手，卻扳不開。

他的手抓得太緊，他的血液已凝結，骨骼已硬化。

火勢卻已逼近，烈火已將鐵成剛青白的臉烤成赤紅色，頭髮也已發出了焦臭。

他的兄弟在喊！

「快走！先退出去再說！」

鐵成剛咬咬牙，突然拔刀，砍下了他舅父的兩隻手，藏在懷裡。

他的兄弟又在奇怪！

「你就算想看他手裡抓的是什麼東西，爲什麼不連他的屍體一齊抬出去！」

鐵成剛搖搖頭，道：「火葬很好。」

他對自己的兄弟從無隱瞞，可是這次他並沒有將心裡的感覺說出來。

他忽然有了種不祥的預感，知道今天非但絕對無法將這裡的屍體帶走，連自己的性命能不能帶走都很成問題。他退了出去，他的兄弟愣然望著他，道：「這裡咱們就不管了麼？」鐵成剛牙咬緊，道：「怎麼管？」

兄弟們道：「我們至少也該先查出是誰下的毒手？」

鐵成剛沒有說話，他已看到三個人出現。

三個穿著藍布袍的道人，杏黃色的劍穗在背後飛揚，花白色的鬍鬚也在風中飛揚，就像是三個久已不食人間煙火的神仙。這三個人當然絕不會是兇手。

鐵成剛的心忽然沉了下去，但他的兄弟面上卻都現出了喜色。

「黃山三友來了，只要這三位前輩來了，還有什麼問題不能解決的？」

一石，一雲，一泉，就是黃山三友。

他們雖然是出家人，但卻沒有出世，江湖中誰都知道他們不但劍法極高，而且爲人極公正，很多學劍的年輕人都將他們當做偶像。

「七勇士」也不例外，都已在躬身行禮。

事。」

一石，一雲，一泉的臉色卻沉重得很，好像十月中黃山的陰霾。

一泉道長忽然道：「你們好大的膽子！」

一雲道長沉著臉，道：「我知道你們一向胡作非為，卻還是想不到你們竟敢做出這種事。」

一石道長向來很少說話。

他沉默的確就像是塊石頭，卻比石頭更硬、更冷。

七勇士中有六個人面上都變了顏色，並不是恐懼，而是吃驚。

「我們做了什麼事？……這件事，不是我們做的。」

一泉現出怒容，道：「還敢說謊？」

一雲厲聲道：「不是你們做的，是誰做的？你們刀上的血還沒有擦乾淨！」

刀上的是獸血，不是人血，以黃山三友那樣銳利的目光怎會看不出來？

大家更加吃驚，但鐵成剛卻反而變得很平靜。

因為他已看出這件事的關鍵，已知道這件事絕沒有任何人再能為他們辯白，他不願含冤而死，更不願他的兄弟陪他死。所以他必須冷靜。

一泉道：「你們還有什麼話說？」

鐵成剛忽然道：「這件事全是我做的，他們什麼都不知道！」

一泉道：「你要我放了他們？」

鐵成剛道：「只要你放了他們，我一個字都不說，我保證！」

一石的瞳孔也收縮，道：「一個都不能放走，殺！」

他的劍比聲音更快！

劍光一閃，已有一勇士慘呼著倒下去。

七勇士並不像其他別的那些結拜兄弟，他們並非因利害而結合，並非酒肉之友，他們之間的確有情感，有義氣。其中一個人死了，別的人立刻全都紅了眼。

雖然他們自己也明知絕不是黃山三友的對手，可是他們不怕死，什麼都不怕，他們只不過是群血氣方剛的孩子，既不能瞭解生存的可貴，也不能瞭解死的恐懼。

鐵成剛長大了。

他忽然轉身，衝入了火焰。

他臨陣脫逃，並不是怕死，只是不願意這麼樣不明不白的死。

他知道這一死，七勇士就變成了洗劫「萬景山莊」的兇手，臭名就永遠也無法洗刷，那真兇永遠可以逍遙法外。

他也知道黃山三友絕不會讓他逃走，所以他衝入了火焰。

一石厲聲道：「不能讓他走，追！這五個我一個對付就已足夠。」

他劍光閃動縱橫，劍鋒劃過處必有鮮血隨著激出。

一泉和一雲也已衝入了火焰，火勢雖已接近尾聲，卻還是很猛烈。

他們花白的鬍鬚上已沾著火星，雖仗著劍光護體，身上還是有些地方已被燃著，發出了焦臭。

黃山三友的生活一向如閒雲野鶴，黃山三友的風姿一向如世外神仙，從來也沒有如此狼狽過的。

但這次，他們卻已不顧一切。

他們爲什麼要將鐵成剛的性命看成如此重要？

一泉道：「鐵成剛，你可聽到了你兄弟的慘呼聲？你竟不管他們？你這樣算什麼朋友？」

沒有回應，只有火焰燃燒著木頭「必剝」作響。

一雲已無法忍受，道：「咱們還是先退出去，他反正跑不了的。」

鐵成剛的確跑不了。

他若逃出火場，就逃不出黃山三友的利鋒。他若留在火場，就得被燒死。

火熄滅了。

黃山三友開始清點火場，所有的屍身都已被燒焦。

一石道：「屍身多少？」

一泉道：「七十九。」

一石的臉沉下來，過了很久，才一字字道：「鐵成剛還沒有死。」

一泉點點頭，道：「他還沒有死。」

一石道：「他不能不死！」

一泉又點了點頭，重新開始搜索。

他們終於在瓦礫間找到了條地道。

一泉的臉色更難看，道：「他只怕已經由這地道中逃了出去。」

一雲道：「他是段老四的親戚，當然到這裡來過，所以知道這條地道。」

一石道：「追！」

一泉道：「當然要追，就算追到天涯海角，也不能讓他逃掉。」

鐵成剛伏在黑暗的荊棘叢中，動也不動。

雖然他全身已被刺傷，傷處還在流血，雖然他已有兩、三天水米未沾，已餓得眼睛發花，渴得嘴唇破裂。

但他連動都不敢動。

因爲他知道有人正在外面追捕搜索，「虎林大俠」趙雄幾乎已將他門下所有的弟子全部出動。

趙雄本是他父親的好朋友。

鐵成剛逃進這裡來，本想求他保護，求他主持公道。

但趙雄卻寧可相信黃山三友的話，若不是他已經發覺趙雄神色不對，此刻只怕早已死在黃山三友的劍下。

若連趙雄都不相信他，還有誰能？

江湖中還有什麼人願意爲了保護他，而去得罪黃山三友？

鐵成剛的臉伏在泥土上，淚浸濕了泥土。

他有淚本不輕流，寧死也不願流淚，但現在卻已傷心得幾乎完全絕望。

那兩隻已乾癟的手還在他懷裡，手裡握著的就是證據。

但他卻不能將這證據拿出來，給別人看。因爲，他任何人都不能信任。

別人會將這隻手拿去討好黃山三友，會將這證據湮沒，他就更死無葬身之地了！晚風中傳來野狗的悲吠。

鐵成剛現在就像是條野狗一樣，悲苦、無助、寒冷、飢餓。

他甚至連野狗都不如。

他翻了個身，天上已有星光升起，星光還是和以前同樣燦爛美麗。

星光總是會替人帶來希望。

他忽然想起了一個人。

「老伯。」

這世上假如還有唯一一個人他能信賴的，這人就是老伯。

只有他，沒有別人。

這本是個美麗的地方，風光明媚，綠草如茵，躺在這裡，可以看到青翠的山，飄動的雲，也可以看到白雲下，青山上那座美麗的城堡。

那是座古城，早已荒廢，十幾年前萬鵬王才將它修飾一新。

所以這古城就作了「十二飛鵬幫」的總舵，總舵主「萬鵬王」就住在城裡，武林中絕沒有人敢隨意來侵犯這裡的一草一木。

現在花已凋謝，草已枯黃。

但他們並不在乎。

只要他們能在一起，他們什麼都不在乎。

是花開也好，花落也好，是春天也好，秋天也好，他們只要能在一起，就會覺得心滿意足。

他們還年輕，相愛著。

他才十八歲，他比她大不多。

喘息停止，激情已昇華。

他躺在她懷抱裡，覺得風是如此溫柔，雨也是如此溫柔。

她臉上帶著滿足的笑靨，對生命的美好衷心感激。可是當她看到山上那莊嚴的城堡時，她笑容立刻消失，目中立刻充滿了痛苦。

過了很久，她終於幽幽地嘆了一聲，說道：「小武，你本不該這麼喜歡我的，也不應該對我這麼好。」

小武的手輕撫著她柔滑的肩道：「爲什麼？」

「因爲我不配。」她眨了眨眼，淚已將流，慢慢的接著道：「你知道，我只不過是人家的一個小丫頭，我全身上下都是人家的，人家要我死，我就不能活。」

小武的輕撫變成了擁抱，柔聲道：「黛黛，千萬莫要再說這種話，只要你的心是我的，我的心是你的，我們什麼都不必怕。」

他抱得那麼緊，抱得她心都已溶化。

但她的淚還是忍不住流落，黯然道：「我不怕別的，只擔心我們的事有一天被人家發現了。」

想到那一天，她心裡就升出一種不能形容的恐懼，因爲她曾經看到過她主人發怒的臉孔。

她的主人就是萬鵬王。

萬鵬王發怒的時候，沒有人能勸阻。

她翻身，緊擁著他，道：「老爺子絕不會讓我跟你在一起的，你總該知道他對下人是多麼嚴，他若知道這件事……」

他忽然用嘴封住了她的嘴，不讓她再說下去了。

但他的嘴唇也冰冷，身子也在顫抖，道：「我不會讓任何人來拆散我們，絕不會……」

他停住嘴，因爲他感覺到黛黛柔軟的身子突然僵硬。

他轉身抬起頭，就看到萬鵬王。

在很多人眼中，萬鵬王並不是一個人，而是一個神。

若真的有神，那麼萬鵬王身材也許比真神還高大，像貌也許比真神還威嚴，雖然他是一手擊發不出，雷電卻能令風雲變色。小武並不是個手無縛雞之力的書生，他非但能文，而且武功不弱。

但是當萬鵬王的巨掌揮出時，他根本無法招架，無法閃避。

他甚至可以聽到自己骨頭碎裂的聲音。暈暈迷迷中，他聽到黛黛的驚呼啼哭，也聽到萬鵬王懾人的語聲。

「我知道你是『鎮武鏢局』武老刀的兒子，看在他曾經替我做過事，今天饒你不死，但你下次要是還敢再到這裡，我將你五馬分屍！」

萬鵬王說出的話，從來沒有一個人敢懷疑不信，他若說要將你五馬分屍，就絕不會用別的法子殺你，也不會只用四匹馬。

「抬他回去，告訴武老刀，他若是想要他的兒子，就不要放他出門！」

武老刀從此不敢放他的兒子出門，他只有這麼一個兒子。

但他又怎忍看著他這唯一的兒子日漸憔悴，日漸消瘦？

他去求過情，求萬鵬王將黛黛嫁給他兒子。

他得到的回答是一巴掌！

萬鵬王拒絕別人只拒絕一次，因爲絕沒有人敢第二次再去求他。

別人秋收的時候，小武的生命已將結束。

他不吃不喝，不睡，甚至連醒都不醒，終日只是暈暈迷迷的，呼喚著他心上人的名字。

他的呼聲聽得武老刀心都碎了。

他願意犧牲一切來救他的兒子，卻完全無能爲力。

他只有看著他的兒子死！

他自己也不想活了。

就在這時，他接到了一個人的帖子，這是他從小就認得的朋友，他們的年紀相差無幾，但他對這人的稱呼卻是：「老伯。」

這兩個字，已足夠說明白他對這人是多麼的尊敬。

他只恨自己爲什麼一直沒有想到這個人，世上只有這個人才是他兒子的救星。

只有他，沒有別人。

「老伯」就是孫玉伯！

沒有人真正知道孫玉伯究竟是個怎麼樣的人？

究竟能做什麼事？

但無論誰有了困難——有了不能解決的困難時，都會去求他幫助。

他從不託詞推諉，也絕不空口許諾，只要他答應了你，天大的事你都可以放到一邊，因爲他絕不會令你失望。

你不必給他任何報酬，甚至於不必是他的老朋友。

無論你多麼孤苦窮困，他都會將你的問題放在心上，想辦法爲你解決。

因爲他喜歡成全別人，喜歡公正。他憎惡一切不公正的事，就像是祈望著豐收的農人，憎惡蝗蟲急於除害一樣。

他雖然不望報酬，但報酬卻還是在不知不覺中給了他。

他的報酬就是別人對他的友愛和尊敬，就是「老伯」這稱呼。

他喜歡這稱呼，而且引以爲榮。

除了喜歡幫助人之外，老伯還喜歡鮮花。

他住的地方就是一片花海，一座花城，在不同的季節中，這裡總有不同的花盛開，他總是住在花開得最盛的那個地方。

現在開得最艷的就是菊花。

所以老伯就在菊花園裡接待他的賓客。

客人們已如潮水般自四面八方湧來，有的帶著極豐盛的賀禮，有的只帶著一張嘴和一片真誠的賀意。

老伯對他們都一視同仁，無論你是貧？是富？是尊貴？是卑賤？只要你來，就是他的客人。

他絕不會對任何人冷落。

尤其今天，他笑容看來更和藹可親，因爲今天是他的生日。

他站在菊花園外迎接著賀客。

孫玉伯其實並不高，但看到他的人卻都認爲他是自己所見到過最高大的人。

他面上帶著笑容，但卻沒有減少他的威嚴，無論誰都不會對他稍存不敬之心，很多人對他比對自己的父親還尊敬。

唯一敢在他面前出言頂撞的，就是他的兒子孫劍。

孫劍的名字本來是孫劍如，但他覺得這「如」字有點女人氣，所以就自己將「如」字去掉。

他不願自己身上沾著一星一點女人氣。

孫劍的確是個男子漢，就像他父親一樣，身材也不高，但全身都充滿了勁力，永遠都不會消耗完的勁力。

他和他父親一樣慷慨好義，就算將自己身上的衣服脫下來給別人穿也在所不惜，但別人對他卻和對他父親不同。

因爲他性如烈火，隨時都可能翻臉發作，暴躁的脾氣非但時常令他判斷錯誤，而且使他失去很多朋友。

別人並不是不願接近他，而是對他總存有一種畏懼之心。

女人卻例外。

女人雖也怕他，卻無法抗拒他那種強烈的吸引力，很多女人只要被他看過一眼，就會情不自禁地向他獻身。

現在孫劍也站在菊花園外，陪著他父親迎接著賀客，他神情顯得有點不耐煩，因爲他已在這裡站了很久。

幸好這時已到了晚宴的時候，該來的人大多已來了。

賓客中有許多陌生人，其中有一個是衣衫樸素，面容冷漠的少年。

他帶來了一份既不算輕，也不算太重的賀禮到來。

孫家父子卻不認得他，這沒關係，老伯喜歡朋友，他這裡的門戶就是爲陌生人開著，只要來他就歡迎。

何況這陌生的少年，既不討厭，孫家父子都覺得他順眼，孫劍甚至還願意和他交個朋友。

所以特地瞧了瞧禮單上寫著的名字——「陳志明」。

很平凡的名字。

孫玉伯忽然問道：「陳志明，你聽過這名字沒有？」

孫劍道：「沒有。」

孫玉伯皺了皺眉，道：「這兩年你常到外面去走動，怎麼會沒聽過這名字？」

孫劍道：「他絕不是著名的人！」

孫玉伯道：「奇怪，像這麼樣一個年輕人，怎麼會是無名之輩？」

孫劍道：「也許他運氣不好。」

孫玉伯沉吟著，道：「等會你去問問律香川，也許他知道。」

孫劍道：「好。」

他雖然答應了，卻沒有去問。因爲來的客人愈來愈多，他們很快就將這件事忘記了。

就算孫劍沒有忘記，也未必去問。

他不喜歡律香川，他認爲律香川有點像是女人。

但他若知道這少年是誰？是爲什麼來的？情況也許就完全不同，那麼有很多可歌可泣，令人熱血沸騰，熱淚盈眶的事，以後也許就不會發生。

這陌生的少年真名字並不叫「陳志明」。

他是來殺人的，殺的就是孫玉伯。

他真正的名字是：孟星魂！

孫劍若是問過了律香川，律香川一定就會去將這陌生少年的來歷調查清楚，不調查出結果來，他絕不會放手。

律香川並不像女人，他比女人更仔細，更小心，更謹慎。

他和孫劍恰巧是兩個完全不同的人。

他們的外貌也完全不同。

孫劍的像貌堂堂，濃眉大眼，身上的皮膚已曬成了紫銅色，他眼睛瞪著你的時候，你絕不會去看別人，也沒法子再去看別人。

律香川卻是個臉色蒼白，文質彬彬的人，所以別人往往會低估了他的力量，認爲他並沒有什麼了不起。

這種錯誤不但可笑，而且可怕！

律香川不但是孫玉伯最得力的助手，也是武林中三個最精於暗器的人之一，尤其是屬於機簧一類的暗器，天下再也沒有任何人能比得上他。

他從來不用兵器，他不必。

一個全身都是暗器，隨時隨地，無論在任何角度都能發出暗器的人，不必再用任何兵器。

孫玉伯看到籃子裡的瓜和葡萄，就知道張老頭來了。

每年這個時候，張老頭都不會忘記將田裡最大的瓜果送來。

他一年辛勞，難得有空閒，更難得有享受，只有到這裡來的時候，他才能真正放鬆自己，享受到他在別的地方從未享受過的美食和歡樂。

所以他每次來的時候，都滿懷興奮，但這次一見到孫玉伯，他就已淚流滿面，泣不成聲。

孫玉伯將他帶進書房，遞給他一筒煙和一杯酒，先要他設法平靜下來。

書房是老伯的禁地，在這裡無論說什麼都不必怕別人聽到，他將張老頭帶來這裡。

因為他知道他的老朋友必定有很多痛苦要敘說。

他也知道一個人要向朋友訴說痛苦，要求幫助是多麼困難。

張老頭終於說出那段可怕的遭遇，聽完了之後，他臉色也已發青。

雖然他並沒有答應要做什麼，但是張老頭知道，他一定會將這件事做得完全公正，一定會讓那兩個畜牲得到應得的教訓！武老刀離開書房的時候，心情也和張老頭一樣，滿懷欣慰和感激。

方幼蘋也是如此，無論誰來到這裡，都不會失望。

然後是幾個來借錢，等他們都滿意走了後，律香川才走進書房，他知道老伯這時候必定對他有所吩咐。

孫玉伯的命令一向很簡短。

「叫幾個人三天後去徐家堡，不必要江家兄弟的命，但至少要他們三個月之內起不了床。」

律香川沉吟了半晌，道：「要文虎和文豹去好不好？他們對這種事有經驗。」

孫玉伯點一點頭，說道：「毛威便要孫劍去對付。」

律香川笑了，他知道老伯的意思。

老伯要孫劍去對付一個人，就等於宣佈了那人的末日。

孫玉伯又道：「但『十二飛鵬幫』那裡，卻要你自己去一趟，萬鵬王是個很難惹的人，我希望你去的時候能把那小姑娘也一起帶走。」

他只發令，不解釋。他只要你去做那件事，而且一定要做成功，你無論怎麼樣去做，那是你自己的事了。

律香川當然知道這任務是多麼艱難，但面上卻絲毫沒有露出難色，任何人都知道他願意為老伯去做任何事。

老伯將最困難的事留給他做，這就表示看得起他。

想到這一點，他目中不禁露出感激之色。

老伯彷彿已看到了他的心，微笑著，拍了拍他的肩膀，道：「你是個好孩子，我希望你也是我的兒子。」

律香川好不容易控制自己心裡的激動，道：「韓棠來了，已經在外面等了很久，要親向你老人家道別。」

聽到「韓棠」這名字，老伯的臉突然沉了下來，道：「他不該來的！」

律香川沒有說話，也無法說什麼，就連他都不知道韓棠究竟是個怎樣的人？和老伯之間究竟是什麼關係。

他很少見到韓棠，但只要一見到這個人，他心裡就會不由自主地升起一股寒意。

這連他自己也都不知道爲了什麼。

韓棠並不野蠻，並不兇惡，只不過眉目間彷彿總是帶著一種說不出的冷漠之意，無論誰都沒法子和他親近。

他自然也不願和任何人親近，隨便在什麼地方，他都是站得遠遠的，若有人走近他七尺之內，他立刻就會走得更遠些。

除了在老伯的面前，也從來沒有人見到他開過口。

甚至在老伯面前他都很少開口，他好像只會用行動表示自己的意思。

律香川看得出他對老伯並沒有友愛，只有尊敬，每個人都是老伯的朋友，只有他不是。

他彷彿是老伯的奴隸。

孫玉伯沉默了很久，終於嘆了口氣，道：「他既然來了，就讓他進來吧！」

韓棠一走進書房，就跪了下來，吻了吻老伯的腳。

這種禮節不但太過份，而且很可笑。

但韓棠做了出來，卻沒有人會覺得可笑，他無論做什麼事都不會令人覺得可笑。

因爲他只要去做一件事，就全心全意做，那種無法形容的真誠不但令人感動，往往會令人覺得非常可怕。

孫玉伯坦然接受了他的禮節，並沒有謙虛推辭，這也是很少見的事，老伯從不願接受別人的叩拜，律香川一直不懂他對韓棠爲何例外。

老伯道：「這一向你還好？」

韓棠道：「好。」

老伯道：「還沒有女人？」

韓棠道：「沒有。」

老伯道：「你應該找個女人的。」

韓棠道：「我不信任女人。」

老伯笑笑，道：「太信任女人固然不好，太不信任女人也同樣不好，女人可以使男人安定。」

韓棠道：「女人也可以使男人發瘋。」老伯又笑了，道：「你看到了小方？」

韓棠道：「他沒有看到我。」

老伯慢慢的點了點頭，彷彿表示讚許。

韓棠忽然又道：「就算是有人看到我，也不認得。」

說這句話的時候，他冷漠的眼睛裡才有了一點表情，那是種帶三分譏誚，七分蕭索的表情。

律香川從未在別人眼中看到過這種表情。

老伯道：「你可以走了，明年你不來也無妨，我知道你的心意。」

韓棠垂下頭，沉默了很久，才一字字道：「明年我還要來，每年我只出來一次。」

老伯面上忽然露出同情之色，只有他知道這人的痛苦，但卻無法相助，也不願相助。

這一點他深深引爲自疚，他不願見到韓棠，也正是這緣故。

韓棠已轉過身，慢慢的向外走。

律香川忍不住道：「我房裡沒有人，你若願意留下來喝杯酒，我陪你。」

韓棠搖搖頭，連看都沒有看他一眼，就走了出去。

律香川苦笑，忽然發覺老伯在盯著他，目光彷彿很嚴厲。

老伯對他很少這麼嚴厲，他知道自己做錯了一件事，卻不知做錯了什麼。

近來他已很少做錯任何事。

老伯忽然道：「你很同情他？」

律香川垂下頭，又點點頭。

老伯道：「能同情別人，是件好事，你可以同情任何人，卻不能同情他。」

律香川想問：爲什麼？卻不敢問。

老伯自己說了出來，道：「因爲你若同情他，他就會發瘋。」律香川不懂。

老伯嘆了口氣，道：「他本來早就該發瘋了的，甚至早就該死了，一直到現在他還能好好的活著，就因爲他覺得世上的人都對他不好。」

律香川還是聽不懂，終於忍不住問道：「他究竟是個怎樣的人？以前做過什麼事？」

老伯臉色又沉了下來，道：「你不必知道他是個怎樣的人，有很多事你都不必知道。」

律香川垂首道：「是。」

老伯忽又長長嘆了一聲，道：「但我不妨告訴你，他做過的事以前絕沒有人做過，以後只怕也沒有人能做！」

律香川垂著頭，正想退出，忽然聽到外面傳來一陣騷動聲，還有人在驚呼，屋內後花園闖來了個怪物。

闖入花園來的不是怪物，是鐵成剛，只不過他看來的確很可怕。

他全身上下幾乎已沒有一處完整的地方。他頭髮大半都已被燒焦，臉也被燒得變了形，一雙眼睛，赤紅如血，嘴唇乾裂得就像久旱的泥土。

他闖進來的時候，正如一隻被獵人追逐的野獸，咽喉裡發出一聲喘息與嘶喊，幾乎沒有人能聽出他呼喊的是誰。

他喊的是：「老伯。」

那時孫劍正在和「四方鏢局」胡總鏢頭帶來的一個女人使眼色。

他不知道這女人是誰，只知道這女人不是胡老二的妻子，也不是個好東西，而且一直在對他暗送秋波。

對這種女人的誘惑，他從不拒絕，這女人的誘惑簡直是種恥辱，正在想用個什麼方法將她帶到沒人的地方。就在這時，他看到了鐵成剛。

他已認得鐵成剛很久，但現在卻已幾乎完全不認得這個人，直到他衝過去，扶起他，才失聲驚呼道：「是你！你怎會變成這個樣子的？」

他揮手，要酒。酒灌下鐵成剛的咽喉後，他喘息才靜了些，卻還是說不出話。

孫劍看出了他目中的恐懼之色，道：「不用怕，到了這裡，你什麼都不用怕了，誰都不用怕了，在這裡絕沒有人敢碰你一根毫毛！」

這句話剛說完，他就聽見有人淡淡道：「這句話你不該說的。」

說話的人是一泉道人，黃山三友已追來了。

孫劍道：「不行！」

一泉道：「你也許還不知道他是個殺人的兇手，而且殺的是他自己的舅父。」

孫劍沉聲道：「我只知道他是我的朋友，而且受了傷，只知道他信任我，所以才會到這裡來，所以誰都休想將他帶走。」

一泉沉著臉，冷冷道：「找你的父親來，我們要跟他說話。」

孫劍額上青筋凸起，道：「我父親說的話也一樣，就算天王老子也休想從這裡帶走我們的朋友！」

一泉怒道：「好大膽，你父親也不敢對我們如此無禮！」

突聽一人道：「你錯了，他的無禮是遺傳，他父親也許比他更無禮。」

說話的人語聲雖平靜，卻帶著一種無法形容的威嚴。

一泉道：「你怎知……」

孫玉伯道：「我當然知道，因爲，我就是他父親。」

一泉怔了怔，他只聽說過「老伯」的名字，並沒有見過。

一雲道：「孫施主與貧道等素不相識，所以才會如此說話。」

孫玉伯道：「無論你們是誰，我說的話，都一樣。」

一泉變色道：「久聞孫玉伯做事素來公道，今日怎會包庇兇手？」

孫玉伯道：「就算他是兇手，也得等他傷好了再說，何況誰也不能證明他是兇手。」

一雲道：「我們親眼所見，難道會假？」

孫玉伯道：「你們親眼所見，我並未見到，我只知他若是兇手，就絕不敢到這裡來！」

沒有人敢欺騙老伯。

無論誰欺騙了老伯，都是在自掘墳墓。一雲大叫道：「你連黃山三友的話，都不信？」

孫玉伯道：「黃山三友是人，鐵成剛也是人，在這裡無論誰都一樣有權說話，我要聽聽他說的。」

鐵成剛忽然用盡全身力氣，大喊道：「他們才是兇手，我有證據，他們知道我有證據，所以才一定要殺我滅口！」

孫玉伯道：「證據在哪裡？」

鐵成剛掙扎著往懷中取出一雙手，一雙已乾癟了的手。

看到這雙手，黃山三友面上全都變了顏色。一石忽然尖聲道：「殺人者死，用不著再說，殺！」

他的劍一向比聲音快，劍光一閃，已刺向孫玉伯的咽喉。

一泉和一雲的劍也不慢，他們劍鋒找的是鐵成剛和孫劍。

老伯沒有動，連手指都沒有動。

別的人臉上已露出驚怒之色，幾乎每個人都想衝過來。

用不著他們衝過來，根本用不著。

一石的劍剛刺出，就跌落在地上。

他握劍的手臂上已釘滿了暗器，三、四十件各式各樣不同的暗器，只有一點相同之處，那就是它們的速度。

一石甚至沒有看到這些暗器是從哪裡來的，只看到一直站在孫玉伯身後的一個斯斯文文的少年人彷彿抬了抬手。

暗器忽然間就已刺入了他的手臂。

他甚至連疼痛都沒有感覺到，因爲他這條手臂忽然間就完全麻木。

孫劍的人似已變成爲怒獅，向一泉撲了過去，就好像不知道一泉的手裡握著劍，不知道劍是可以殺人的。

他怒氣發作的時候，前面就算有千軍萬馬，他也敢赤拳撲過去。

一泉從未想到世上竟有這麼樣的人，一驚，手裡的劍已被一隻手抓住。一隻有血有肉的手。

「格」的，這柄百煉精鋼鑄成的劍，已斷成兩截。

孫劍的手上也在流血。

流血他不在乎，只要將對方打倒，他什麼都不在乎！

連旁邊的一雲，都被嚇呆了，手裡的劍慢了一慢。

這種人手裡的劍當然不會太慢，就在這刹那間，不知從哪裡衝過一人來。誰也沒有看清他長得是高是矮？是胖是瘦？只看到他穿著一身暗灰色的衣服。

但每個人都聽到他說了一句話，九個字！

「誰對老伯無禮，誰就死！」

說九個字並不要很長的時候，但這九個字說完，黃山三友就變成了三個死屍，三個人幾乎是在同一刹那間斷氣的。

就在這人衝出來的那一刹！

他衝過來的時候，左手的匕首已刺入了一泉的脅下。

匕首一刺入，手立刻鬆開。

一泉的慘呼還未發出，這隻手已揮拳反擊在一石的臉上。

他拳頭擊碎一石的鼻子的時候，也就是他右手抓住一雲腰帶的時候。

一雲大驚揮劍，但劍還未削出，他的人已被掄起，摔下。

他的頭恰巧摔在一石的頭上，幾乎每個人都聽得見他們頭骨撞碎時發出的聲音，而那種聲音本來只有在地獄中才能聽到的。

還是沒有人能看到這灰衣人的面目。

他右手掄起一雲的時候，左手已在自己臉上抹了一把，他臉上立刻染上了從一石鼻子裡流出來的血。

其實他根本不必這樣做。大家全已被嚇呆了，哪有人還敢看他的臉？

來到這裡的大多是武林豪傑，殺兩、三個人對武林豪傑說來，也算不了什麼大事，但大家還是被他嚇呆了。

殺人並不可怕，可怕的是他殺人的方法——迅速，準確，殘酷。

從沒有人殺人能如此迅速，準確，殘酷！

鐵成剛帶來的那雙乾癟了的手裡，抓著的是半段杏黃色的劍縧，一塊青藍色的布，布上還有個黃銅的扣子。

絲縧正和黃山三友劍上的絲縧一樣，碎布當然也和他們所穿的道袍質料相同。但這些並不重要，他們是不是兇手都不重要。

重要的是：「誰對老伯無禮，誰就得死！」

這句話誰都不反對，也不會忘記。孟星魂更難忘記。

就在黃山三友斷氣的時候，孟星魂離開了老伯的菊花園。

他已不必再留下去。他所看到和聽到的事，已足夠說明孫玉伯是個怎麼樣的人。

他殺人的第一步，就是先設法去知道對方是個怎麼樣的人，至於別人的事，都可以等到以後慢慢才知道，他並不著急。

現在，距離高大姐給他的期限還有一百一十三天。

現在他殺人行動的第一步已開始！

三　以牙還牙

孫劍平素是最恨做事不乾脆的人，他做事從不拖泥帶水，他無論做什麼事，他用的往往都是最直接的法子。老伯要他去找毛威，他就去找毛威，從自己家裡一出來，就直到毛威門口。

他永遠只走一條路，既不用轉彎抹角，更不回頭。

毛威正坐在大廳和他的智囊及打手喝酒，門丁送來了張名帖——一張普普通通的白紙上，寫著兩個碗大的字：「孫劍」。

毛威皺了皺眉頭，道：「這人的名字你們誰聽說過？」

他的智囊並不孤陋寡聞，立刻回答道：「好像是孫玉伯的兒子。」

毛威的眉皺得更緊，道：「孫玉伯？是不是那個叫老伯的人？」

智囊道：「不錯，他喜歡別人叫他老伯。」

毛威道：「這次他的兒子來找我幹什麼？」

智囊沉吟道：「聽說老伯很喜歡交朋友，八成是想和大爺您交個朋友。」

其實他也知道這其中必定還另有原因，只不過他一向只選毛威喜歡聽的話說。

毛威笑了笑，道：「既然如此，那就請他進來吧！」

孫劍用不著別人請，自己已走了進來，因爲他不喜歡站在門口等。

沒有人攔得住他，想攔住他的人都已躺在地上爬不起來。毛威霍然長身而起，瞪著他。

孫劍並沒有奔跑跳躍，但三兩步就走到他面前，誰也無法形容他行動的矯健迅速。

連毛威心裡都在暗暗吃驚，出聲問道：「閣下姓孫？」

孫劍點點頭，道：「你就是毛威？」

毛威也點點頭，道：「有何貴幹？」

孫劍道：「來問你一句話。」

毛威看了他的智囊和打手一眼，道：「問什麼？」

孫劍道：「你是不是認得方幼蘋的老婆，是不是和她有不清不楚的關係？」

毛威的臉色變了。

他臉色一變，他的保鏢打手就衝了過來，其中有個臉上帶著疤痕的麻子，一步竄了過來就想推孫劍的胸膛。

孫劍忽然瞪起眼，厲聲道：「你敢！」他發怒的時候全身立刻充滿了一種深不可測，卻又威稜四射的力量，令人望而生畏。麻子的手幾乎立刻縮了回去。

但打手這碗飯並不是容易吃的，要吃這行飯，就得替人拚命，近年來毛威的勢力日漸龐大，他已很少有爲主人賣命的機會。

近年來他日子也過得很好，實在不想將這個飯碗摔破，咬了咬牙齒，手掌變爲拳頭，一拳向孫劍胸膛上擊出。

孫劍忽然刁住了他的手腕反擰，將他手臂，跟著一個肘拳擊出，打在他脊椎上。

麻子面容立刻扭曲，發出一聲淒厲的尖叫。

但尖叫聲並沒有將他骨頭拆碎的聲音罩住，他倒下去的時候，身子已軟得好像是一灘爛泥。

孫劍也覺得自己出手太重了些，但他不想在這種人身上多費手腳。

這是他小時從一個人那裡學來的，做事要想迅速達成目的，就不能選擇手段，最好第一擊就能先嚇破對方的膽。

和麻子一起衝過來的人，果然沒有一個人再敢出手，飯碗固然重要，但和性命比較起來，還是要差得遠一點。

孫劍再也不看他們一眼，盯著毛威，道：

「我問你的話，你聽到沒有？」

毛威的臉已脹紅，脖子青筋暴露，道：

「這件事與你又有何關？」

孫劍的手突又揮出，掌緣反切在他右邊的脅骨上。

這一招並不是什麼精妙的武功，甚至根本全無變化，但卻實在太準，太快，根本不給對方任何閃避招架的機會。

毛威的尖叫聲比那麻子更悽慘。

他已有十幾年沒有挨過打。

孫劍道：「這次我沒有打你的臉，好讓你還可以出去見人，下一次就不會如此客氣了。」

他看著毛威手抱著胸膛，在地上翻滾，不等他停下，就揪住他衣襟，將他從地上拉起，道：「我問你，你就得回答，現在你明白了麼？」

毛威的臉已疼得變了形，冷汗滾滾而落，咬著牙點了點頭。

孫劍沉著聲問道：

「你搭上了方幼蘋的老婆，是不是？」

毛威又點頭。

孫劍道：「你還打算跟她鬼混下去？」

毛威搖搖頭，喉嚨裡忽然發出低沉的嘶喊，道：「這女人是條母狗，是個婊子。」

孫劍看到他目中露出憤怒怨毒之意，就知道他絕不會再跟那女人來往，因爲他已將這次受的罪全都怪在她頭上。

世上大多數人自己因錯誤而受到懲罰時，都會將責任推到別人身上，絕不會埋怨自己。

孫劍覺得很滿意，道：「好，只要你不再跟她來往，一定可以活得長些。」

毛威暗中鬆了口氣，以爲這件事已結束。

誰知孫劍忽又道：「但以後她若和別的男人去鬼混，我也要來找你。」

毛威吃了一驚，嘶聲道：「那女人是個天生的婊子，我怎麼能管得住她？」

孫劍盯著他的眼睛，緩緩道：「我知道你一定可以想得出法子的。」

毛威想了想，目中忽然露出一絲光亮，道：「我明白了！」

孫劍臉上第一次有了笑容，道：「很好，只不過這種天生的婊子，隨時隨地都會偷人，你既然已想出了法子，就愈快愈好。」

毛威道：「我懂得。」

孫劍的拳頭忽又筆直伸出，打在他兩邊脅骨之間的胃上。

毛威整個人立刻縮了下去，剛吃下的酒菜已全都吐了出來。

孫劍的臉上卻還露著笑容，道：「我這不是打你，只不過要你好好記得我這個人而已。」

他把人打得至少半個月起不了床，還說不是在打人，這實在令人哭笑不得。

但他說的話，別人只有聽著。

孫劍走過去，將桌上的大半壺酒一飲而盡，皺皺眉道：「到底是暴發戶，連好酒壞酒都分辨不出，又怎麼分得出女人的好壞呢！」

毛威臉上忽然擠出一絲笑容，道：「姓方的那女人雖是個婊子，卻的確是個夠味的女人。」

孫劍道：「你的女人呢？」

毛威的臉色又變了變，道：「她……她們倒沒有一個比得上她的。」

孫劍盯著他，忽然笑了笑，搖著頭道：「你的話我不信，你連酒都不懂，怎麼懂女人？」

這句話未說完，他忽然衝了進去。

他已看到屏風後有很多的女人在躲著偷看，衝進去就選了個最順眼的拉過來，扛在肩上。

這女人似乎已被嚇昏了，連動都不動。

毛威變色道：「你……你想幹什麼？」

子。」

孫劍道：「不幹什麼，只不過是幹你常常幹的。」

他又拉住了毛威的手，厲聲喝叱道：「送我出去。」

他不想半途中被人暗算，所以拉個擋箭牌，他不怕別的，只是怕麻煩。

毛威只有送他出去，幾乎連眼淚都流了下來，道：「只要你放了鳳娟，我送你一千兩金子。」

孫劍眨眨眼，道：「她值那麼多？」

毛威咬著牙，不肯回答。

孫劍道：「你很喜歡她？」

毛威還是拒絕回答。

孫劍又笑了，道：「很好，那麼你下次動別人老婆主意時，就該先想想自己的女人。」

門外有匹高頭大馬，顯然是匹良好的千里駒。

孫劍一出門，就跳上馬絕塵而去，絕不給別人報復的機會。

這也是他小時在一個人那裡學來的。

這人不大說話，說的每句話都令人很難忘記。

馬行十里，他肩上扛著的那女人忽然吃吃的笑了。

孫劍道：「原來你沒有暈過去。」

鳳娟吃吃笑著道：「當然沒有，我本來就想跟著你走的。」

孫劍道：「為什麼？」

鳳娟道：「因為你是男子漢，有男子氣概，而且我覺得這樣子很刺激。」

孫劍道：「毛威對你不好？」

鳳娟笑道：「他雖有錢，卻是個小氣鬼，若對我不好，怎捨得為我花一千兩金子？」

孫劍點點頭，忽然不說話了。

鳳娟道：「這樣子難受得很，你放我下去好不好？我想坐在你懷裡。」

孫劍搖搖頭。

鳳娟嘆了口氣，道：「你真是個怪人。」

孫劍打馬更急。

前面一片荒野，不見人跡。

鳳娟已開始有些害怕，忍不住問道：「你要把我帶到哪裡去？」

孫劍道：「去一個你想不到的地方。」

鳳娟鬆了口氣，媚笑道：「我知道你想要找刺激，其實什麼地方都一樣的。」

過了半晌，她忽然又道：「我認得那姓方的女人，她叫朱青。」

孫劍道：「哦。」

鳳娟道：「她真是個天生的婊子，每天都想和男人上床，若要她不偷人，簡直比要狗不吃屎還難，我真不懂毛威能想出什麼法子。」

孫劍道：「死婊子不會偷人的！」

他抱著鳳娟的手忽然鬆開，鳳娟立刻從他肩上摔下來，就像是一袋麵粉似的重重跌在地上。

她尖叫道：「你這是幹什麼？」

孫劍的馬衝出去一箭之地，再兜回來，騎在馬鞍上冷冷的瞧著她。

鳳娟伸出手，道：「快拉我上去。」

孫劍道：「我若要拉你上來，就不會讓你跌下去。」

鳳娟還想作出媚笑，但恐懼已將她臉上的肌肉僵硬，嗔聲道：「你搶走我，難道就是把我帶到這裡來摔下我？」

孫劍道：「一點不錯。」

鳳娟大叫，道：「你這是什麼意思？」孫劍笑笑，座下的馬已絕塵而去，他做的事不喜歡向別人解釋。

尤其不喜歡向女人解釋。

鳳娟咬著牙，放聲大罵，將世上所有惡毒的話全都罵了出來。

然後她忽又伏地痛哭。

她痛哭並不是因爲她全身骨頭疼得像是要散開，也不是因爲她要一步步走回去。

她痛哭只是因爲她知道毛威不會相信她的話，絕不會相信孫劍並沒有對她做什麼事。

孫劍若是真做，她反而一點也不會傷心。

世上本就有種女人永遠不知道什麼叫侮辱，什麼才叫做羞恥。

她就是這種女人。

別人侮辱了她，她反而開心，沒有侮辱她，她反而覺得羞恥。

她也永遠無法明瞭孫劍的意思。

孫劍這麼做，只不過是要毛威也嚐嚐自己老婆被人搶走的滋味。

以牙還牙，以血還血。

老伯雖然也知道用這種法子來懲罰別人並不太好，但他卻一直沒有想出更好的法子。

很少有人還能想出更好的法子。

孫劍騎在馬上，自己也忍不住笑了。

老伯並沒有指示他應該怎麼樣處理這件事，但他卻相信就算老伯親自出馬，也未必能比他做得更好。

近年來，他已漸漸學會了老伯做事的方法與技巧。

他對自己覺得很滿意。

黃昏時，老伯還是逗留在菊花園裡，爲菊花除蟲，修剪花枝。

他喜歡自己動手，他說這是他的娛樂，不是工作。

看到文虎、文豹兄弟走進來的時候，他才放下手裡的花剪。

接見屬下，是他的工作。

他工作時工作，娛樂時娛樂，從不肯將兩件事混亂。

他不會將任何事混亂。

文虎、文豹是兩個精悍的年輕人，但面上已因艱苦的磨練而有了皺紋，看起來比他們實際的年齡要蒼老得多。

現在他們臉上都帶著種疲倦之態，顯然這兩天來他們工作得很努力，但只要能看到老伯讚許的笑容，再辛苦些也算不了什麼。

老伯在微笑，道：「你們的事已辦完了？」

文虎躬身道：「是！」

老伯道：「快把經過說給我聽！」

文虎道：「我們先打聽出徐大堡主有個女兒，就想法子將她架走。」

老伯道：「他女兒多大年紀？已經出嫁了沒有？」

文虎道：「她今年已二十一，還沒有出嫁，因爲她長得並不漂亮，而且脾氣出名的壞，據說她以前也曾訂過親，但她卻將未來的親家翁打走了！」

老伯點點頭，道：「說下去。」

文虎道：「我們又想法子認識了江家兄弟，把他們灌醉，然後帶到徐姑娘那裡去。」

文豹接著道：「那兩個小子喝醉時，見到女人就好像蒼蠅見到了血，也不管這女人是誰，一見面立刻就動手蠻幹。」

文虎道：「等他們幹完了，我們才出手，給了他們個教訓。」

文豹道：「我們動手時很留心，特別避開了他們的頭頂和後腦，絕不會把他們打死，但至少在三個月內他們絕對起不了床。」

他們兄弟一個練的是打虎拳，一個練的是鐵砂掌，他們的武功也和老伯屬下其他的人一樣，一點花巧都沒有，卻快得驚人。

老伯曾說，武功不是練給別人看的，所以根本用不著好看。

江家兄弟清醒時也許還能跟他們過過招，但喝得大醉時，除了哼聲和叫痛外，什麼花樣都使不出來了。

文虎道：「然後我們就僱了轎，將這三個人全都送到徐青松那裡去。」

文豹道：「只可惜我們看不到徐青松那時臉上的表情。」

他們說得很簡短，很扼要，說完了立刻就閉上了嘴。

他們知道老伯不喜歡聽廢話。

老伯臉上全無表情，連微笑都已消失。

文虎、文豹的心開始往下沉，他們已知道自己必定做錯了事。

無論誰做錯了事都要受懲罰，誰也不能例外。

過了很久，老伯才沉聲道：「你們知不知道做錯了什麼？」

文虎、文豹一起垂下頭。

老伯道：「江家兄弟在床上躺三個月並不算多，徐青松處事不公，受這種教訓也是應該的，這方面你們做得很好。」

他聲音忽然變得很嚴厲，厲聲道：「但徐青松的女兒做錯了什麼？你們要將她折磨成那樣子？」

文虎、文豹額上，都流下了冷汗，頭更不敢抬起。

老伯發怒的時候，絕沒有人敢向他正視一眼。

又過了很久，老伯的火氣才消了些，道：「這主意是誰出的？」

文虎、文豹搶著道：「我。」老伯瞧著兄弟兩人，目中的怒意又消了些，緩緩說道：「文虎比較老實，一定出不了這種主意。」

文豹頭垂得更低，囁嚅著道：「這件事大哥本來就不大贊成的。」

老伯背負著手，踱了個圈子，忽然停在他面前，道：「我知道你還沒有娶親。」

文豹道：「還沒有。」

老伯道：「立刻拿我的帖子，到徐家堡去求親，求徐姑娘嫁給你。」

文豹就好像忽然被人踩了一腳，立刻變得面色如土，嗄聲道：「但是……但是……」

老伯厲聲道：「沒有什麼但是不但是的，叫你去求親，你就去求親，你害了人家一輩子，你就得負責任，就算徐姑娘的脾氣不好，你也順著她一點。」無論誰做錯事都得受懲罰，恐怕也只有老伯能想得出！

文豹擦了汗，說道：「徐大堡主若是不答應呢？」

老伯道：「他絕不會不答應，尤其在這種時候他更不會。」

徐青松當然不會拒絕，現在他只愁女兒嫁不出去，何況文豹本來就是個很有出息的少年。

文豹不敢再話說，垂頭喪氣地走了出去。

走出菊花園，文虎才拍了拍他兄弟的肩，微笑道：「用不著垂頭喪氣，你本來早就該成親了。」

「成親之後你慢慢就會發現，有個老婆也並不是什麼太壞的事，甚至還有諸多好處。」

文豹從鼻子裡哼了一聲，喃喃道：「好處？有他媽的見鬼的好處。」

文虎道：「常言說的好，有錢沒錢，娶個老婆好過年，至少冬天晚上，你在外面凍得冷冰冰的時候，回去立刻就可以鑽進老婆的熱被窩，她絕不會轟你出來。」

文豹冷笑道：「現在我也有很多人的熱被窩可以鑽，每天都可以換個新鮮的熱被窩。」

文虎道：「但那些熱被窩裡也許早就有別的男人了，你也只有在旁邊瞧著乾瞪眼，老婆卻不同，只有老婆才會每天空著被窩等你回去。」

文豹道：「我想起了一句話，不知道你聽過沒有？」

文虎道：「什麼話？」

文豹道：「就算你每天都想吃雞蛋，也用不著在家裡養隻母雞。」

文虎笑了，道：「這譬喻不好，其實老婆就像是吃包飯。」

文豹道：「吃包飯？」

文虎道：「只要你願意，隨時可以回去吃，但是你若想換換口味，還是一樣可以在外面打野食。」

文豹也笑了笑，只笑了笑，立刻又皺起了眉，嘆道：「其實我也並不是真的反對娶老婆，但娶來的若是個母老虎，那有誰受得了？」

文虎道：「我也想起了一句話，不知道你聽說過沒有？」

文豹道：「你說。」

文虎道：「女人就像是匹馬，男人是騎馬的，只要騎馬的有本事，無論多難騎的馬，到後來還是一樣變得服服貼貼，你要她往東，她絕不敢往西的！」

他又笑了笑，接著道：「你嫂子的脾氣本來也不好，可是現在……」

文豹道：「現在她脾氣難道很好麼？」

文虎抬起了頭，昂然道：「現在我已漸漸讓她明白了，誰是一家之主。」

他的話剛說完，菊花叢中忽然走出了個又高又大的女人，一雙比桃子還大的杏眼瞪著他，道：「你倒說說看，誰是一家之主？」

文虎立刻變得像是隻鬥敗了的公雞，陪笑道：「當然是你。」

老伯又舉起花剪，他發現很多株菊花枝上的葉子都太多，多餘的葉子不但有礙美觀，而且會奪去花的養分，有礙它的生長。

老伯不喜歡多餘的事，正如不喜歡多餘的人一樣！

他手下真正能負責實際行動的人並不多，但每個人都十分能幹，而且對他完全忠誠。

對於這一點，他一向覺得很滿意。

他知道自己無論指揮他們去做什麼事，他們大多能夠完滿達成任務，所以近年來他已很少自己出手。

但這並不是說他已無力出手。

他確信自己還有力量擊倒任何一個想來侵犯他的人！

那天一石的劍向他擊過來的時候，在那一瞬間，他已看出了一石劍法中的三處破綻，就算別人不出手，他還是能在最後一刹那間將對方擊倒。

他出手往往都要等到最後一刹那，因爲這時對方發力已將用盡，新力還未生，而且以爲這一擊已將得手，心裡的警戒必已鬆懈。這時他必定反擊，往往就是致命的一擊。

只不過要能等到最後一刹那並不容易，那不但要有過人的鎮靜和勇氣，還要有許多痛苦的經驗。

他發現律香川不是他親生的兒子，但對他的忠心與服從甚至連孫劍都比不上，他對這少年近來日益欣賞，已決心要將自己的事業傳給他一半。

因爲只有他的冷靜與機智，才可以彌補孫劍暴躁的脾氣，愈龐大的事業，愈需要他這種人來維持的。

創業時就不同了。

創業時就需要的是能拚命，也敢拚命的人。

老伯又想起那灰衣人，他當然知道這人是誰。

卻一直絕口不提此事，就好像這人根本就沒有出現過一樣。

這人的確爲他做過很多別人做不到的事，但現在若還留下他，卻只有增加麻煩，因爲無論遇著什麼事，他都只會以暴力去解決。但老伯卻已學會很多種比殺人更有效的方法，現在他要的不是別人的性命，而是別人的服從與崇拜。

因爲他已發現要了別人的性命對自己並沒有什麼好處。

但當能得到別人的服從與崇拜，就永遠受益無窮。

這道理那灰衣人永遠不會懂得。

老伯嘆了口氣，對那天他用的手段頗爲不滿，而且一個人創業時總難免有很多不可告人的秘密，他知道的秘密太多。

若是換了別人，也許早已將他除去。

但老伯卻沒有這樣做，這也正是他與眾不同的地方，有時他做事雖然不擇手段，但他的確是個豪爽慷慨，心胸寬大的人。

這一點誰都無法否認。

老伯究竟有多少事業？是些什麼樣的事業？

是個秘密，除了他自己之外，誰也不知道。

這麼多事業當然需要很多人維持。

所以老伯一直在不斷吸收新血。

他忽又想起了那天來拜壽的那衣著樸素，態度沉靜的少年，他還記得這少年叫「陳志明」。

他對這少年印象很好，覺得只要稍加訓導，就可以成為他一個非常優秀的助手。只可惜，這少年自從那天之後，就沒有再出現過。

「我也許的確老了，照顧的事已不如從前那樣周到，那天竟忘記將他留下來。」老伯又嘆了口氣，反手捶了捶腰，望著西方清麗的夕陽，他心裡忽然有了種淒涼蕭條之意。

近來他時常會有這種感覺，所以已漸漸將希望寄託在下一代身上。

尤其是律香川。

律香川每次去辦事的時候，老伯從沒有擔心過他會失敗。

這次卻不同，這次老伯竟覺得有些不安，因為他很瞭解「十二飛鵬幫」的實力，也很瞭解萬鵬王的手段。

他生怕律香川此去會遭到危險。

但立刻他又覺得自己的顧慮實在太多，律香川一向都能將自己照顧得很好，此去就算是不能達成任務，也必定能全身而退。

「顧慮得太多，只怕也是老年人才會有這種心情吧！」老伯嘆息著，在夕陽下，緩緩走回自己的屋子，這時他忽然覺得自己實在已到了應該收手的時候了。但這種感覺卻總是有如曇花一現，等到明天早上太陽升起的時候，他立刻又會變得雄心萬丈。

世上本就有種人是永遠不會被任何事擊倒的，連「老」與「死」都不能。

這種人當然並不多，老伯卻無疑是其中一個。

律香川坐在車子裡的時候，心裡想著的並不是他就要去對付的萬鵬王，而是那殺人如割草的灰衣人。

黃山三友逞陰謀那天，他也沒有看到這灰衣人的面目，卻已隱隱猜到他是誰了。他並沒有去問老伯。

老伯自己不願說的事，世上絕沒有任何人能要他說出來。老伯既然絕口不提這個人，他就連問都不必問。

他只隱隱感覺到這人必定就是韓棠。

就連他都沒有見過，那種迅速、冷酷的殺人方法。

韓棠做的事，以前沒有人做過，以後也不會有人能做到。

近年來律香川的地位已日益重要，權力也日漸增大，已可直接指揮很多人，但無論他用什麼方法，卻無法探出韓棠一點來龍去脈。

誰也不知道這人以前在哪裡？做過些什麼事？武功是哪裡學來的？

每個人活到四、五十歲都必定有段歷史，這人卻完全沒有。

世上就好像根本沒有這麼一個人存在。

四 十二飛鵬

這輛馬車是經過特別而精心設計的，整個車廂就是一張床，上面鋪著柔軟的墊，車身的顫動也特別小。

睡在車廂裡，幾乎就跟睡在家裡的床上同樣舒服。

律香川要去做一件事的時候，就準備以全身每一分力量去做，絕不肯為別的事浪費絲毫精力。

他當然也知道這一次的任務十分艱巨。

「一個男人若為了一個女人而沉迷不能自拔，這人就根本不值得重視，所以你也不必去同情他。」

「男人就應該像個男人，說男人的話，做男人的事。」

這是老伯的名言之一，別人也許會奇怪，老伯怎會為了這種事去冒這麼大的險，去得罪萬鵬王這種人。

只有律香川懂得老伯的心意。

萬鵬王早已是老伯的對象，這次他若肯將小姑娘放走，就表示他已向老伯低頭，那麼他很快就會變成老伯的朋友。

否則他就是老伯的敵人。

「我對人瞭解得並不多，只知道世上有兩種人，一種是仇敵，一種是朋友，做我的朋友，還是仇敵，都由你選擇，卻絕沒有第三種可選的。」

這也是老伯的名言之一。

其實他給別人選擇的機會並不多，因爲無論誰想做他的仇敵，就得死！

現在的問題是，萬鵬王並不是個容易被嚇倒的人，他的選擇很可能跟別人不同！他若選擇了後者，那麼一場血戰也許立刻就要發生了，這一戰就算能得勝，付出的代價也必定十分慘烈。

律香川做事一向慎重周密，他已對萬鵬王這個人調查得很清楚。

萬鵬王並不姓萬，也不姓王，據說他是個武林中極有地位的人的私生子，但誰也不能證實。

他十七歲以前的歷史幾乎沒有人知道。律香川只知道他十七歲時是家鏢局的趟子手，半年後就升爲鏢頭，十九歲時殺了那家鏢局的主人，將鏢局佔爲己有。

但一年後他就將鏢局賣掉，做了當地的捕頭，三年中他捕獲了二十九個兇名在外的大盜，殺了其中八個，但卻放走了二十一個。

這二十一人從此對他五體投地，江湖中的黑道朋友，從此都知道江南有個捕頭，武功極高，義氣干雲，簡直已可與隋唐時賣馬的好漢秦瓊秦叔寶前後輝映。

二十四歲他辭去捕頭職位，開始組織「大鵬幫」。

開始的時候「大鵬幫」只有三處分舵，百餘名黨徒，經過多年的奮鬥，併吞了其他三十個幫會，才正式改名爲「十二飛鵬」。

因爲它在江南十二個主要的城市中都有分壇，每一個壇統率四個分堂，每一堂指揮八個分舵。現在「十二飛鵬幫」已是江南最大的幫派，連歷史悠久，人數最多的丐幫都凡事讓它三分。當年無名鏢局中一個無名趟子手，現在已是這最大幫派的總瓢把子，直接間接歸他指揮的人至少在一萬以上。

他的財產更多得無法統計。

當年他說的話無人理會，現在他無論說什麼，都是命令。

這一切並不是幸運得來的，據說他身上大大小小的傷疤多達四十餘處，一個人的武功本來就不算高，經過這麼多生死血戰後，也會變得十分可怕，何況他十七歲時就已是個很可怕的人。

那時他捕獲的二十九名大盜，就有一大半都是江湖中的一流高手，其中還包括少林的叛徒「兇僧」鐵禪，和辰州言家拳的高手「活殭屍」。

近年來江湖中更傳聞萬鵬王得到昔日天山大俠狄梁公留下的一本武功秘笈，將狄梁公威震八方的「七禽掌」加以融會貫通，練成一種空前絕後的掌法，叫做「飛鵬四十九式」，威力之強，無可比擬。

所以，無論誰想擊敗這麼樣的一個人，都是不容易的。

律香川早已深深體會到此行責任的重大，因爲老伯和萬鵬王這一戰是否能避免，就得看他處理這件事的方法是否正確。

不到萬不得已，他絕不願意看到這一戰爆發的。

他生怕萬鵬王不願接見他，所以特地找了江湖中的四大名公子之一，「南宮公子」南宮遠替他引見。

南宮遠是「南宮世家」的最後一代，風流倜儻，文武雙全，玩的事更是樣樣精通，江南的名妓就算還有不認得南宮公子的，也不敢承認。

因爲那實在丟人極了。

這種人花錢自然很多，「南宮世家」近年來卻已沒落，南宮遠花的銀子，十兩中至少有五兩是老伯「借」給他的。

律香川相信，他絕不願失去老伯這麼樣一個朋友。

恰巧他也是萬鵬王的朋友。

萬鵬王也和其他那些有錢的男人一樣，四十歲以後，興趣已不完全在女人身上，地位愈穩定，興趣就愈廣。

除了女人外，他還喜歡賭，喜歡馬，喜歡學學風雅，其中最花錢的當然還是最後一樣，要學風雅不但要捨得花錢，而且要懂得花錢。

恰巧南宮遠對這些都是專家。

所以萬鵬王也很需要他這麼樣一個朋友。

馬車在楓林外停下。

一個人，負手站在楓林中，長身玉立，白衣如雪。

他身旁的樹下有一張几，一面琴，一壺酒，一個青衣垂袖的童子，一匹神駿非凡的好馬。

遠看他雖然還是個少年，其實眼角早已有了皺紋。

他那種成熟而瀟灑的風采，本就不是任何年輕人學得像的。

律香川走下馬車，走了過去。他忽然發現南宮遠目光中帶著種沮喪之色，立刻停下了腳步。

南宮遠卻慢慢的走了過來，在他面前停下。

律香川忽然道：「他不肯？」

南宮遠輕輕嘆了一口氣，沉著聲道：「他拒絕見你。」

律香川道：「你沒提老伯？」

南宮遠道：「他說他和老伯素來沒有來往，也不想有什麼來往。」

律香川道：「你不能要他改變主意？」

南宮遠道：「誰也不能要他改變主意。」律香川點頭沒再問，其實他早已知道自己剛才那句話都是多問。

萬鵬王若是個時常改變主意的人，今天他也許還是鏢局中的一個趟子手，只有在每月領餉的時候，才能帶著醉去找一次女人。

律香川面上沒有一點表情，心裡面卻已打了個結。

他不知道用什麼法子才能將這個結解開。

他只知道這件事只許成功，不能失敗，因為失敗的後果太嚴重。

南宮遠忽又道：「每個月初一，是萬鵬王選購古董字畫的日子。」

律香川目中立刻露出一絲希望之色，道：「明天就是初一。」

南宮遠點點頭，長長嘆息了一聲，慢聲道：「光陰似箭，日月如梭，綠鬢少年，忽已白頭，人生一夢，夢醒便休，終日碌碌，所爲何由？」

律香川淡淡的笑了笑，笑容中帶著種譏諷之意，忽然自懷中取出了個很大的信封，道：「也許爲的就是此物。」

南宮遠道：「這是什麼？」

律香川道：「五千兩銀票，這是老伯對你的敬意。」

南宮遠看著他手裡的信封，也笑了，笑容中的譏諷之意更濃，緩緩道：「我這種人還有什麼值得尊敬？」

他忽然回身，到樹下，手撫琴弦。

琤琮一聲，琴聲響起。

南宮遠大聲而歌：「人生一夢，夢醒便休，終日碌碌，所爲何由？」

消沉的歌，慘淡的琴，夕陽照著楓林，天地間忽然變得十分蕭索。

律香川靜靜的站著，他現在無論地位和成就都比南宮遠高得多，但在南宮遠面前，他總是覺得彷彿缺少了什麼。

他缺少的是「過去」。

他擁有「現在」和「將來」，南宮遠卻擁有「過去」，只有「過去」是任何人都買不到的。

無論用多大的代價都買不到。

律香川想到過去那一段艱苦奮鬥的歲月，心裡忽然湧出一股憤怒之意。

他走過去，將信封放下，凝注著南宮遠，一字字道：「我的夢永遠不會醒，因爲我從沒有做過夢。」

南宮遠沒有抬頭，只是淡淡道：「但你也知道，每個人偶爾都該做做夢的，是不是？」

律香川知道。

他的毛病就是不做夢，所以他緊張，緊張得已漸覺疲勞。

可是他寧願如此。

每個人都有自己的生活方式，他選的是比較複雜的一種。

琴聲猝絕。

他大步走回馬車，發出簡短的命令：「古華軒」。

初一。

附近三百里內的古董商都來到山腳下，有的甚至是從千里外趕來的。

因爲今天是萬鵬王選購古董的日子，萬鵬王無疑是個好主顧。

這些古董商人彼此都已很熟悉，其中只有個態度沉靜，舉止斯文的少年很陌生，大家只聽說他是「古華軒」主人派來的代表。

白雲縹緲，古堡似在雲端，高不可攀。白雲間忽然傳來一陣鐘聲，大家才開始走上山去。

律香川第一眼看到萬鵬王的時候，心裡著實吃了一驚。

連他都從未見到過這麼樣的人物。

萬鵬王是個天神般的巨人，坐在那裡就和別人站著差不多高。

有人說，四肢太發達的人，頭腦未免簡單。

萬鵬王卻顯然是個例外。

他目光冷靜銳利而堅定，顯示出他的智慧和決心，而且帶著無比的自信，使得任何人都不敢低估他的力量。

他的手掌寬而厚大，隨時隨刻都握得很緊，像是時時刻刻都在握著一股力量，隨時都準備將冒犯他的人擊倒。每個人在他面前說話都得小心翼翼，他卻連看也懶得看別人。

直到律香川走過去，他眼睛裡忽然射出一股光芒，刀一般逼視著律香川，過了很久，才緩緩道：「你是古華軒派來的？」

律香川道：「不是。」

他很了解萬鵬王這種人，他知道在這種人面前最好莫要說謊。

因為無論多好的謊話很難騙過這種人。萬鵬王忽然大笑，道：「很好，你這人很不簡單，能支使你的人當然更不簡單。」

他的笑聲忽又停頓，盯著律香川，一字字道：「是不是孫玉伯？」

律香川心裡忽然對這人生出一種尊敬之意，將手裡捧著的盤子捧了過去。

漢玉的盤子，上面有一隻秦鼎。

律香川道：「這就是老伯對幫主的敬意，望幫主笑納。」

老伯在向別人有所需求的時候，通常都會先送一份厚禮表示友誼，他做事喜歡「先禮後兵」。

但這次卻不是老伯的意思。禮物是律香川自己做主送來的，他希望這件事能和平解決。

萬鵬王眼睛雖然瞧著盤子，其實卻在沉思。

過了很久，他才緩緩說道：「聽說武老刀是從關外流浪到江南的，三十年前才在江南落戶生根。」

他抬起頭，盯著律香川，道：「孫玉伯也是？對不對？」

律香川道：「老伯和武老刀本是一個村子裡的人，而且是同時出關的。」

他知道萬鵬王已看透他的來意，所以對什麼事都不必再隱瞞。

他已漸漸發覺，萬鵬王比他想像還要可怕得多。

萬鵬王沉聲道：「他要你來替武老刀的兒子求情？」

律香川道：「老伯知道幫主對這種小兒女的私情遲早定會一笑置之，何況，那位姑娘只不過是幫主買來的一個丫頭。」

他說話不但婉轉有禮，而且先將這件事的利害分析得很清楚。

為了一個丫頭而開罪老伯，大動干戈，這麼樣豈非很不值得？

萬鵬王卻沉下了臉，道：「這不是兒女私情的問題，而是本幫的規矩，沒有任何人能夠破壞本幫的規矩！」

律香川的心沉了下來，他已看出這件事成功的希望不大。

但未到完全絕望前，他絕不會放棄努力。

他想將這件事的利害解釋得更清楚些，試探著道：「老伯素來喜歡朋友，幫主若能與他結交，天下人都必然將撫額稱慶。」

萬鵬王沒有回答，霍然長身而起，道：「你跟我來！」

律香川猜不透萬鵬王要他到哪裡去，去那裡幹什麼！

他雖然猜疑，卻不恐懼。

萬鵬王若要殺他，他現在也許就已死了。

走出廳，律香川才發現這古堡是多麼雄偉巨大，城堡的顏色已因歲月的消磨變成青灰色，這使它看來更古老莊嚴。

四面看不到什麼巡哨的堡丁，安靜得令人覺得這地方毫無戒備。

但律香川當然不會有這種錯覺，他懂得「包子的肉不在摺上」，這裡若是三步一兵，五步一卒，他反而會看輕萬鵬王。

像萬鵬王這種人，當然絕不會將自己的實力輕易露出來。

老伯也一樣。

「你最好能令敵人低估自己的力量，否則你就最好不要有敵人。」

只有鄉下人才會將全部家產戴在身上。

走廊陰暗而肅穆。

走廊的盡頭有道門，並沒有鎖，就好像裡面的屋子是空的。

但你若打開門，立刻就會發現自己錯得多麼厲害。

這屋子裡藏著的古玩珍寶，就算是皇宮大內也未必能比得上。

連律香川這樣的人，到這裡都不免有眼花繚亂之感。

萬鵬王背負著雙手，帶著他兜了個圈子，忽然道：「你隨便選兩樣，就算我的回禮。」

律香川沒有推辭拒絕，有些人說出的話，你拒絕非但無用，反而顯得可笑。

他真的選了兩件。

他選的是一塊玉璧，和一柄波斯刀。

兩樣東西的價值幾乎和他送出的完全一樣，這表示他不僅識貨，而且對萬鵬王很看得起，知道他不願佔人便宜。

萬鵬王目中果然露出一絲讚許之色，道：「無論什麼時候，你若和孫玉伯鬧翻了，就到我這裡來，我絕不會埋沒了你。」

律香川道：「多謝。」

能被萬鵬王這樣的人看重，律香川也難免覺得有點得意。

但他的心卻已冷透。

因爲他知道這件事已完全絕望，萬鵬王絕不會再給他商量的餘地。

他們由另一條路走回，穿過外院，忽然聽到馬嘶聲。

萬鵬王腳步停了下來，問道：「要不要看看我的馬？」

律香川第一次看到他目中真正露出歡愉之色，立刻發覺他這次邀請並沒有其他目的。只不過好像主人將聰明的兒女叫出來和客人相見一樣，要客人誇獎兩句而已。誇獎別人是律香川永遠都很樂意做的事。

因為這種事做了，不但可以令別人開心，自己也有好處，只有呆子才會拒絕，雖然現在他還不知道好處在哪裡。

馬廄長而整齊，幾乎每匹馬都是百中選一的千里駒。

但所有馬的價值，加起來也許還比不上最後那一匹。

這匹馬單獨佔用了一間馬廄，毛澤光亮柔滑，宛如緞子，雖然是一匹馬，卻帶著無法形容的高貴和驕傲，彷彿不屑與人為伍。

律香川脫口讚道：「好馬，不知是不是大宛的汗血種。」

萬鵬王笑道：「你倒很識貨。」

他笑得不但愉快，而且得意，這也是第一次在他臉上看到的，就算他在那珍寶堆積如山的屋子裡，都沒有出現過這種神色。

律香川心裡忽然有了一線希望。

他已想出了一個也許可令萬鵬王低頭的法子來。

雖然他還不知道這個法子是否能行得通，但好歹都至少要試一試。

無論這法子是否能行得通，結果反正都是一樣。

五　危機四伏

深夜。

這條街本來是城裡最熱鬧的一條，但現在每家店鋪卻已熄燈打烊，街道上幾乎看不到一點燈光，也聽不到一點聲音。

武老刀陪著律香川走到這裡來，卻不懂是要來幹什麼？他也不敢問。

律香川雖年輕，態度雖斯文有禮，但像武老刀這種老江湖卻已看出這人有一種年輕人特別不同的氣質，雖沒有老伯年輕那麼威稜四射，卻更深沉難測，將來的成就一定不會在老伯之下。

武老刀有心結交這位年輕人，所以對他特別尊敬。

街上最大的酒樓叫「八仙樓」，現在每一扇窗子都是漆黑的，酒樓的伙計顯然早已睡得很沉了。但律香川卻直接就走過去推門。門居然沒有上栓，樓上燈火通明，只不過每扇窗子都蒙著很厚的黑布，所以外面看不到一點燈火。

有四、五十個人早已在這裡等著，從衣著上看來，這些人的身份複雜，但卻有一點相同之處。

每個人的神情都很沉靜，一雙手都粗糙而有力，他們彼此間顯然互不相識，但看到律香川，每個人全都站了起來躬身行禮。

在這一剎那間，武老刀忽然發覺老伯的勢力遠比他想像中還可怕得多。

他完全沒有看到律香川召集任何人，這些人卻全都來了，他在城裡住了二十多年，竟不知道這些人是從哪裡來的。

最妙的是，這八仙樓的老闆余百樂也在這群人之中，而且第一個走過來迎接律香川的就是他。

武老刀和他做了二十年的朋友，居然始終不知道他與老伯有來往，而且顯然還是老伯的屬下。

律香川對他的態度謙和又帶著三分尊敬，就像是一個聰明的帝王對待他的功臣一樣。

余百樂躬身道：「除了有事到外地去了的之外，人多已到，請吩咐！」

律香川微笑點了點頭，張開雙手，道：「各位請坐下，老伯令我問各位的好。」

大家一起躬身道：「不敢……屬下等一直惦記著老伯，不知他老人家身體可康健？」

律香川笑道：

「他老人家就像鐵打的，各位都是他的老朋友，當然知道得比我還清楚，就算瘟神見了他，也要落荒而逃的！」

每個人都笑了。

剛才大家心裡都是有點緊張不安，但現在卻已全都一掃而空。

笑。

律香川道：「今天和各位初次見面，本該敬各位一杯，卻又怕余老闆心疼。」大家又在笑。

等這陣笑過了，律香川神情忽然變得嚴肅起來，接著道：「何況，不瞞各位，這次我到這裡來，肩上的擔子很重，這件事若是不能解決，我也沒面再回去見老伯了，各位想想，我怎麼有心情喝酒呢？」

有人接著道：「律先生若有什麼困難，無論是要人還是要錢，但請吩咐。」

律香川道：「多謝。」

他等到每個人的注意力都集中之後，才接著道：「現在我想要的只有一件事，就是『十二飛鵬幫』總舵的馬廄！」

夜更深，武老刀和律香川走在歸途。

現在他對這少年人的尊敬比去時更深。律香川剛才說話的時候，他一直在旁邊留意著，他發覺這少年不但說話比老江湖更有技巧，而且還有種特殊的魅力，能夠使每個初次見到他的人就想跟他親近，而這種親切並無損他的威嚴。

由於多年親身的體驗，武老刀深知一個人要得人敬愛是多麼困難。

最令武老刀感動的是，律香川雖急於在人群中建立自己的聲望和地位，卻還是未忘記將老伯高置於他自己之上。

律香川忽然回頭對他道：「你是不是有些話要問我？」

武老刀遲疑著，他在這少年面前說話已更小心。

他終於問道：「你真的要那匹馬？」

律香川道：「老伯一生中從未對人說過假話，我一心想追隨他老人家，別的事我雖然萬萬趕不上，這一點至少還能做到。」

武老刀暗中伸出了大拇指，過了半晌，才試探著道：「那飛鵬古堡戒備森嚴，要將一匹會叫會跳的馬活生生偷出來，只怕很不容易——就算馬夫中有老伯的朋友，也不容易。」

律香川道：「非但不容易，而且簡直幾乎是完全不可能。」

他忽然笑了笑，道：「但是，我並沒有說要將那匹馬活生生帶出來。」

武老刀怔了怔，變色道：「你是說，只要能帶出來，不論死活？」

律香川道：「我正是這意思。」

武老刀倒抽一口氣，道：「萬鵬王將那匹馬看得比什麼都重要，若是殺了牠，只怕後果很嚴重。」

律香川淡淡一笑道：「就算不殺，後果也同樣嚴重。」

武老刀道：「爲什麼？」

律香川道：「你知道，老伯從來不喜歡被人拒絕，這次更特別告訴我，只要能令萬鵬王放出令郎的心上人，不必考慮一切後果。」

他拍了拍武老刀的肩，又道：「老伯的朋友雖多，但從小和他一起長大的卻沒有幾個，他就算犧牲一切，也不讓你傷心失望。」

武老刀忽然覺得胸中一陣熱意上湧，喉頭似已被塞住，勉強控制自己，道：「難道老伯爲了我，竟不惜與『十二飛鵬幫』一戰！」

律香川淡淡道：「我們早已有所準備。」他說得雖輕鬆，但武老刀深知「十二飛鵬幫」的實力，當然知道這一戰所要犧牲的代價，如何慘烈。

想到一個老朋友竟會爲自己如此犧牲，他熱淚已忍不住奪眶而出。

律香川道：「當然我也不希望這一戰真的發生，所以才決心這麼做。」

武老刀擦了擦鼻涕，想說話，卻說不出。

律香川道：「我只希望這一舉可將萬鵬王嚇倒，乖乖的將那位姑娘送出來。」

武老刀點點頭，心裡充滿了感激。

律香川道：「我選擇那匹馬，只因爲我們不到萬不得已，絕不願傷及人命，何況，我知道一個人發現自己最心愛之物被人毀滅時，除了憤怒悲哀外，還會覺得深深恐懼。」

武老刀囁嚅著，道：「可是，萬鵬王並不是個容易被嚇倒的人！」

律香川淡淡一笑道：「我早已說過，我們對一切可能發生的後果，都已早有準備。」

武老刀垂下頭，心頭的重壓，使他連頭都抬不起來。

他但願自己永遠未曾將這件事向老伯提起。

他當然永遠不會知道，就算沒有他這件事，這一戰還是遲早難免發生的！

萬鵬王每天早上起床的時候，脾氣都特別暴躁，所以陪寢的少女早已找個機會溜了。

直到萬鵬王吃完早點後，他的火氣才會慢慢消下去。

萬鵬王的食量也和他別的事同樣驚人。他的早點通常是一大鍋用冬菇和雲腿熬得爛爛的老母雞湯，另外還加上十個蛋子，二十個煎包子。別人看到他的早點時，往往都會嚇一跳。

今天卻不同。萬鵬王掀開銀鍋的蓋子時，面色突然發青。

鍋子裡沒有冬菇，沒有火腿，也沒有雞。

鍋子裡只有一個馬頭，一個血淋淋的馬頭。

萬鵬王認得這隻馬頭。

他的胃立刻痙攣收縮，有如被人重重打了一拳。

然後就是一股足以將萬物燃燒的怒火，他幾乎忍不住要從床上跳起來，衝出去，將第一個見到的人扼死，將馬廄裡所有的人全都扼死，將送這鍋子來的人扼死十次！

但令人驚異的是，他居然忍耐了下來。為了芝麻豆大的一點小事，他往往會暴跳如雷，怒氣沖天，甚至會殺人。

但遇著真正大事時，他反而能保持冷靜。

他知道唯有怒火才能毀滅他自己。

他也知道這件事是誰幹的。

老伯必將有所行動，早已在他預料之中，但卻未想到行動如此迅速。

律香川正是要讓他想不到。

「你要打擊一個人，若不能把握第一個機會，就只有等到最後對方已鬆懈時，只不過要等那麼長久簡直是任何人都做不到的。」

這也是老伯的名言，律香川從未忘記。他把握了第一個機會，因爲他知道對方這時還未及防備。

萬鵬王吃早點的時候沒有人敢留在屋子裡。

他不喜歡別人看他狼吞虎嚥。

幸好屋子裡沒有別人，所以他才靜靜思索。

老伯的確是個可怕的對手，比想像中還要可怕十倍，他手下像律香川那樣的人還有多少？

萬鵬王惶惶的蓋好鍋蓋，走出去的時候臉上毫無表情，只吩咐了一句話：「把黛黛立刻送到武老刀的鏢局去！」

孟星魂躺在客棧的木板床上，足足躺了七、八個時辰。

他沒有吃，沒有動，也沒有睡著。

現在，距離高老大給他的期限還有九十一天。

他對老伯這個人所知道的，還是和二十三天之前同樣多。

他知道老伯是個很特別的人，別的事他幾乎完全不知道。

武功是什麼來歷？是深是淺？

孟星魂不知道。

那天老伯連一根手指都沒有動。那種非人能及的鎭靜，正是孟星魂覺得可怕的一點。

「老伯屬下究竟有些什麼高手?有多少?」

孟星魂不知道。

那天他所看到的，只是那全身都是暗器的斯文少年，和性烈如火，但卻義氣干雲的孫劍。

他知道這兩個人都已離開了本地，但老伯身旁還有沒有這樣的人?

那灰衣人呢?

孟星魂自己也是殺人專家，但對這人那種冷酷、準確、迅速的殺人方法，還是覺得心驚。

他也曾查詢過這人的行蹤。

可是，連律香川都查不出的事，他又怎能查得到?

「老伯平日的生活習慣是怎麼樣的?平時他到些什麼地方去?」

孟星魂不知道。

他甚至不知道老伯確實的住處在哪裡?園中至少有十七棟單獨的屋子，老伯住在哪一棟?何況，老伯的花園並不止這棟花園一處，菊花園旁是梅花園，還有牡丹、薔薇、芍藥、茶花，甚至還有竹園。

所有的花園密密相接，誰也不知道究竟佔了多少地，只知道一個人就算走得很快，也難在一天內繞著這片地走一圈。

最令孟星魂困擾的是，自從那天後，他就沒有再看到老伯一眼。

這人就好像是古代的帝王，永遠不會踏出他的領土一步。

花園中是不是有埋伏?有多少埋伏?孟星魂不知道。

他也不敢隨便踏入老伯的領土一步。

他不敢輕舉妄動。

入夜後孟星魂才起床，出去吃他今天的第一次飯，也是最後一頓飯。

他吃得很簡單，因爲一個人若是吃得太飽，思想難免遲鈍。

近年來他這人已變成幾種動物的混合體，變得像蝙蝠晝伏夜出，獵犬般善於追蹤，鷙鷹般的準，豺狼般的狠，兔子般善於奔跑，烏龜般忍辱負重，甚至還可以像駱駝和牛一般反芻。

他吃了一頓，往往就可以支持很久。

他選的這家店鋪不太大，也不太小，生意既不好，也不壞。

他無論做什麼事都採中庸之道，因爲他不想引人注目。

斜對面卻是家燈火輝煌的酒樓。

這時正有一群人嬉笑著從酒樓中走出來，有男有女，大多數都是很年輕，很快樂，看他們的衣著，就知道必定是富家子弟。孟星魂很羨慕他們。

他和律香川不一樣，雖然羨慕別人，卻不妒忌，對自己悲慘的過去也不會覺得悲哀憤怒。

笑聲很響，說話的聲音也很響。

「今天誰喝的酒最多？」

「當然是小蝶。」

小蝶是個穿著大紅披風的女孩子，因爲這時已有個少年又衝入酒樓，提著個酒樽出來，送到小蝶面前。

「小蝶，你若還能夠把這酒喝完，我才真的佩服。」

小蝶沒有說話，也沒有拒絕。

她只是微微笑著，拿過酒樽，立刻就一飲而盡。

酒量這麼好的女孩子並不多，孟星魂也喝酒，未免多瞧了她兩眼。

他忽然發覺這女孩子很特別。

她長得很美，美極了，美麗的女孩子通常都知道自己有多麼美。

而且隨時不會忘記提醒別人這一點。

這女孩子卻不同。

她好像對自己是美是醜都完全不在乎。她在人群中，也在笑，可是她笑得也和別人完全不同。

雖然她身旁有那麼多人，但卻彷彿是完全孤獨的，無論和多少人在一起，她都好像是一個人站在寒冷荒涼的曠野中。

一匹匹馬牽過來，一輛輛馬車駛過來。別的人都給接走了，只剩下小蝶和一個穿黑披風的少年。

這少年身材很高，很英俊，佩劍的劍柄從披風裡露出來，閃閃發光。

這種少年正配做小蝶這種少女的護花使者。

還有輛最豪華的馬車停在路旁。

黑披風少年道：「我們也上車吧！」

小蝶搖搖頭。

黑披風少年道：「你還想喝酒？」

小蝶又搖搖頭。

黑披風少年笑了，道：「那麼你難道想在這裡站一夜？」

小蝶還是搖頭，輕輕道：「我只是想走走。」

黑披風少年道：「好，我陪你走。」他們的關係顯然很親密，他還年輕，還不怕別人看不順眼。

他對別人的看法也根本不在乎。

所以他拉起了她的手。

小蝶並沒有要將他的手甩脫，還是輕輕道：「我想一個人走走，好不好？」

黑披風少年怔了怔，終於慢慢放下她的手，道：「明天我能不能再去找你？」

小蝶嫣然，道：「只要你有空，我也有空，你爲什麼不能來找我？」

黑披風少年又笑了，道：「明天我一早就去找你，你等我。」

小蝶沒有再說話，一個人慢慢的往前走，她走得很慢，但，還是慢慢的，消失在黑暗中。很黑暗。

少女們都怕黑暗，而她還是一點也不在乎。

孟星魂當然不認得小蝶，也不認得這穿黑披風的少年。

這兩人的事本和他全無關係，他甚至也覺得這兩人是很配的一對。

但是也不知道為了什麼，當他聽見小蝶要一個人走，看到她將少年一個人丟在路旁的時候，他心裡竟覺得舒服。

那黑披風少年還一直向她身影消失的方向癡癡的瞧著，很久很久以後，他忽然也衝進了這飯舖，大聲道：「老闆，給我來壺酒，用大壺。」

孟星魂自己也有借酒消愁的時候，但也不知為了什麼，他只覺得這少年很愚蠢，很可笑。

一壺酒很快就只剩下半壺。

這少年忽然向孟星魂招了招手，道：「一個人喝酒真無聊，你陪我喝一杯好不好？我請你。」

孟星魂道：「我不喝酒。」

少年道：「從來不喝？」

孟星魂沒有回答，但他不想說謊，可也不想說實話。

少年忽然長長嘆了口氣，苦笑道：「你若遇見一個像那樣的女孩子，你也會喝酒的。」

孟星魂道：「哦。」

少年道：「我說的女孩子，就是剛才穿紅披風的那位，你看見了沒有？」

孟星魂道：「剛才的女孩子很多。」

少年道：「但她卻跟別人不同，有時她對我比火熱，有時卻又冷得像冰。」

他忽然重重一拍桌子，大聲道：「遇見這麼樣一個女人，你說我該怎麼辦才好？」

孟星魂道：「辦法多極了，最好就是另外去找一個。」

他不想再談下去，卻知道自己若不走，這談話就不會結束。

他走了。走出門的時候，還聽到這少年在喃喃自語，道：「小蝶小蝶，你對我究竟是好？還是不好？你爲什麼總是要我受不了……」

前面一片黑暗。

小蝶就是往這條路走的，孟星魂不知不覺也走了這條路。

雖然他自己絕不會承認，但在他心底深處，卻彷彿有個秘密，希望能夠再見到那女孩子一面。

他沒有見到。

那女孩子就像幽靈般在黑暗中消失。

孟星魂回到他住的那家客棧時，夜已很深，小院中已寂無人聲。

他屋子裡當然也沒有燈火。

他根本從不燃燈，因爲只有在黑暗中，他才會覺得比較安全。

門是關的，窗子也是關的，他走的時候本已將門窗全部關好。

但是，他還沒有走過去，他就忽然停下腳步，彷彿一頭久經訓練的獵犬，忽然聞出了前面的警訊。

他身形忽然掠起，掠到後院。

後面的窗子也是關著的，他輕輕彈了彈窗戶，忽又掠起，到前面的屋簷上，行動之迅速、輕靈，就像是鷹與蝙蝠。

就在這個時候，已有一條人影從前面的窗子裡掠出。

這人的行動也很迅速矯健，身形一定，騰空而起，忽然覺得有個人緊貼在身後的半尺外。

他往上躍，這人也往上躍，他往下落，這人也跟著往下落。

一起一落間，他手心已冒出了冷汗。

只聽身後這人淡淡道：「你若不是小何，現在已經死了十次。」

這人長長吐出口氣，他已聽出這是孟星魂的聲音。

他沒有說話，用力推開孟星魂的房門，大步走了進去。

孟星魂站在門外，臉上毫無表情，直到屋子裡燈光亮起，他才慢慢的走進去，坐下。

就坐在小何對面。

他看著小何，小何卻故意不看他。

他認識小何已有二十年，卻從來不瞭解這個人，而他也不想瞭解。

他們的感情本該和兄弟一樣，但有時卻偏偏像是個陌生人。

孟星魂、石群、葉翔、小何，都是孤兒，他們能夠在戰亂中和飢荒中活下來，都靠高老大。

小何，是這四個人中，年紀最小的一個，遇見高老大卻最早，他一直認爲高老大是他一個人的老大。

所以高老大收容另外三個人的時候，他不但妒忌，而且憤怒，不但排斥，而且挑撥。

他一直認爲這三個人不但從高老大的手裡奪去了他的食物，也奪去了他的愛，若沒有這三個人，他就可以吃得飽些，過得舒服些。

從一開始的時候，他就用盡各種法子，想高老大要這三個人滾蛋。

那時他才六歲。

六歲時他就已經是個工於心計的人。

六歲時他想的法子就壞絕。

有一次，高老大叫他通知另外三個人，在西城外的長亭集合。他卻告訴他們，集合的地方是在東城。

他們在東城外等候了兩天，幾乎快餓死，若不是高老大一直不死心，一直在找尋，他們就活不到現在了。

還有一次，他告訴巡城的捕快，說他們三個人是小偷，而且還故意將自己偷來的東西塞在他們的身上。

那時除了死囚外，無論罪多大的囚犯都已被放了出來，因爲衙門裡也沒有那麼多糧食養犯人。

那次他們三個人就幾乎做了淹死鬼，若不是高老大也不知用什麼法子讓那捕快嚐著點甜頭，他們三個人也活不到現在。

那時捕快對付小偷的法子，不是捉將官裡去，而是拋到河裡去。

這樣的事還有很多，事後高老大雖然罵了他幾句，卻並沒有趕他走，因爲她總覺得他年紀還小，做這種事的動機也是爲了她，所以值得原諒。

高老大做事就只憑自己的好惡，對是非之間的觀念都很模糊，因爲根本沒有人告訴過她，什麼是錯的，什麼才是對的。

所以她總認爲，只要能活下去，無論做什麼都是對的。

二十年來，小何一直不斷的在做這種事，用的手段當然愈來愈高明，愈來愈不露痕跡。

尤其是對孟星魂，他妒忌得更厲害，他們是同時開始練武的，但孟星魂的武功卻比他強得多。

孟星魂在高老大心目中的地位，也是漸漸地重要。

這使他愈來愈無法忍受。

孟星魂凝視著小何漂亮的臉。

他漂亮得幾乎已不像是個男人。

高老大常說：小何若是穿上女人的衣服，將頭髮披下來，大多數男人都必定會被他勾去魂魄。尤其是他的皮膚，簡直比女人還細還白，很多人都不懂，像他這種在烈日風沙中長大的人，怎麼會有這麼白的皮膚。

但現在，他臉色卻已因憤怒而變成鐵青，一雙幼細柔滑的手也在不停的發抖，顯然是在努力控制自己，不讓脾氣發作。

孟星魂心裡忽然升起一陣歉疚之意。

無論如何，小何畢竟是他多年的夥伴，年紀畢竟比他小兩歲。

他本該將他當做是自己的兄弟。他勉強自己笑了笑，道：「想不到你會來，你應該先通知我的。」

小何忽然冷笑一聲，道：「你以為屋子裡的人是誰？」

孟星魂道：「什麼人都有可能，做我們這種事的人，對什麼事都不能不特別小心。」

小何板著臉，道：「什麼人都有可能？難道除了高老大之外，還有別人知道你在這裡？」

孟星魂臉上的笑容忽然消失，道：「是高老大叫你來的？」

小何既不承認，也不否認。

這意思就說他已經承認了。

孟星魂面上雖也全無表情，但目中已掠過了一片陰影。

他出來做事的時候，高老大從未干涉過他的行動，甚至連問都不問。

她盡力要他知道，她對他是多麼信任。但現在，卻好像不同了。

孟星魂不得不想起那次高老大要他在暗中跟蹤葉翔的情形。

那次她要他去，就表示她對葉翔已不再信任，認為葉翔已無力再完滿達成任務。

小何偷偷觀察著他的表情，眼睛裡，忽然有了光。

他似乎已猜出孟星魂心裡在想什麼，故意笑了笑，淡淡道：「你當然知道高老大並不是不信任你，只不過要我來告訴你幾句話。」

他笑得很神秘，很曖昧，任何人都可看出他笑得有點不懷好意，有點幸災樂禍。他正是故意要孟星魂有這種感覺。

孟星魂沉默了很久，才緩緩道：「她要你告訴我什麼？」

小何壓低聲音，道：「你知不知道孫老伯手下最得力的兩個人都出去辦事了？」

孟星魂道：「你說的是孫劍和律香川？」

小何點點頭，帶著笑道：「原來你已經知道，但高老大卻怕你不知道。」

「怕你不知道」，這意思就是對你已有點不信任。

孟星魂當然不會聽不出他的言下之意。小何也知道他已聽出，接著道：「這兩個人一走，孫玉伯無異失了兩條手臂，一個人若是失去了左右手，還有什麼可怕的。」

他蹺起腿，悠然道：「所以現在正是你下手最好的時候，你既然知道，爲什麼還不下手？」

孟星魂望著他高高蹺起的兩條腿，怒氣忽然上湧，道：「這件事是你做？還是我做？」

小何道：「當然是你。」

孟星魂道：「是我做，就得由我作主。」

小何道：「當然是你作主，我只不過問問而已，沒有別的意思。」

他忽然又笑了笑，道：「高老大常說你最冷靜，想不到你這麼容易發脾氣。」

孟星魂覺得自己好像被抽了一鞭子。他的確不該動怒的，怒氣對他這種人來說，簡直比毒藥還可怕。

他甚至可以感覺到自己的指尖漸漸變冷。

小何看著他，皺眉道：「你怎麼樣了？是不是不舒服？」

孟星魂又沉默了很久，才緩緩地說道：「我累了。」

小何沉吟著，顯得很關心，道：「有句話我不知該不該說？」

孟星魂道：「你說。」

小何顯得更關心，忽又搖了搖頭，道：「也許我還是不說的好。」

孟星魂道：「你說。」

小何這才嘆口氣，道：「這兩年來你的確累了，應該好好休息一陣子，這件事你若已覺得不想去做，我可以替你去。」

孟星魂緩緩站起來，瞪視著他，緩緩道：「你知道孫玉伯是個怎麼樣的人嗎？」

小何不回答，忽又冷笑，反問道：「你以為我殺不了他？」

孟星魂道：「也許我也殺不了他。」

小何冷笑道：「你殺不了的人，難道我就更殺不了？」他臉色又發青，接著道：「就算你武功比我強，但殺人並不是全靠武功的，主要的是看你下不下得了手，若論武功，葉翔難道比你差？」

孟星魂沉默了很久，緩緩的坐下，道：「你若一定要替我去，就去吧！」

他忽然覺得很疲倦，疲倦得不想爭辯，疲倦得什麼事都不想做。

可是有句話他卻還是不能不說。

他慢慢的接著道：「但你去之前，最好先瞭解做這件事有多麼危險。」

小何立刻道：「我瞭解得很，我不怕。」

危險的確嚇不倒他。他等待這機會已有很久，無論什麼事都不能要他放棄。

只要他能夠做成這件事，就能夠取代孟星魂的地位。

孟星魂當然明白這一點，但他卻完全不在乎。

他只想躺下來好好的睡一覺。

他睡不著，直到天亮都睡不著。

曙色已臨，他站起來，走出去，晨霧濃得像老人嘴裡噴出的煙。

他走出市鎮，晨霧還未消失。

「走到什麼時候？走到哪裡去？」

他不知道。甚至根本沒有去想。

他想得太多，太亂，現在已變成了一片空白。

微風中傳來泉水流動的聲音，他不知不覺走過去，在流水旁坐下來。

他喜歡聽流水的聲音，喜歡流水。

流水也會乾枯，卻永遠不會停下來，彷彿永遠不知道厭倦。它那種活潑的生機永恆不變。

「世上也許只有人才會覺得厭倦吧！」孟星魂長長嘆了口氣，幾乎忍不住要將自己的生命投入，與流水溶爲一體。

但就在這時，他看到一個人。

六 水邊麗人

霧已漸漸淡了。

他忽然發覺有個人就在他身旁不遠處，他一直沒有發現這人存在，因爲這人一直靜靜的坐在那裡，安靜得就像是河岸邊的泥土。

現在這人卻向他走了過來。

她穿著一件鮮紅色的斗篷，但臉色卻蒼白得可怕。

她眼睛縱然在薄霧中看來還是那麼明亮。

她走過來，凝視著他。

鮮紅的斗篷，如流水般波動，漆黑的頭髮在風中飛散，明亮的眼睛中，帶著種說不出的憐憫和同情。

她憐憫世人的愚昧，同情世人的無知。因爲她不是人，是神。

她美麗得彷彿是自河水中升起的洛神。孟星魂的咽喉忽然堵塞，也不知道爲了什麼，他看到她，立刻就覺得有股新鮮的熱血自胸膛中湧起，湧上咽喉。

他認得她，知道她不是神，也許她比神更美麗，更神秘，但卻的的確確是個人。

她就是小蝶。

小蝶還在凝視著他，忽然道：「你想死？」

這是他第一次聽到她對他說話，她的聲音比春天的流水更動聽。

他也想說話，卻說不出。

小蝶道：「你想死，我並不勸你，我只問你一句話。」

孟星魂點點頭。

小蝶的目光忽然移向遠方，遠方煙霧朦朧，瀰漫了她的眼睛。

她輕輕問道：「我只問你，你活過沒有？」

孟星魂沒有回答，他無法回答。

「我活過沒有？我這樣能算得是活著麼？」

孟星魂扭轉頭，他生怕眼淚會流下。

小蝶的聲音似乎已在遠方，道：「一個人連活都沒有活過，就想死，豈非太愚蠢了些？」

孟星魂幾乎想問：「你活過嗎？」

他沒有問，不必問。

她如此年輕，如此美麗，她當然活過。

可是她為什麼偏偏也要到這淒涼的河水旁來？她是寧可忍受寂寞？還是來獨自享受寂寞？

寂寞本也有一種清淡的樂趣。

過了很久，孟星魂終於慢慢的回過頭，卻已看不到她了。

她像霧一般的來，又像霧一般的消失。他與她相見總是如此短促。

但也不知爲了什麼，在他心底深處，總覺得彷彿已認得她很久，彷彿在還沒有生下來之前，就已經認得她了。而她也早就在等著他。

他活著，彷彿就是爲了要等著看見她一面。

「但這是不是最後一面呢？」

孟星魂不知道。

沒有人知道她從哪裡來，也沒有人知道她往哪裡去。

她既不可捉摸，也無處追尋。

孟星魂凝注著遠方，心裡忽然湧起一陣說不出的黯然銷魂之意。

遠方的霧更淡了。

又等了幾天，還是沒有小何的消息。

這個人就像是忽然間從世上消失。

菊花園裡沒有絲毫動靜。

小蝶呢？

她好像根本就沒有到這世界上來過。

孟星魂決定先回快活林去。

快活林中的人，永遠都是快活的。

高老大臉上永遠都帶著甜蜜動人的笑。看到孟星魂回來的時候，她的笑容更開朗。

但是她始終沒有仔細看過孟星魂一眼，她顯然也和孟星魂一樣。

雖然決心要忘記那天在木屋中發生的事，卻很難真的忘記。

孟星魂垂著頭。

高老大道：「你回來了？」

孟星魂當然回來了，卻搖搖頭。

他知道高老大的意思並不是真的問他是否回來了，而是問他是否已完成任務，因爲他以前在任務還未完成時絕不回來。

高老大皺了皺眉，道：「爲什麼？」

孟星魂又沉默了很久，忽然道：「小何呢？」

高老大道：「小何？誰知道他瘋到哪裡去了，這一陣他沒事做。」

她笑了笑，接著道：「咱們都一樣，沒事做的時候，就找不著人了。」

孟星魂的心往下沉，又過了很久，才緩緩道：「我見過他。」

高老大道：「你見過他？在哪裡？」

孟星魂道：「他去找過我。」

高老大動容道：「他爲什麼去找你？」

孟星魂閉上了嘴！

高老大道：「你知道他到哪裡去了？」

孟星魂還是閉著嘴。

高老大臉色卻已變了，變得很難看。

她也很瞭解小何，也知道他如何急於表現自己。

孟星魂轉過頭來，想走出去，他已不必再問。小何無意中知道他的去處，故意去找他，爲的是要打擊他的信心，好替他去執行那件任務。

這種事小何已做過很多次，但這一次卻做錯了，錯得可怕。

他沒有想到老伯是個多麼危險的人物。高老大忽然道：「等等走……我問你，他是不是想替你去找孫玉伯呢？」

孟星魂終於點點頭。

高老大道：「你就讓他去了？」

孟星魂道：「他已經去了。」

高老大面上現出怒容，道：「你明知道孫玉伯是個怎麼樣的人，你去最多也不過只有六、七成把握，他去簡直是送死，你爲什麼讓他去？」

孟星魂猝然轉過身，目中也有了怒意，道：「他怎麼知道我住在那裡的？」

高老大的嘴好像忽然被塞住。

孟星魂執行的一向是最秘密的任務，除了她之外，沒有別人知道。

小何怎麼會知道的？

過了很久，高老大才嘆了一口氣，道：「我不是怪你，只不過是爲他擔心而已，你們無論誰有了危險，我都同樣擔心。」

孟星魂又垂下頭。

他在別人面前從不低頭，但是她卻不同。

他忘不了她對他們的恩情。

高老大道：「你想到哪裡去？」

孟星魂道：「去該去的地方！」

高老大搖搖頭道：「現在你已經不能去了。」

孟星魂道：「不能去？」

高老大道：「小何若已去找過孫玉伯，不論他是死是活，孫玉伯必然已經有了警覺，你再去就太危險了。」

孟星魂笑了笑，道：「我去的地方，哪次不危險？」

高老大道：「但這次卻不同。」

孟星魂道：「沒有什麼不同，只要是我該做的事，我就要做好它。只要一開始，就絕不半途放手。」

高老大沉吟著道：「就算你要去，也得到這件事情冷下來再說。」

孟星魂道：「那時小何也已冷了。」

高老大又嘆了口氣，道：「現在他也已經冷了。」

孟星魂道：「我至少應該去瞧瞧。」

高老大道：「不行，你不能冒險，我不能爲了任何人讓你去冒險。」

我們！」

孟星魂目中忽然露出一種很奇怪的表情，道：「連他也不行？」

高老大斷然道：「他也不行，更不行，我不能為了一個死人將活人犧牲。」

孟星魂道：「但他是我們的兄弟。」

高老大道：「兄弟是一回事，任務是一回事，我們若不能將這兩樣事分開，明天死的就是我們！」

她美麗的眼睛變得很深沉，慢慢的接著道：「我們若死了，連收屍的人都沒有。」

孟星魂不再說話。

他發現，高老大漸漸在變，變得更無情，更冷酷。

自從葉翔那次事件之後，他已有了這種感覺。

「但她為什麼不怕小何洩露秘密？」

有人在敲門。這是高老大的私門，若沒有重要的事，誰也不敢來敲門。

高老大打開門上的小窗，道：「什麼事？」

門外應聲道：「屠二爺想請你去喝酒。」

高老大道：「屠城？」

門外人道：「是。」

高老大慢慢的點了點頭，道：「好，我知道了，我就去。」

她忽然轉身，凝視著孟星魂，道：「你知不知道屠城是什麼人？」孟星魂搖搖頭。

高老大雖然瞧著他，目中卻帶著沉思的表情，道：「屠城表面雖是個大商人，其實卻是

『十二飛鵬幫』的壇主，也是萬鵬王手下的第一號打手。」

孟星魂道：「他就是屠大鵬？」

高老大道：「他就是。」

她忽然又問道：「你知不知道最近孫玉伯曾經派律香川去找過萬鵬王？」

孟星魂道：「我知道律香川走了，卻不知道他去找誰，也沒有打聽。」

和他任務沒有直接關係的事，他從不打聽。

高老大道：「律香川是孫玉伯最看重的人，若不是爲了重要的事，他絕不會輕易派他出去。」

孟星魂點點頭。

他也感覺到律香川的確不可輕視。

高老大面上忽然露出了笑容，道：「孫玉伯和萬鵬王有了爭執，我們的事就有希望，屠城這次離開大鵬壇，說不定就是衝著孫玉伯來的。」

她拉開門，匆匆走了出去，道：「我再去打聽打聽，你最好在這裡等著。」

她的消息永遠最靈通，因爲她打聽消息的法子的確很有效。

孟星魂卻沒有在這裡等著。他也有事要打聽。

七 步步殺機

葉翔躺在樹下的草地上。

草已枯黃，他盡量放鬆了四肢。

以前他從來不敢放鬆自己，一時一刻也不敢放鬆，現在卻不同。

現在他沒有什麼好擔心的。

「失敗也有失敗的樂趣，至少成功的人永遠享受不到。」

葉翔苦笑，這時草地上忽然有了腳步聲，很輕很輕的腳步聲，就像是貓。

葉翔沒有坐起來，也沒有抬頭去看，他已知道來的是誰了。

除了孟星魂外，沒有人的腳步能走得這麼輕。

直到腳步聲走得很近，他才問道：「你什麼時候回來的？」

孟星魂道：「剛才。」

葉翔笑了笑，道：「一回來就來找我？到底是我們交情不同。」

孟星魂心裡湧起一陣羞慚之感。這兩年來，這裡的人都漸漸跟葉翔疏遠，現在他忽然發覺連自己也不例外。

葉翔拍了拍身旁的草地，道：「坐下來，先喝杯酒再告訴我是爲了什麼事找我。」

他似已知道，若沒有事，孟星魂絕不會找他。

孟星魂坐下來，接過他手裡的酒，他決定只要這件事能辦成，只要他還活著回來，他一定要好好的陪著葉翔喝幾天酒。

這些日子來他已日漸與葉翔疏遠，並不是勢利，更不是現實，他不願見到葉翔，因爲他怕從葉翔身上看到他自己的結局。

葉翔道：「好，現在告訴我，究竟什麼事？」

孟星魂沉吟著，緩緩道：「你常說，世上有兩種人，一種是殺人的，一種是被殺的。」

葉翔道：「每個人將人分類的法子都不同，我這種分類的法子並不正確。」

孟星魂道：「你將世人如此分類，因爲你是殺人的。」

葉翔嘆了口氣，苦笑道：「大多數殺人的，常常也就是被殺的。」

孟星魂道：「有沒有例外？」

葉翔道：「你是不是問，有沒有人能永遠殺人，而不被殺？」

孟星魂道：「是。」

葉翔道：「這種人很少，簡直太少了。」

孟星魂道：「你知道有幾個？」

葉翔笑得更苦澀，道：「我就是其中一個，因爲現在別人已不屑殺我。」

孟星魂道：「除了你還有誰？」

葉翔目光閃動，道：「你是不是看到了一個很可怕的殺人者？」

孟星魂慢慢的點了點頭。

葉翔忽然坐起來，盯著他，道：「他是個怎麼樣的人？」

孟星魂思索著，道：「他是個很普通的人，不高也不矮，不胖也不瘦。」

葉翔道：「你沒有看到他的臉？」

孟星魂道：「沒有。」

葉翔道：「他殺人的時候，是不是穿著一身暗灰色的衣服？」

孟星魂動容道：「你知道他？」

葉翔不回答，又問道：「他殺人後，是不是立刻將死者的血，抹在自己臉上？」

孟星魂一把拉著他的手，道：「不錯，就是這個人！」

葉翔的臉似已僵硬，緩緩道：「不知道，沒有人知道他是誰，只不過……下次你再見到他時，最好走得遠些，愈遠愈好。」

孟星魂道：「為什麼？」

葉翔道：「幹這一行的行頭並非只有我們兩個，也許比你想像中還要多。」

孟星魂道：「哦！」

葉翔道：「這本就是一行很古怪的職業，聶政、荆軻、專諸，就都是我們的同行。」

他忽又笑了笑，道：「這幾人雖然很有名，但卻不能算做這一行的好手。」

孟星魂點點頭，道：「你說過，幹我們這一行的就不能有名，有名就不是好手。」

葉翔道：「不錯，要幹這一行就得犧牲很多事：聲名、家庭、地位、子女、朋友，一樣都不能有。」

他又嘆了口氣，苦笑道：「所以，我想絕沒有人是自己願意幹這一行的，除非是瘋子。」

孟星魂黯然嘆道：「就算不是瘋子，慢慢也會變瘋的。」

葉翔道：「但這一行中也有人是天生的瘋子，只有這種人才是真正的好手，因爲只有他們殺人時才能完全不動心，所以他們永遠不會覺得厭倦，手也永遠不會軟。」

他凝注著手裡的酒樽，緩緩道：「你剛才說的那人就是其中一個，也是最瘋的一個。」

孟星魂動容道：「所以，他也是其中最好的一個？」

葉翔道：「一點也不錯，據我所知，這世上絕沒有第二個人能比得上他。」

他抬起頭，凝注著孟星魂道：「你也比不上他，也許你比他冷靜，比他聰明，甚至比他快，但你也不行，因爲你不瘋！」

孟星魂沉默了很久，道：「你看過他殺人？」

葉翔點點頭，道：「除了親眼見到之外，沒有人能形容他殺人的那種方法，他殺人時好像沒有將對方看成一個人。」

孟星魂道：「那時他自己也不是一個人了。」

葉翔道：「據說這人退休很久，你是在哪裡見到他的？」

孟星魂道：「孫玉伯的花園裡。」

葉翔道：「他殺的是誰？」

孟星魂道：「黃山三友。」

葉翔道：「爲什麼原因？」

孟星魂道：「因爲他們得罪了孫玉伯。」

葉翔目中又現出沉思的表情道：「我早就想到他背後必定還有個人主使，卻想不到是孫玉伯。」

他忽然反握住孟星魂的手道：「趕快將孫玉伯這個人忘記，最好忘得乾乾淨淨。」

孟星魂道：「我忘不了。」

葉翔道：「忘不了也要忘，否則你就得死，而且死得很快，因爲你就算能殺了孫玉伯，這人也一定會殺了你！」

孟星魂默然。

葉翔道：「別人當然不會知道是誰殺孫玉伯，更找不到你，但是他一定能。」

孟星魂忽然盯著他，道：「他也知道世上有你這麼樣一個人？」

葉翔面上露出痛苦之色，過了很久，終於點點頭，道：「他知道，他第一眼看到我時，就已知道我這人是幹什麼。」

別人也許不會瞭解這種情況，孟星魂卻瞭解。

他們都是人，非但長得不比別人特別，甚至看來還更平凡，因爲他們都懂得盡力不去引人注意。

但他們之間卻都有些常人不同的特異氣質，別人也許感覺不到，但他們自己這圈子卻往往一眼就能看出來。

葉翔道：「他既然能看出我，當然也一定能看得出你。」

孟星魂道：「我沒有讓他看到，只不過……」

葉翔道：「不過怎樣？」

孟星魂緩緩道：「不過當時我確實在場，而他也不可能不知道有我這個人。」

葉翔道：「他既然知道你這麼樣一個人，孫玉伯死了後，他想必就能追到這裡來，你最好將孫玉伯這個人趕快忘記。」

孟星魂道：「我忘不了。」

這句話他說了兩次，兩次都說得同樣堅定。

葉翔道：「你不信他能殺得死你？」

孟星魂拒絕回答。

葉翔道：「就算他殺不死你，但你若知道有這麼樣一個人，隨時隨地都在暗中窺伺著你、等著你，你還能活得下去？」

孟星魂又沉默了很久，忽然道：「所以我只有先殺了他！」

葉翔動容道：「殺他？你想殺他？」

孟星魂道：「他也是個人。」

葉翔道：「你連他是個怎麼樣的人都不知道，怎能殺得了他？」

孟星魂凝注著他，緩緩道：「我雖然不知道，但你卻一定知道。」

葉翔面上又露出痛苦之色，慢慢的躺了下去，道：「我不知道。」

孟星魂凝注著他，慢慢的站起來，慢慢的轉身走開，他已發覺這人和葉翔之間，必定有種極神秘而特別的關係。

但是他不願勉強葉翔說出來。

他從不勉強任何人，他深知被人勉強去做一件事的痛苦。

葉翔忽然道：「等一等。」

孟星魂在等。

等了很久，葉翔才一字字道：「他殺人，因爲他不喜歡人，但是他喜歡血。」

孟星魂道：「血？」

葉翔道：「他不是喜歡吃魚，是喜歡養魚，養魚的人並不多。」

孟星魂還想再問，但葉翔已又開始喝酒，用酒瓶塞住了自己的嘴。

夕陽從樹梢照下來，照著他的臉。他的臉已因痛苦而扭曲。

孟星魂瞧著他，滿心感激。

因爲他知道從來沒有任何人能令葉翔說出他不願說的話。

只有他能。

他是他的朋友，也是他的兄弟，這種深厚的感情永遠沒有任何事能代替。

孟星魂回到木屋的時候，高老大已經在等著。

她神情顯得很興奮，但看到他時，臉卻沉了下來，道：「你沒有在那裡等我。」

孟星魂道：「我也沒有走。」

高老大道：「你跟葉翔好像有很多話好說。」

孟星魂沒有回答，他本來想說：「我們本來也有很多話好說，但是近來你已忙得沒空跟我們說話了。」

他當然不會將心裡想的說出來，近年來他已學會將心事埋藏在心底。

高老大慢慢的轉過身，忽又道：「葉翔有沒有在你面前說起過我？」

孟星魂道：「沒有，從來沒有。」

又過了很久，高老大才轉回頭，面上又恢復了笑容，道：「我已知道孫玉伯為什麼要派律香川去找萬鵬王了。」

孟星魂道：「哦？」

高老大道：「孫玉伯有個老朋友，叫武老刀，武老刀的兒子愛上了萬鵬王的家姬，萬鵬王不答應，所以孫玉伯叫律香川去要人。」

她雖是個女人，但敘述一件事卻簡單而扼要。

孟星魂道：「結果呢？」

高老大道：「萬鵬王已經將那小姑娘送給武老刀，而且還送了筆很厚的嫁妝。」

孟星魂道：「那麼這件事豈非已結束？」

高老大道：「沒有結束，剛開始。」她笑了笑，道：「你想，萬鵬王會是這麼聽話的人？」孟星魂沒有回答，他不瞭解萬鵬王。他從不對自己不瞭解的事表示任何意見。

高老大道：「照我看，萬鵬王這麼做，只是要孫玉伯不再對他有警戒之心，然後他才好向孫玉伯下手！」

她眼波流動，又笑道：「只要他下手，就必定是重重的一擊！」

孟星魂道：「所以他要將屠大鵬調回去？」

高老大道：「據我所知，除了屠大鵬外，金鵬、怒鵬，這三壇的壇主也已經離開了自己分壇的所在地，走的正是往十二飛鵬堡去的那條路。」

孟星魂道：「你認爲他們立刻就要對孫玉伯有所行動？」

高老大道：「不錯，只要他們一出手，你的機會就來了！」

孟星魂沉思著，道：「你是不是要我在暗中跟蹤屠大鵬？」

高老大點頭道：「不錯，你瞭解他們的行動後才能把握機會，但是你絕不能讓別人先下手，你一定要自己親手殺死孫玉伯。」

孟星魂道：「我明白。」

他的確明白。

只有他親手殺死孫玉伯，高老大才能獲得殺人的報酬，才能維持她在這方面信用卓著的聲譽。

孟星魂道：「屠城是幾個人來的？」

高老大道：「只有三個人，由此可見他們這次的行蹤很秘密。」

孟星魂道：「另外還有兩個人是誰？」

高老大道：「一個是屠城的貼身隨從，叫王三呆，但我卻知道他非但一點也不呆，而且還是個極厲害的角色，呆相只不過是裝給別人看的。」

孟星魂點點頭，他知道高老大看人絕不會看錯，高老大道：「還有個叫夜貓子，這人是個下五門的小賊，武功雖不值得重視，卻是個用薰香蒙汗藥的好手，屠城這次帶著他同來，顯然有特別的用處。」

孟星魂道：「他們什麼時候走？」

高老大笑了笑，道：「屠城這次行色雖匆忙，但還是捨不得立刻走，現在金釧兒正在陪他，我想，金釧兒能留他一晚上。」

孟星魂在思索。

高老大道：「你在想什麼？」

孟星魂淡淡道：「我在想，能被金釧兒留住一晚的人，必定做不了十二飛鵬幫的第一號打手。」

高老大又笑了，道：「近來你好像已學會了很多，而且學得很快。」

孟星魂道：「我非學不可。」

武老刀已有些醉了，但心裡還是充滿了感激。

這天是他兒子成親的日子。

他盼望老伯能來喝他的喜酒，但卻也知道老伯當然不會來的。

他雖然有些失望，卻並不埋怨。

無論如何，他總算將律香川留了下來，一直留到散席後才走的。

現在，客人都已散盡，下人們都還在後面廚房喝酒，他的佳兒佳婦當然早已入了洞房。

現在，大廳裡只剩下他一個人，望著那雙已將燃盡的紅燭，他心裡雖然覺得很欣慰，卻又有種曲終人散的寂寞。

他知道自己已老了。

「兒子都已娶妻成親，我還能不老麼？」

武老刀不免有些唏噓感慨，決定過了今年之後，就將鏢局歇了，找個安靜的地方，平淡的度過晚年。

就在這時，他聽到了腳步聲。

一個人步履蹣跚，從院子裡走入了大廳。

這個人不但醉態可掬，而且呆頭呆腦，土裡土氣，武老刀的朋友中，絕對沒有一個這麼呆、這麼土的人。

武老刀並不認得他，他卻在向武老刀招手打招呼。

「這人比我還醉得兇。」

武老刀皺皺眉，心裡並沒有怪他。

喝酒的人總是同情喝酒的人。

武老刀道：「你是不是想找老宋他們？他們都在外面廚房裡喝酒。」

老宋是大師傅，他以為這人一定是傭人們的朋友。

這人卻搖了搖頭，打著酒嗝，道：「我……呃，我就是找你。」

武老刀奇怪，道：「找我？有何貴幹？」

這人想說話，一句話未說出，人已倒了下去，人雖倒了下去，還在向武老刀招手。

武老刀道：「你有話跟我說？」

這人不停的點頭。

武老刀只好走過去，俯下半個身子，道：「你說吧！」

這人喘息著，道：「我要……」

他聲音嘶啞，又在喘息，武老刀根本聽不清他在說什麼，只有俯身更低，將耳朵湊過去，道：「你要幹什麼？」

這人喘息得更厲害，道：「我要殺了你！」

說到「要」字，武老刀已經發覺不對了，「要」是開口音，這醉人嘴裡卻沒有一點酒氣。

但他發覺得已太遲了。

這人手裡忽然多了根絞索，說到「殺」字，絞索已套上了武老刀的咽喉，他雙手一緊，尖刃般的絞索已進了武老刀的皮肉和喉頭。

武老刀呼吸立刻停頓，整個人就像是條躍出水面的魚，弓著身子彈起半空。

然後身子慢慢挺直，「啪」的，死魚般落了下來。

這人站起來，望著他的屍體，滿臉傻笑，道：「我說要殺你就殺你，我從來不騙人的。」

小武和黛黛互相擁抱，他們抱得這麼緊，就好像是第一次。

他們心裡真有這種感覺，都覺得從來沒有如此興奮，如此激動過。

但他們並不急於發洩，這一刻他們要留待慢慢享受。

他們以後的日子還長，長得一想起心裡就充滿了溫暖和甜蜜。

小武柔聲道：「你永遠是我的了，是不是？」

黛黛的聲音更溫柔，更甜蜜道：「我一直都是你的！」

小武閉起眼睛，準備全心全意來享受這生命中最大的歡愉。

他呼吸中充滿了她的甜香。

愈來愈香，香得令人暈暈欲睡。

小武已發覺不對了，想跳起來，但四肢忽然發軟，所有的慾望和力量都在一瞬間奇蹟般消失！

他拚命想睜開眼睛，卻已看不清。

矇矇矓矓中，他彷彿看到一張臉，一張惡鬼般的臉，帶著惡鬼般的獰笑，獰笑著道：「你的新娘子現在是我的了！」

小武呆呆的看著她，甚至連怒氣都已不知發作。

然後他就什麼都看不見了。

孟星魂伏在屋脊上，望著對面的鏢局。

他看到王二呆癡癡呆呆，步履蹣跚地走進去。

過了片刻，他又看到夜貓子往旁邊掠入牆。

兩人進去時，雖是有先後，但，卻幾乎是同時出來。

出來時，王二呆還是那副癡癡呆呆的樣子，肩上卻多了個死人。

夜貓子也用力扛著個包袱，包袱實在太大，他顯得很吃力。

就在這時，街角處突然有輛馬車飛馳而來，駛近鏢局時才慢下來。

車門打開，王二呆和夜貓子立刻將身上扛著的東西抛入，自己的人也跟著飛身而上。

車馬絕塵而去。

所有的事，只不過發生在片刻之間。

鏢局裡全沒有絲毫動靜，就好像什麼事都沒有發生過似的。

但孟星魂卻知道他們已給孫玉伯重重的一擊！

他也知道孫玉伯的報復絕不會輕的！

老伯聽完了律香川的敘述，臉色忽然變得很嚴肅沉重。

律香川不懂。

這一次任務他不但完滿達成，而且順利得出乎意料之外。

以他平時的經驗，老伯本該對他大爲誇讚。

「誇讚別人是種很奇怪的經驗，你誇讚別人愈多，就會發現自己受惠也愈多，世上幾乎沒有什麼別的事能比這種經驗更有趣。」

這也是老伯的名言。

律香川不懂老伯這次怎會忘了自己所說過的話。

他當然不敢問。

他看到老伯的手在用力捏著衣襟上的銅扣，就像是想用力捏死一隻臭蟲。

老伯手指用力去捏一樣東西的時候，就表示他在沉思，而且憤怒，已準備全力去對付一個人。

他現在想對付的是誰？

過了很久，老伯忽然站起來，對站在門外的守衛道：「告訴鴿組的人，所有的人全都放棄輪休，一齊出動去找孫劍，無論他在幹什麼，都叫他立刻快馬趕回來，片刻不得耽誤。」

一人應聲道：

「是。」

老伯又道：「去將鷹組的那人立刻帶來。」

鴿組負責傳訊，鷹組負責守衛，除了老伯和律香川外，絕沒有第三個人知道他們是些什麼人，平時在什麼地方。

不到必要時，老伯也絕不動用這兩組的人，若是動用了這兩組的人，就表示事情恐已十分嚴重了。

但現在有什麼嚴重的事呢？

律香川又想起了老伯的一句名言：

「盡量想法子讓敵人低估你，但卻絕不要低估了你的敵人。」

「我難道低估了萬鵬王？」

這件事實在做得太順利，順利得有點不像是真的。

萬鵬王奮鬥數十年，出生入死數百次，好不容易掙扎到今日的地位，這次怎會如此輕易接受失敗？

想到這一點，律香川立刻覺得身上的衣服已被冷汗濕透。

老伯正在凝視著他，看到他面上的表情，才沉聲道：「你懂了麼？」

律香川點點頭，冷汗隨著滴落。

老伯道：「你懂了就好。」

他沒有再說一句責備的話，因爲他知道律香川這種人用不著別人責備，下次也絕不會犯同樣錯誤。

律香川不但感激，而且羞慚，忽然站起來，哽聲道：「我應該再去看武老刀，現在他說不定已有危險。」

老伯道：「不必去。」

律香川忍不住問道：「爲什麼？」

老伯目中露出一絲哀痛之意，緩緩道：「他現在必定已經死了！」

律香川心頭一寒，道：「也許……」

老伯打斷了他的話，道：「沒有也許，像萬鵬王那種人，絕不會令人感覺到危險，等那人感覺到危險的時候，必定已經活不成了。」

律香川慢慢的坐下，心也沉了下去。

他不知道如何才能彌補這次的錯誤，要怎麼樣才能贖罪。

這時已有個人踉蹌自門外跌了進來。

這人不但很年輕，而且很漂亮，只可惜現在鼻上的軟骨已被打歪，眼角也被打裂，左手用一條布帶吊在脖子上。

他一跌下去，就不再爬起，無論誰都可看出他十足吃了不少苦頭。

老伯近來已經漸漸不喜歡再用暴力，但這次看來卻又破了例，顯見這人必定犯了個不可寬恕的錯誤。

律香川忍不住問道：「這人是誰？」

老伯道：「不知道！」

律香川又奇怪，這人看來並不像是條硬漢，但吃了這麼多苦頭後居然還能咬緊牙關忍住。

「也許他是怕說出秘密後會吃更大的苦頭，他幕後必定有個更可怕的人物。」

老伯似已看出律香川在想什麼，又道：「他不說，並不是怕別的，而是我們一對他用刑，他立刻會無緣無故暈過去。」

要突然暈過去並不是件容易的事，他一定有個奇妙的法子，這種法子不但讓他少吃了不少苦，而且使他的嘴變穩。

教他這種法子的，當然更不簡單。

律香川沉吟著，道：「他犯了什麼錯誤？」

老伯道：「他想殺我。」

律香川這才真的吃了一驚。

無論誰想來殺老伯，若不是瘋了，就一定是真的膽大包天。

老伯道：「你不妨再問問，看看是不是能問得出什麼？」

律香川慢慢的站起來，從老伯的酒中選了瓶最烈的酒，捏開這人的下巴，將一瓶酒全都灌了下去！

他知道酒往往能令人說真話。

然後他看到這人蒼白的臉漸漸發紅，眼睛裡也出現了紅絲。

無論酒量多好的人，在片刻間被灌入這瓶酒，想不醉都不行。

於是律香川問道：「你貴姓？」

這人道：「我姓何。」

律香川道：「大名？」

這人道：「我姓何。」

律香川道：「是誰叫你來的？」

這人道：「我姓何。」

無論律香川問什麼，這人的回答都只有三個字：「我姓何！」

除了這三個字，他腦中似已不再記得別的了。

老伯忽然道：「這人必定受過極嚴格的訓練，能如此訓練下屬的人並不多。」

律香川目光閃動，道：「你認爲那人是……」

老伯點點頭。

律香川並沒有說出那個人的名字，老伯也沒有說，因爲兩個人都知道對方心裡想著的是誰。

律香川壓低聲音道：「是不是送他回去？」

老伯搖搖頭，沉聲道：「放他回去。」

「送他回去」和「放他回去」的意思完全不同，若是送他回去，那麼他必定已是個死人，但若放他回去，就是活生生的放他回去。

律香川沉思著，忽然明白了老伯的意思。

他心裡不禁又湧起一陣欽佩之意。

老伯做事的方法雖然特別，但卻往往最有效。

孟星魂一向很少在老伯的菊花園外逡巡，他不願打草驚蛇。

但今天晚上卻不同。

他已想到老伯必定要有所行動。

菊花園斜對面有片濃密的樹林，孟星魂選了株枝葉最濃密的樹爬上去，然後就像個貓頭鷹般躲在枝葉中，瞪大了眼睛。

園中一點動靜都沒有，既沒有人出來，也沒有人進去。

孟星魂漸漸開始覺得失望的時候，園中忽然竄出了條人影。

這人的身法並不慢，但腳下卻有點站不穩的樣子，而且一條手臂彷彿已被打斷，用根布帶吊在脖子上。他身上穿著件不藍不紫的衣服，現在已等於完全被撕爛。

孟星魂剛覺得這件衣服很眼熟，這人已抬起頭來，像是在看天色，辨方向。

月光照上他的臉。

孟星魂幾乎忍不住要叫了出來：「小何！」

小何不但沒有死，而且逃出來了。

他臉色雖顯得疲倦痛苦，但目中卻帶著種驕傲得意之色。

他自己像是很佩服自己。

看到他的臉色，孟星魂就知道他必定還沒有洩露出高老大的秘密。

孟星魂也知道以他的本事，絕對不可能從老伯掌握中逃出來，世上也許沒有任何人能從老伯的掌握中逃得出來，但他卻的的確確逃出來了。

孟星魂想了想，立刻就明白了老伯的意思。

「老伯一定是故意放他逃出來的，看他逃到哪裡去，看看究竟誰是在幕後主使他的人。」

想到這一點，孟星魂手心也捏起把冷汗。

他絕不能讓小何回去，又無法阻止，因為他知道此刻在暗中必定已有人窺伺，他絕不能暴露自己的身分。

小何已從星斗中辨出了方向，想也不想，立刻就往歸途飛奔。

看他跑得那麼快，像是恨不得一步就逃回快活林。

孟星魂忽然覺得說不出的憤怒痛怨，幾乎忍不住要竄出去，一拳打爛他的鼻子，打破他的頭，更想問問他怎麼變得如此愚蠢！

他本是個工於心計的人，孟星魂實在想不到他會變得如此愚蠢。

現在，要阻止他洩露高老大的秘密，看來已只有一個辦法。

殺了他！

孟星魂既不願這樣做，也不忍。

幸好他還有第二個法子——殺了在暗中跟蹤小何的人！

他繼續等下去。

果然片刻後就有三個人從黑暗中掠出來，朝小何奔跑的方向盯了下去。

這三人的輕功都不弱，而且先後都保持著一段不短的距離，顯見三個人都是跟蹤盯梢的好手。

這麼樣跟蹤，就算前面一個人被發現，後面的人還可繼續盯下去。

只可惜孟星魂先找的是最後一個。

最後這人輕功反而最高，盞茶後孟星魂才追上他，在他身後輕輕彈了彈手指。

這人一驚，猝然回頭。

孟星魂笑嘻嘻地望著他！突然，一拳打在他咽喉上。

這人剛看到孟星魂的笑臉，就已被打倒，連聲音都發不出。

孟星魂這一拳簡直比閃電還快。

他對付前面兩個人用的也是同樣的法子。

這法子實在太簡單，簡單得令人不能相信，但最簡單的法子往往也最有效。

這正是老伯最喜歡用的法子，也是孟星魂最喜歡用的。

有經驗的人都喜歡用這種法子。

小何腳步不停，奔過安靜的黃石鎮。

黃石鎮上一家小雜貨舖裡，門板早已上得很緊，片刻卻突然竄出了兩個人。

一人道：「一定是他。」

另人道：「盯下去！」

這兩人輕功也不弱，而且全都用盡全力。

他們都不怕力氣用盡，因爲他們知道，到了前面鎮上，就另外有人接替。

老伯這次跟蹤小何，另外還用了很複雜的法子。

無論如何，兩種法子總比一種有效。

老伯要是決心做一件事，有時甚至會用出七、八種法子，只要是他決心去做的事，到目前還沒有失敗過。

八　攤牌時刻

一覺醒來，孫劍還是很疲倦。

他畢竟不是個鐵打的人，何況他身旁睡著的這女人又特別叫人吃不消。

他決定在這裡多留個兩天，直到這個女人告饒爲止。但就在這時，窗外忽然響起了一種很奇怪的聲音，就像是弄蛇者的吹笛聲，三短一長，之後是三長一短，響過兩次後才停止。

孫劍立刻分辨出，這是老伯緊急召集的訊號，聽到這訊號後若還不立刻回去，他必定要終生後悔的。

誰也沒有這麼大的膽子，就連孫劍都沒有。

他立刻從床上躍起，先套起鞋子，他光著身都敢衝出去，但光著腳卻不行，要他赤著腳走路，簡直就像要他的命。

他全身都像是鐵打的，但一雙腳卻很嫩。床上的女人翻了個身，張開朦朦朧朧的睡眼一把拉住他，道：「怎麼？你這就想走了？」

孫劍道：「嗯。」

這女人道：「你捨得走？……就算你捨得走，我也不放你走。」

她得到的回答是一巴掌。

孫劍不喜歡會纏住他的女人。

太陽升起時，孫劍已快馬奔出兩百里。

他滿心焦急，老伯已有多年未發出這種緊急的訊號，他猜不出這次是爲了什麼。

路旁有賣餅的、賣肉的，也有賣酒的。

他雖然又饑又渴，但卻絕不肯停下來。

世上幾乎沒有什麼事能要他停下來。

老伯不但是他的父親，也是他的朋友。

他隨時都肯爲老伯死。

新鮮的陽光照在滾燙的道路上，一顆顆碎石子就像剛從火爐裡撈出來的。

秋天的太陽有時比夏天更毒。

孫劍揭下帽子，擦了擦汗，他雖然還能支持，但馬卻已慢了下來。

馬沒有他這麼強健，他也沒有不停的奔跑兩三個時辰，更沒有人在他身上用鞭子抽他。

他正想找個地方換匹馬，路旁忽然有個人拋了樣東西過來，是塊石頭，用紙包著的石頭。

紙上有字！

「你想不想知道誰想殺老伯？」

孫劍勒馬，同時自馬上掠起，凌空一個翻身。

他發現道旁樹下有很多人，每個人都張大了眼睛，吃驚的望著他。

他也不知道那塊石頭是誰拋來的，正想問，忽又發現一張很熟悉的臉。

他立刻辨出這人是屬於犬組的。

犬組的人最少，但每個人輕功都不太弱，而且都善於追蹤。

孫劍招招手，將這人叫過來。

這人當然也認得孫劍。

孫劍沉聲道：「你盯的是誰？」

這人雖不願洩露自己的任務，卻也深知孫劍暴躁的脾氣。

何況他並不是別人，是老伯的兒子。

這人只好向斜對面的樹下瞧了一眼。

孫劍隨著他的目光望過去，就看到了小何。

小何坐在那棵樹下，慢慢的嚼著一張捲著牛肉的油餅，這麼樣吃雖然是不容易咬，但他只有一隻手。

無論他多麼急著回去，也絕不可能光天化日在大路上施展輕功。

何況他又太渴，太餓，太疲倦。

幸好袋裡的銀子還沒有被搜走，正想僱輛空車，在車上好好的睡一覺，一覺醒來時，已到快活林。

他並不怕被人跟蹤，因為他是拚著本事逃出來的，老伯就算已發覺他逃走，就算立刻派人追趕，也絕沒有這麼快。

他覺得這次的逃亡實在精采極了。

「他們居然以爲我被灌醉了，居然一點也不防備就將我留在屋子裡，現在他們總該知道我的本事了吧！」

工於心計的人，往往也會很幼稚。

狡猾和成熟本就是兩回事。

小何得意得幾乎笑了。

還沒有笑出，就看到一個人向他走過來。

他從未見過如此壯大，如此精力充沛的人，連道路都像是幾乎要被他踩碎，尤其是他的一雙眼睛，就像是兩團燃燒的火焰。

無論誰被這雙眼瞧著，都一定會覺得很不安。

小何嘴裡還咬下一塊牛肉餅，卻已忘了咀嚼。這人竟筆直走到他面前，瞪著他，一字字道：「我姓孫，叫孫劍！」

小何的臉色立刻變了，手裡的肉和餅也掉了下來。

他已知道這就是他要找的人了——若非對老伯心懷惡意，聽到他的名字怎會驚慌失色？

「誰對老伯無禮，誰就得死！」

孫劍嘴角露出了獰笑。

小何已看出他目中的兇光，忽然跳起來，一隻手反切孫劍的咽喉。

他武功本和孟星魂是同一路的，又狠、又準、又快。

這種武功一擊之下，很少給別人留下還手的餘地。

只可惜他還不夠快。

要準容易，要狠也容易，但這「快」字卻很難，很微妙，其間相差幾乎只是一瞬間，但這一瞬卻往往可以決定生死。

誰也不知道自己究竟有多快？

誰也不敢認爲自己是最快的，快，本無止境，你快，還有人比你更快，你就算現在算最快，將來也必定還有人比你更快。

小何從不知道自己究竟有多快。

現在他知道了。

孫劍沒有閃避，揮拳就迎了上去，恰巧迎上了小何的手。

小何立刻聽到自己骨頭折斷的聲音，但卻沒有叫出聲來，因爲孫劍的另一隻手已迎面痛擊，封住他的嘴。

他滿嘴牙立刻被打碎，鮮血卻是從鼻子裡標出來的，就像兩根血箭。

路旁每個人都已被嚇得呆如木雞，面無人色。

誰也沒有見過這麼強，這麼狠的角色，更沒有見過如此剛猛威烈，卻又如此直接簡單的拳法。

大家都看得心神飛越，只有一個人心裡卻在偷偷的笑。

高老大想必也在偷偷的笑。

這裡發生的每件事，都早已在她計算之中，她甚至不能不對自己佩服。

想到小何的遭遇，她雖也未免覺得有點遺憾。

但這種男人既不值得同情，更不值得愛。

她決定盡快將他忘記，愈快愈好。

她本來心腸並沒有這麼硬的，但現在卻發現，一個人要做事，要活得比別人強，就不能不將心腸硬下來，愈硬愈好。

慾望和財富對一個人的作用，就好像醋對水一樣，加了醋的水一定會變酸，有了慾望和財富，一個人也就很快就會變了。

孫劍將小何重重摔在地上，就好像苦力摔下他身上的麻袋。

麻袋是立的，小何的背椎已斷成七截，整個人軟得就像一隻空麻袋。

老伯靜靜的瞧了瞧他的兒子，臉上一點表情也沒有。

律香川已不禁暗暗爲孫劍擔心，他知道老伯沒有表情的時候，往往就是憤怒的時候。

孫劍面上卻帶著得意之色，道：「我已將這人抓回來了。」

老伯道：「你在哪裡找到他的？」

孫劍道：「路上。」

老伯道：「路上有很多人，你爲什麼不一個個全都抓回來？」

孫劍怔了怔，道：「我知道這人想害你，而且是從這裡逃出去的。」

老伯道：「你怎麼知道？」

孫劍道：「有人告訴我。」

老伯道：「誰？」

孫劍將那張包著石頭的紙遞過去。

老伯看完了，臉上還是一點表情也沒有，緩緩道：「我只問你，有誰從這裡逃出去過沒有？」

孫劍道：「沒有。」

老伯道：「假如真有人從這裡逃出去，會是個怎麼樣的人？」

孫劍道：「當然是個極厲害的角色。」

老伯道：「像那麼樣厲害的角色，你有本事一拳將他擊倒？」

孫劍怔住了。

他忽然也發現小何實在不像是個那麼樣厲害的角色。他忽然也發覺自己受了別人利用。他只希望老伯痛罵他一頓，痛打他一頓，就像他小時候一樣，那麼他心裡就會覺得舒服些。

但老伯卻不再理他。

不理他，也是種懲罰，對他說來，這種懲罰比什麼都難受。

老伯轉向律香川，道：「他這件事做得雖愚蠢，但卻不能說完全沒有用。」

律香川閉著嘴。

他知道在這種情況下，無論誰都最好莫要插在他父子間說話。

何況他已明瞭老伯的用意。

老伯本就是在故意激怒孫劍。

孫劍在激怒時雖然喪失理智，但那種憤怒的力量就連老伯見了都不免暗自心驚，世上幾乎很少有人能夠抵抗那一種力量。

老伯這麼做，定然是因爲今天早上所發生的事——

早上萬鵬王送來了四口箱子。

四口箱子裡裝著一個活人，四個死人。

每一具屍體都已被毀得面目全非，但律香川還可認得出他們是文虎、文豹、武老刀，和完全赤裸，滿身烏青的黛黛。

小武被裝在黛黛的同一口箱子裡，他雖然還活著，他身上每一處關節都已被捏碎。

他只恨自己爲什麼沒有早點死，要眼睜睜瞧著他的妻子被摧殘侮辱。

打開箱子的時候，老伯就看到他的一雙眼睛。

他眼珠子幾乎都已完全凸了出來，死魚般瞪著老伯。

沒有人能形容這雙眼裡所包含的悲痛與憤怒。

老伯一生中雖見過無數死人，但此刻還是覺得有一股寒意自足底升起，掌心也已沁出了冷汗。

律香川更幾乎忍不住要嘔吐。

他不能不佩服老伯，因爲老伯居然仍能直視小武的眼睛，一字字道：「我一定替你報仇。」

聽到這七個字，小武的眼睛突然闔起。

他知道，老伯說出了的話，永遠不會不算數的。

現在，律香川想到那五張臉，還是忍不住要嘔吐。

老伯道：「他至少能證明這姓何的絕不是萬鵬王派來的。」

律香川點點頭。

老伯道：「萬鵬王現在已指著我的鼻子叫陣，這人若是他派來的，他用不著殺了滅口。」

律香川早已覺得很驚異懷疑，這人若不是萬鵬王派來行刺的，是誰派來的呢？

他想不出老伯另外還有個如此兇狂膽大的仇敵。

老伯忽然嘆了口氣，道：「我們本來可以查出那人的，只可惜……」

他冷冷瞅了孫劍一眼，慢慢的接著道：「只可惜有人自作聰明，誤了大事。」

孫劍額上青筋已一根根暴起。

律香川沉吟道：「我們慢慢還是可以查出那個人是誰的。」

老伯道：「那是以後的事，現在我倒要將全部力量都用來對付萬鵬王！」

孫劍忍不住大聲道：「我去！」

老伯冷笑道：「去幹什麼?他正坐在家裡等你去送死！」

孫劍垂下頭，握緊拳，門外的人都可聽出他全身骨節在發響。

老伯道：「他要我們去，我們就偏不去，他能等，我們就得比他更能等，他若想再激怒我們，就必定還會有所行動。」

律香川道：「是。」

老伯道：「你想他下次行動是什麼？」

律香川似在沉思。

他懂得什麼時候應該聰明，什麼時候應該笨些。

老伯道：「明天，是鐵成剛爲他的兄弟大祭之日，萬鵬王認爲我們必定有人到山上去祭奠，必定準備在那裡有所行動，所以我們就一定要他撲個空。」

他話未說完，孫劍已扭頭走了出去。

老伯還是不理他，律香川還是在沉思。

過了很久，老伯才緩緩道：「你在山上已完全佈置好了麼?」

律香川道：「抬棺的、挖墳的、吹鼓手、唸經的道士，都完全換上我們的人，現在我們別的不怕，就怕萬鵬王不動。」

老伯道：「孫劍一定會有法子要他動的。」

律香川道：「他們看到孫劍在那裡，也非動不可。」

老伯道：「這次萬鵬王還不至於親自出手，所以我也準備不露面。」

律香川道：「我想去看看。」

老伯斷然道：「你不能去，他們只要看到你，就必定會猜出我們已有預防，何況……」

他目光慢慢的轉向還在暈迷的小何，道：「你還有別的事做。」

律香川道：「是。」

老伯道：「萬鵬王由我來對付，你全力追查誰是主使他的人，無論你用什麼法子，卻千萬不可被第三個人知道。」

律香川在凝視著小何，緩緩道：「只要這人不死，我就有法子。」

他目中帶著深思的表情，接著道：「我當然絕不會讓他死的。」

鐵成剛麻衣赤足，穿著重孝。

他傷勢還沒有痊癒，但精神卻很旺盛，最令人奇怪的是，他看來並沒有什麼悲傷沉痛的表情。

面前就是他生死兄弟的屍體和棺木，他一直在靜靜的瞧著，眼睛卻沒有一滴淚，反而顯得分外沉著堅定。

來祭奠的人並不多，「七勇士」得罪過的人本就不少，但來的人是多是少，鐵成剛沒有注意，也不在乎。

他目光始終沒有從棺木上移開過。

日正當中，秋風卻帶著種令人不寒而慄的肅殺之意。

鐵成剛忽然轉過身，面對大眾，緩緩道：「我的兄弟慘遭殺害，而且還蒙冤名，我卻逃了，就像是一條狗似的逃了。」

他沒有半句感激或哀慟的話，一開始就切入正題，但他的意思究竟是什麼？卻沒有人知道。

所以每個人都靜靜的聽著。

鐵成剛接著道：「我逃，並不是怕死，而是要等到今天，今天他們的冤名洗刷，我已沒有再活下去的理由——」

他並沒有說完這句話，就已抽出柄刀。

薄而鋒利的刀，割斷了他自己的咽喉！

這轉變實在太快，快得令人出乎意外，快得令人措手不及。

鮮血飛濺，他的屍身還直挺挺的站著，過了很久才倒下，倒在他兄弟的棺木上。

他倒下去的時候，大家才驚呼出聲。

有的人往後退縮，有的衝上去。

只有孫劍，他還是動也不動的，站在人叢之中。

他看到四個人被人摔得向他身上撞了過來，卻還是沒有動。

四個人忽然同時抽出了刀。

四把刀分別從四個方向往孫劍身上刺了過去。

他們本來就和孫劍距離很近，現在刀鋒幾乎已觸及孫劍衣服。

孫劍突然揮拳！

他拳頭打上一個人的臉時，手肘已同時撞上另一人的臉。

他一揮拳，四個人全都倒下。

四張臉血肉模糊，已完全分辨不出面目。

人叢中，忽然有人高聲呼叫道：「注意右臂的麻布。」

來弔祭的人臂上大多繫著條白麻布，大多數人通常的習慣都將麻布繫在左臂。這四人的麻布在右臂。

還有二十幾個人的麻布也在右臂。

呼聲一起，人群忽然散開，只留下這二十幾個人站在中央。

孫劍卻站在這二十幾人中央。

呼聲停止時，抬棺的、挖墳的、吹鼓手、唸經的道士，已同時向這二十幾人衝了過來，每個人手中也都多了柄刀。

這二十幾人的慘呼聲幾乎是同時發出的，你若沒有親耳聽到，就永遠想像不出二十餘人同時發出慘叫時，那聲音是多麼可怕。

你若親耳聽見，就永生再難忘記。

只剩下三個人，還沒有倒下，這三人距離孫劍最近，別人沒有向他們下手，顯然是準備留給孫劍的。

孫劍盯著他們。

這三人的衣服在一刹那間就已被冷汗濕透，就像是剛從水裡撈起。

其中一個人突然彎下腰，風中立刻散發出一陣撲鼻的臭氣。

他褲子已濕，索性跪了下去，痛哭流涕，道：「我不是，我不是他們一夥的……」

他話未說完，身旁的一人忽然揮刀向他頸子砍下，直到他的頭顱滾出很遠時，目中還有眼淚流下！

另一人已完全嚇呆了。

揮刀的人厲聲叱喝道：「死就死，沒有什麼了不起。」

他手一反，刀轉向自己的脖子。

孫劍突然出手，捏住了他的手腕。

他腕骨立刻被捏碎，刀落地，他眼淚也痛得流下，嘶聲道：「我想死都不行？」

孫劍道：「不行。」

這人的臉已因恐懼和痛苦而變形，掙扎著道：「你想怎麼樣？」

孫劍的嘴沒有回答，他的手卻已回答。

他的手不停，瞬息間已將這人身上每一處關節全都捏碎。

然後他轉向那已嚇得呆如木頭的人，一字一字道：「帶這人回去，告訴萬鵬王，他怎樣對付我們，我們必將加十倍還給他！」

這一戰雖然大獲全勝，但孫劍胸中的怒火並未因之稍減。

他奇怪，這一戰本極重要，萬鵬王卻不知道爲什麼並未派出主力。

鮮血已滲入泥土，屍體已逐漸僵硬。

老伯派來的人正在清理戰場。孫劍慢慢的走向鐵成剛。

鐵成剛雖已倒在棺木上，但在他感覺中，卻彷彿永遠是站著的，而且站得很直。

這是他的朋友，也不愧是他的朋友。

鐵成剛的人雖然已死，但義烈卻必將長存在武林。

孫劍忽然覺得熱淚盈眶，慢慢的跪了下來，他平生從不肯向人屈膝，無論是活人還是死人，都不能令他屈膝。

但現在，他卻心甘情願的跪下，因爲只有如此才能表達出他的尊敬。

風在吹，不停的吹。

一片烏雲掩去了月色，天地間立刻變得更肅殺清冷。

孫劍閉上眼睛，靜默哀思。

他剛剛閉上眼睛，鼻端突然聞到一股奇特的香氣。

香氣赫然竟是從鐵成剛伏著的那口棺材裡發出來的。

孫劍額上青筋忽又暴起，揮拳痛擊，棺木粉碎，棺中發出一聲驚呼。

一柄劍隨著驚呼，從碎裂的棺木中刺出來。

孫劍想閃避，但全身頓然無力，身體四肢都已不聽他指揮。

劍光一閃，從他胸膛前刺入，背後穿出。

鮮血隨著劍尖濺出。

他的血也和別人一樣，是鮮紅的。

他眼睛怒凸，還在瞪著這握劍的人，鮮血又隨著他崩裂的眼角流下，沿著他扭曲的面頰流下。

握劍的人一擊得手，若是立刻逃，還來得及，但眼角忽然瞥見孫劍的臉，立刻忍不住機伶伶打了個寒噤，手發軟，鬆開。

等他驚魂初定，就看到滿天刀光飛舞。

亂刀將他斬成了肉醬。

沒有人出聲，沒有人動。

甚至連呼吸都已完全停頓。

大家眼睜睜的瞧著孫劍的屍體，只覺得指尖冰冷，腳趾冰冷，只覺得冷汗慢慢的沿著背脊流下，就好像有條蛇在背上爬。

孫劍竟真的死了！這麼樣的一個強人，竟也和別人一樣也會死。

誰都不相信，卻又不能不相信。

沒有人敢將他的屍身抬回去見老伯。

「棺材裡那人是從哪裡來的，怎麼會躲到棺材裡去的？」

這本無可能。

這喪車上上下下本都已換了老伯的人。

其中有個人的目光忽然從孫劍的屍體上抬起，盯著對面的兩個人。

這兩人就是抬著這口棺木來的。

所有的人目光立刻全都跟著盯著他們，每一雙眼睛中都充滿了憤怒和仇恨。

這兩人身子已抖得連骨節都似已將鬆散，忽然同時大叫：

「這不是我們的主意，是……」

就在這時，一個威嚴響亮的聲音發出了一聲大喝：「殺！」

老伯石像般站著。

他面前有口木箱，箱子裡躺著的，就是他愛子的屍身。

劍還留在胸膛上。

他很瞭解他的兒子，他絕不相信世上有人能迎面將劍刺入他胸膛。

這一劍究竟是誰刺的？

誰有這麼大本事？

山上究竟發生了什麼事？

沒有人知道，到山上去的人，已沒有一個還是活著的。

老伯靜靜的站著，面上還是毫無表情。

忽然間，他淚已流下。

律香川垂下了頭。

以前他從未看過老伯，現在，他是不敢看。一個像老伯這樣的人，居然會流淚，那景象不但悲慘，而且可怕。

老伯的心幾乎已被撕成碎片，多年來從未判斷錯誤。

多年來他只錯了一次。

這唯一的錯誤竟害死了他唯一的兒子，但他直到此刻，還不知錯誤究竟發生在哪裡！

所以同樣的錯誤以後也許還可能發生。

想到這一點，他全身都已僵硬。

他的組織本來極完密，完密得就像是一隻蛋，但現在這組織卻已有了個缺口，就算是針孔般大的缺口，也能令蛋白蛋黃流盡，等到那時，這隻蛋就是空的，就算不碎，也變得全無價值。

他寧願犧牲一切來找出這缺口在哪裡，可是卻找不到。

暮色漸臨，沒有人燃燈，每個人都已被融入黑暗的陰影裡，每個人都可能是造成那缺口的人。

幾乎只有一個人才是他完全可以信任的。

他驟然轉身，發出簡短的命令。

「去找韓棠！」

九　生死一髮

韓棠並不像個養魚的人，但他的確養魚，養了很多魚，養在魚缸裡，有時他甚至會將小魚養在自己喝茶的蓋碗中。

大多數時候他都找其他那些養魚的人在一起，靜靜的坐在水池旁，坐在魚缸邊，靜靜的欣賞魚在水中那種悠然自得的神態，生動美妙的姿勢。

這時，他也會暫且忘卻心裡的煩惱和苦悶，覺得自身彷彿也變成了游魚，正在無憂無慮的游在水中。

他曾經想養過鳥，飛鳥當然比游魚更自由自在，只可惜他不能將鳥養在天上，而鳥一關進籠子，就立刻失去了那種飛翔的神韻，就好像已變得不是一隻鳥。

所以他養魚。

養魚的人大多數寂寞。韓棠更寂寞。

他沒有親人，沒有朋友，連奴僕都沒有。

因爲他不敢親近任何人，也不敢讓任何人來親近他。

他認爲世上沒有一個人是他可以信任的——只有老伯是唯一的例外。

沒有人比他對老伯更忠誠。假如他有父親，他甚至願意爲老伯殺死自己的父親。

韓棠也釣魚。他釣魚的方法當然也和別人一樣，但目的卻完全不同。

他喜歡看魚在釣鈎上掙扎的神態。每條魚掙扎的神態都不同，正和人一樣，當人們面臨著死亡的恐懼時，每個人所表露出的神態都不相同。

他看過無數條魚在釣鈎上掙扎，也看過無數人在死亡中掙扎。

到現在爲止，他還沒有看到過一個真正不怕死的人——也許只有老伯是唯一的例外。

老伯是他心目中的神，是完美和至善的化身。

無論老伯做什麼，他都認爲是對的，無論老伯對他怎麼樣，他都不會埋怨，雖然他並不知道老伯爲什麼要這樣做，卻知道老伯一定有極正確的理由。

他還能殺人，還喜歡殺人。

但老伯不要他殺，他就心甘情願的到這裡來忍受苦悶和寂寞。

所以他時常會將殺機發洩在魚身上。

有時他甚至會將魚放在鳥籠裡，放在烈日下，看著牠慢慢的死。

他欣賞死亡降臨的那一刻，無論是降臨在魚身上，是降臨到人身上，還是降臨到他自己身上。

他時常在想，當死亡降臨到自己身上時，是不是更刺激有趣。

養魚的人並不少，很多人的前院中，後園裡，都有個養魚的水池或魚缸，但他們除了養魚外，還做許多別的事。

他們時常將別的事看得比養魚重要。

但真正養魚的人，只養魚，養魚就是他們生命中最重要的事。

真正養魚的人並不多，這種人大都有點怪。要找個怪人並不是十分困難的事。

所以孟星魂終於找到了韓棠。

滿天夕陽，魚池在夕陽下粼粼生光。

孟星魂也在夕陽下。

他看到魚池旁坐著一個人，釣竿已揚起，魚已被釣鈎鈎住，這人就靜靜的坐在那裡，欣賞魚在釣鈎上掙扎。

孟星魂知道這人一定就是韓棠。

他想過很多種對付韓棠的法子，到最後卻一種也沒有用。

最後他選的是種最簡單的法子，最直接的法子。

他準備就這樣直接去找韓棠，一有機會，就直接殺了他。

若沒有機會，被他殺了也無妨。

反正像韓棠這種人，你若想殺他，就得用自己的性命去作賭注，否則你無論用多複雜巧妙的法子，也一樣沒有用。

現在他找到了韓棠。

他直接就走了過去。

他要殺韓棠，不但是爲高老大，也爲了自己。

一個在不斷追尋的人，內心掙扎得也許比釣鈎上的魚更苦，因爲他雖然不斷追尋，卻一直不知道自己追尋的究竟是什麼。這樣的追尋最容易令人厭倦。

孟星魂已厭倦，他希望殺了韓棠後，能令自己心情振奮。

每個人心底深處都會找一個最強的人作爲對手，總希望自己能擊倒這對手，爲了這目的，人們往往不惜犧牲一切代價。

孟星魂走過去的時候，心裡的緊張和興奮，就像是個初上戰場的新兵。

但他的腳步還是很輕，輕得像貓，捕鼠的貓，輕得像隻腳底長著肉掌，正在追捕獵物的豹子。

他並沒有故意將腳步放輕，他已習慣，很少人能養成這種習慣，要養成這種習慣並不容易。

韓棠沒有回頭，沒有抬頭，甚至沒有移動過他的眼睛。

釣竿上的魚已漸漸停止掙扎，死已漸臨。

韓棠忽然道：「你是來殺我的？」

孟星魂腳步停下。

韓棠並沒有看到他，也沒有聽到他說話。

難道這人能嗅得出他心裡的殺機？

韓棠道：「你殺過多少人？」

孟星魂道：「不少。」

韓棠道：「的確不少，否則，你腳步不會這麼輕。」

他不喜歡說太多話。

他說的話總是包含著很多別的意思。

只有心情鎮定的人，腳步才會這麼輕，想殺人的人，心情難鎮定，想殺韓棠的人，心情更難鎮定。他雖然沒有說，孟星魂卻已瞭解他的意思。他不能不承認韓棠是個可怕的人。

韓棠道：「你知道我是誰？」

孟星魂道：「是。」

韓棠道：「好，坐下來釣魚。」

這邀請不但突然，而且奇怪，很少人會邀請一個要殺他的人一同釣魚。

這種邀請也很少人會接受。

孟星魂卻走了過去，坐下，就坐在他身旁幾尺外。

韓棠手邊還有幾根釣竿，他的手輕彈，釣竿斜飛起。

孟星魂一抄手接住，道：「多謝！」

韓棠道：「你釣魚用甚麼餌？」

孟星魂道：「用兩種！」

韓棠道：「哪兩種？」

孟星魂道：「一種是魚最喜歡的，一種是我最喜歡的。」

韓棠點點頭，道：「兩種都很好。」

孟星魂道：「最好不用餌，要魚來釣我。」

韓棠忽然不說話了。

直到現在爲止，他還沒有去看孟星魂一眼，也沒有想去看的意思。

孟星魂卻忍不住要看他。

韓棠的面目本來很平凡，平凡的鼻子，平凡的眼睛，平凡的嘴，和我們見到大多數人都完全一樣。

這種平凡的面目，若是長在別人身上，絕不會引人注意。但長在韓棠身上就不同。只瞧了一眼，孟星魂心頭就好像突然多了種可怕的威脅和壓力，幾乎壓得他透不過氣來。

他悄悄將釣絲垂下。

韓棠忽然道：「你忘了放餌。」

孟星魂手上的筋骨忽然緊縮，過了很久，才道：「我說過，最好不用餌。」

韓棠道：「你錯了，沒有餌，就沒有魚。」

孟星魂緊握著魚竿，道：「有魚無魚都無妨，反正我在釣魚。」

韓棠慢慢的點了點頭，道：「說得好。」

他忽然轉頭，盯著孟星魂。

他目光就好像釘子，一釘上孟星魂的臉，就釘入骨肉中。

孟星魂只覺得臉上的肌肉已僵硬。

韓棠道：「是誰要你來的？」

孟星魂道：「我自己。」

韓棠道：「你自己想殺我？」

孟星魂道：「是。」

韓棠道：「爲什麼？」

孟星魂拒絕回答，他用不著回答，他知道韓棠自己也會明白的。

過了很久，韓棠又慢慢的點了點頭，道：「我也知道你是誰了。」

孟星魂道：「哦？」

韓棠道：「我知道近年來江湖中出了個很可怕的刺客，殺了許多很難殺的人。」

孟星魂道：「哦？」

韓棠道：「這刺客就是你！」

孟星魂沒有否認——沒有否認就是承認。

韓棠道：「但你要殺我還不行！」

孟星魂道：「不行？」

韓棠道：「殺人的人很少聰明，你很聰明，對一件事的看法也很高妙。」

孟星魂聽著。

韓棠道：「就因爲你想得太高妙，所以不行，殺人的人不能想，也不能聰明。」

孟星魂道：「爲什麼？」

韓棠道：「因爲只有聰明人才會怕。」

孟星魂道：「我怕就不會來了。」

韓棠道：「來是一回事，怕是另一回事。」

孟星魂道：「你認爲我怕，怕什麼？」

韓棠道：「怕我！你來殺我，就因爲怕我，就因爲你知道我比你強。」

他目光更銳利，慢慢的接著道：「就因爲你怕，所以你才會做錯事。」

孟星魂忍不住問道：「我做錯什麼？」

韓棠道：「第一，你忘了在釣鉤上放餌，第二，你沒有看到釣鉤上本已有餌。」

孟星魂緊握著釣竿的手心裡，突然沁出了絲絲冷汗。

因爲他已感覺到釣竿在震動，那就表示釣鉤上已有魚。

釣鉤上有魚，就表示鉤上的確有餌。

鉤上有餌，就表示他的確怕，因爲他若不怕，就不會看不見餌。

韓棠道：「要殺人的人，連一次都不能錯，何況錯了兩次。」

孟星魂忽然笑了笑，道：「錯一次並不比錯兩次好多少，因爲錯一次是死，錯兩次也是死。」

韓棠道：「死並不可笑。」

孟星魂道：「我笑，是因爲你也錯了一次。」

韓棠道：「哦？」

孟星魂道：「你本不必對我說那些話的，你說了，所以你錯了！」

韓棠也忍不住問道：「錯在哪裡？」

孟星魂道：「你說這些話，就表示你並沒有把握殺我，所以要先想法子使我心怯。」

韓棠手裡的鈎鈎也在震動，但他卻忘了將鈎鈎舉起。

孟星魂道：「我經驗當然沒有你多，心也比不上你狠，出手更比不上你快，這些我都已仔細去想過了。」

韓棠道：「你想過，卻還是來了。」

孟星魂道：「因爲我想到，有樣比你強的地方。」

韓棠道：「哦？」

孟星魂道：「我比你年輕。」

韓棠道：「年輕並不是長處，是短處。」

孟星魂道：「但年輕人體力卻強些，體力強的人比較能持久。」

韓棠道：「持久？」

孟星魂道：「真正殺人的人，絕不肯做沒有把握的事，你沒把握殺我，所以一直未出手。」

韓棠冷笑。

他臉上一直不帶絲毫情感，沒有任何表情，此刻，卻有種冷笑的表情。

能令沒表情的人臉上有了表情，就表示你用的法子很正確。至少你的話已擊中他的弱點。

所以孟星魂立刻接著道：「你想等我有了疏忽時再出手，但我自然絕不會給你這機會，所以我們只有在這裡等著，那就要有體力，就要能持久。」

過。」

韓棠沉默著，過了很久，忽然說道：「你很有趣。」

孟星魂道：「有趣？」

韓棠道：「我還沒有殺過你這樣的人！」

孟星魂道：「你當然沒有殺過，因爲，你殺不了。」

韓棠沉思著，像是根本未聽到他在說什麼，又過了很久，才淡淡道：「我雖未殺過，卻見過。」

孟星魂道：「哦？」

韓棠道：「像你這樣的人實在不多，但我卻見過一個人幾乎和你完全一樣！」

孟星魂一心動，脫口道：「誰？」

韓棠道：「葉翔！」

韓棠果然認得葉翔。

這一點孟星魂早已猜到，但卻始終猜不出他們是怎麼認得的？有什麼關係？韓棠淡淡說道：「他冷靜、迅速、勇敢，無論要殺什麼人，一擊必中，在我所見到的人之中，沒有第二個比他更懂得殺人。」

孟星魂道：「他的確是。」

韓棠道：「你認得他？」

孟星魂點點頭。

他不想隱瞞，因爲韓棠也不想隱瞞，韓棠現在已是他最大的敵人，但他卻忽然發現自己在這人面前居然可以說真話。

能讓他說真話的人，他並沒有遇見幾個。

韓棠道：「你當然認得他，我早已看出你們是從一個地方來的。」

孟星魂道：「你知道我們是從哪裡來的？」

韓棠搖搖頭，道：「我沒有問，因爲我知道他絕不會說。」

孟星魂道：「你怎麼認得他的？」

韓棠道：「他是唯一的一個能活著從我手下走開的人！」

孟星魂道：「我相信。」

韓棠道：「我沒有殺他，並非因爲我不能，而是因爲我不想。」

孟星魂道：「不想？」

韓棠道：「無論做什麼事都有很多同行，只有做刺客的是例外，這世上真正的刺客並不多，葉翔卻是其中一個。」

孟星魂道：「你讓他活著，是因爲想要他去殺更多的人？」

韓棠道：「不錯。」

孟星魂道：「但你卻錯了。」

韓棠道：「錯了？」

孟星魂道：「他現在已不能殺人。」

韓棠道：「爲什麼？」

孟星魂道：「因為你已毀了他的信心。」

直到現在，孟星魂才真正瞭解葉翔為什麼會突然崩潰的原因。

過了很久，韓棠才慢慢的點了點頭，道：「他的確已無法殺人，那時我本該殺了他的！」

他抬頭，盯著孟星魂，說道：「所以，今天我絕不會再犯同樣的錯，我絕不會讓你活著走出去！」

孟星魂淡淡道：「我不怪你，因為我也不會讓你活著……」

他忽然閉上了嘴。

韓棠嘴角的肌肉也突然抽緊。

他們兩人同時嗅到了一種不祥的血腥氣。

魚池在山坳中。

暮色已籠罩群山。

他們同時看到兩個人從山坳外踉蹌衝了進來，兩個滿身浴血，全身上下幾乎已沒有一處完整乾淨的地方，能支持到這裡，只因為那兩人還想活下去。

求生的慾望往往能令人做出他們本來絕對做不到的事。

兩個人衝到韓棠面前，才倒下去。

韓棠還是在凝視著自己手裡的釣竿，好像就算是天在他面前塌下來，也不能令他動一動顏色。

孟星魂卻忍不住看了這兩人一眼，其中一人立刻用乞憐的目光向他求助，喘息著道：「求求你，把我們藏起來，後面有人在追……」

另一人道：「我們都是老伯的人，一時大意被人暗算，連老伯的大公子孫劍都已被殺。」

孟星魂忍不住又去看了韓棠一眼，他以為韓棠聽到這消息至少應該回頭問問。

韓棠卻像是沒有聽見。

那人又道：「我們並不是怕死貪生，但我們一定要將這消息回去報告老伯。」

另一人道：「只要你肯幫我們這次忙，老伯必有重謝，你們總該知道老伯是多麼喜歡朋友的人！」

孟星魂只是聽著，一點反應也沒有。他等著看韓棠的反應。

韓棠也沒有反應，就好像根本沒聽過「老伯」這人的名字。

孟星魂不禁暗暗佩服，卻又不免暗自心驚。

他已從韓棠身上將老伯這人瞭解得更多，瞭解得愈多，愈覺得心驚，能令韓棠這種人死心塌地，老伯的可怕自然更可想而知。

他剛發現這兩人目中露出驚詫不安之色，山坳外已掠來三條人影。

第一人喝道：「我早已告訴過你們，就算逃到天邊也逃不了的，快納命來吧！」

第二人道：「我們既已來到這裡，至少也該跟這裡的主人打個招呼才是。」

第三人道：「哪位是這裡的主人？」

他眼睛盯著孟星魂。

孟星魂道：「我是來釣魚的。」

第一人道：「無論誰是這裡的主人，只要將這兩個小子交出來就沒事，否則……」

第二人說話總比較溫和，道：「這兩人是孫玉伯的手下，殺了我們不少人，冤有頭，債有主，我們來找的只是他們。」

躺在地上的兩個人掙扎著，似乎又想逃走。

韓棠忽然道：「你們一定要這兩個人？」

他一說話，孟星魂就知道他要出手了。

他一出手，這三個人，就絕沒有一個能活著回去。

第一人道：「當然要，非要不可。」

韓棠道：「好！」

「好」字出口，他果然已出手。

誰也看不清他是怎樣出手的，只聽「砰」的一聲，正掙扎著爬起來的兩個人頭已撞在一起。

孟星魂不得不閃了閃身，避開飛激的鮮血和碎裂的頭骨。

韓棠就好像根本未回頭，道：「你們既然要這兩個人，爲什麼還不過來拿去？」那三個人目中也立刻露出驚詫不安之色，就好像已死了的這兩個人一樣，誰也不懂韓棠爲什麼要殺死老伯的手下。孟星魂卻懂。就在這兩人掙扎著爬起的時候，他已發現他們傷勢並不如外表看來那麼嚴重，已發現他們袖中都藏著弩筒一般的暗器。

這根本就是一齣戲。

這齣戲當然是演給韓棠看的。

他若真的相信了這兩人是老伯的手下，此刻必已遭了他們的毒手。

孟星魂只奇怪韓棠是怎麼看出來的，因爲他根本沒有看。

對方三個人顯然更奇怪，孟星魂帶著好奇的目光瞧著他們，不知道他們要怎麼樣才能退下去。

第二人道：「我們本來就只不過想要他們的命，現在他們既然已沒有命，我們也該告辭了。」

他說話一直很溫和，像是早已準備來打圓場似的。

這句話說完，三個人已一齊向後躍身。

就在這時，突見刀光閃動。

三聲慘呼幾乎同時響起，同時斷絕，三顆頭顱就像是三個被一腳踢出去的球，沖天飛了出去。

好快的刀。

刀鋒仍然青碧如水，看不到一點血漬。

刀在一個錦衣華服的彪形大漢手上，這人手上就算沒有刀，也同樣能令人覺得威風凜凜，殺氣騰騰。

孟星魂一眼就看出他平時一定是個慣於發號施令的人，只有手裡掌握著生殺大權的人，才會有這樣的威風和殺氣。

他只希望這人不是老伯的「朋友」！

只聽這人沉聲道：「這五個人都是『十二飛鵬幫』的屬下，故意演這齣戲來騙你上當，你本不該放他們逃走的。」

孟星魂的心沉了下去。

這人顯然是老伯的朋友，韓棠再加上這麼樣一個人，孟星魂已連一分機會都沒有。

韓棠忽然道：「你認得他們？」

這人笑了笑，道：「老伯幫過我一次很大的忙，我一直想找機會回報，所以我知道老伯和十二飛鵬幫結怨之後，我一直在留意他們的舉動。」

韓棠點點頭，道：「多謝……」

聽到這「謝」字，孟星魂已發覺不對了。

韓棠絕不是個會說「謝」字的人。

就在這時，他已看到韓棠手裡的釣竿揮出，釣絲如絞索般向這人的脖子上纏了過去。

韓棠真的喜歡殺人，別人幫了他的忙，他也要殺。

好像無論什麼人他都要殺。

絞索已套上這人的脖子，抽緊，繃直——這釣絲也不知是什麼製成的，比牛筋還堅韌。

他的呼吸已停頓。

韓棠只要出手，就絕不會給對方任何抵擋閃避的機會。

一擊必中。

這是韓棠出手的原則，也就是孟星魂出手的原則。

但這次，韓棠卻犯了個無法挽救的錯誤。

他始終沒有回頭，沒有看到這人手裡握著的是把怎麼樣的刀。

刀揮起，斬斷了絞索，發出「崩」的一響。

這人已淩空翻身，退出五丈。

韓棠也知道自己錯了，他太信任這根絞索，他太信任自己。

「一個人自信太強也同樣容易發生錯誤的，有時甚至比沒有自信更壞。」

韓棠想起了老伯的話，孟星魂第一次看到他臉色變了。

他和孟星魂同樣知道，這人不像他們，絕不敢相信自己一擊必中！所以他一擊不中，必定還有第二擊。他手撫著咽喉，還在喘息，暮色中又有三個人箭一般竄過來。

這三人一現身，他立刻恢復了鎮定，忽然對韓棠笑了笑，道：「你怎知道那五人全是幌子，我才是真正來殺你的？」

韓棠不回答，卻反問，道：「你們都是『十二飛鵬幫』的人？」

這人道：「屠城屠大鵬。」

另外三個人也立刻報出了自己的名姓。

「羅江羅金鵬。」

「蕭安蕭銀鵬。」

「原沖原怒鵬。」

現在這齣戲已演完，他們已沒有隱瞞的必要，何況他們始終都沒有瞞過韓棠。韓棠的瞳孔在收縮，他知道這四個人，知道這四個人的厲害。

這世上還沒有任何人能單獨對付他們四個。

他已漸漸感覺到死亡降臨的滋味。

孟星魂忽然覺得自己所處的地位很可笑。

他是來殺韓棠的，但現在屠大鵬他們卻必定已將他看成是韓棠的朋友。

他們絕不會放過他。

韓棠呢？是不是也想要他陪自己一起死？

他唯一的生路也許就是先幫韓棠殺了這四個人再說，可是他不能這樣做。

他絕不能在任何一個活著的人面前洩露自己的武功，他也沒把握將這四個人一起殺了滅口。

所以他只有死。

屠大鵬他們一直在不停的說話。

「韓棠，你該覺得驕傲才是，殺孫劍的時候，我們連手都沒有動，但殺你，我們卻動用了全力。」

「你知不知道我們爲什麼要殺你？」

「因爲你是孫玉伯的死黨，十二飛鵬幫現在已經和孫玉伯勢不兩立。」

「你一定會奇怪我們怎麼知道你和孫玉伯的關係，這當然是有人告訴我們的，只可惜你一輩子也猜不出這個人是誰。」

「這人當然很得孫玉伯的信任，所以才會知道你們的關係。」

「孫玉伯一向認為他的屬下都對他極忠誠，但現在連他最信任的人也出賣了他，這就好像一棵樹的根已經爛了。」

「根若已爛了，這棵樹很快就會爛光的。」

「所以你只管放心死吧，孫玉伯一定很快就會到十八層地獄去陪你。」

韓棠聽著，他的神情雖然還很鎮定，連一點表情也沒有，但那只不過因為他臉上的肌肉已僵硬。

孟星魂本來一直在奇怪，屠大鵬他們為什麼要說這些話，現在才忽然明白，他們說這些話只不過是想分散韓棠的注意力，令韓棠緊張！

心情緊張不但令人的肌肉僵硬，反應遲鈍，也能令一個人軟弱。

孟星魂已可想像到韓棠今日的命運。

可是他自己的命運呢？

他忽然發現屠大鵬在向他招手，他立刻走過去。

他走過去的時候全身都在發抖，他雖然沒有聽過老伯的那些名言，卻懂得如何讓敵人輕視他，低估他。

屠大鵬的眼睛就像根鞭子，正上上下下的抽打著，過了很久才道：「你是來釣魚的？」

孟星魂點點頭。

屠大鵬道：「你不認得韓棠？」

孟星魂搖搖頭。

屠大鵬道：「你不認得他，為什麼會讓你在這裡釣魚？」

孟星魂道：「因為……因為我是個釣魚的人。」

這句話非但解釋得很不好，而且根本就不能算是解釋。

但屠大鵬卻點了點頭，道：「說得好，就因為你只不過是個釣魚的，他認為你對他全無危險，所以才會讓你在這裡釣魚。」

孟星魂道：「我正是這意思。」

屠大鵬道：「只可惜你並不是個聾子。」

孟星魂目中露出茫然不解之色，道：「聾子？我為什麼要是個聾子？」

屠大鵬道：「因為你若是個聾子，我們就會放你走，但現在你聽到的卻已太多了，我們已不能不將你殺了滅口，這實在抱歉得很。」

他說話的態度很溫和，很少有人能用這樣的態度說出這種話！

孟星魂已發覺他能在十二飛鵬幫中佔如此重要的地位絕非偶然，也已發覺要從這種人手下活著走開並不容易。

屠大鵬忽又問道：「你會不會武功？」

孟星魂拚命搖頭。

屠大鵬道：「你若會武功，也許還有機會，我們這四人，你可以隨便選一個，只要你能贏得了一招半式，就可以大搖大擺的走。」

這實在是個很大的誘惑。

他們這四人無論哪一個都不是孟星魂的敵手。

要拒絕這種誘惑不但困難，而且痛苦。孟星魂卻知道自己若接受了這誘惑，就好像一條已吞下餌的魚。

山坳外人影幢幢，刀光閃動。

屠大鵬並沒有說謊，他們這次行動的確已動用了全力。

現在養魚的人自己也變成了一條魚。

一條網中的魚。

孟星魂不想吞下這魚餌，但他若拒絕，豈非又顯得太聰明？

屠大鵬的魚餌顯然也有兩種，而且兩種都是他自己喜歡的。

孟星魂只覺脖子僵硬，彷彿已被根絞索套住。

他艱澀的轉了轉頭，無意間觸及了屠大鵬的目光，他忽然從屠大鵬的眼睛裡看出了一線希望。

屠大鵬看著他的時候，眼睛裡並沒有殺機，反而有種很明顯的輕蔑之意。

他垂下頭，忽然向屠大鵬衝過去。

屠大鵬目中掠過一絲笑意，手裡刀已揚起。

孟星魂大叫，道：「我就選你！」

他大叫著撲向屠大鵬手裡的刀鋒，就像不知道刀是可以殺人的。

銳利的刀鋒刺入他胸膛時，彷彿魚滑入水，平滑而順利。

他甚至完全沒有感到痛苦。

他大叫著向後跌倒不再爬起，他本是仰面跌倒的，身子突又在半空扭曲抽動，跌下時，臉撲在地，叫聲中斷的時候，鮮血已完全自刀尖滴落，刀鋒又瑩如秋水。

好刀！

屠大鵬看著已死魚般倒在地上的孟星魂，慢慢的搖了搖頭，嘆道：「這孩子果然只懂得釣魚。」

原怒鵬也在搖著頭，道：「我不懂這孩子爲什麼要選你？」

屠大鵬淡淡道：「因爲他想死！」

說到「死」時，他身子突然竄出。

他身子竄出的時候，羅金鵬、蕭銀鵬、原怒鵬的身子也竄出。

四個人用的幾乎是完全同樣的身法，完全同樣的速度。

四個人就像是四枝箭，在同一剎那中射出。

箭垛是韓棠。

沒有人能避開這四枝箭，韓棠也不能。

他真的好像已變成了箭垛。

四枝箭同時射在箭垛上。

愈燦爛的光芒，消逝得愈快。

愈激烈的戰役，也一定結束得愈快。

因爲所有的光芒和力量都已在一瞬間迸發，因爲所有的光芒和力量就是爲這決定性的一剎那存在。在大多數人眼中看來，這一戰甚至並不激烈，更不精采。

屠大鵬他們四個人衝過去就已經將韓棠夾住。

韓棠的生命就立刻被擠出。

四個人分開的時候，他就倒下。

戰鬥在一剎那間發動，幾乎也在同一剎那間結束。

簡單的戰鬥，簡單的動作。

簡單得就像是謀殺。但在孟星魂眼中看來卻不同，他比大多數人看得都清楚。

他將他們每一個動作都看得很清楚。他們的動作並不簡單，就在這一剎那間，他們至少已做出了十七種動作。

每一種動作都極鋒利、極有效、極殘酷。

孟星魂並沒有死。

他懂得殺人，懂得什麼地方一刀就能致命，也懂得什麼地方是不能致命的。

所以他自己迎上了屠大鵬的刀鋒。

他讓屠大鵬的刀鋒刺入他身上不能致命的地方，這地方距他的心臟只有半寸，但半寸就已足夠。

殺人最難的一點就是準確，要準確得連半分偏差都不能有。

屠大鵬的武功也許很高，但殺人卻是另外一回事，武功高的人並不一定就懂得殺人，正如生過八個孩子的人也未必懂得愛情一樣。

他這一刀並不準確，但他以爲這一刀已刺入了孟星魂的心臟。

孟星魂很快的倒下，因爲他不願讓刀鋒刺入太深，他跌倒時面撲向地，因爲他不願血流得太多。

他忍不住想看看屠大鵬他們是用什麼法子殺死韓棠的。

他更想看看是不是有法子抵抗！

像韓棠這種人，世上也許很難再找到第二個，這種人活著時特別，死也一定死得很特別。

要殺死這種人，就必定要有一種更爲特別的方法，這種事並不是時常都能看到的，孟星魂就算要冒更大的險，也不願錯過。

這把刀實在太鋒利，他倒下去很久之後，才感覺到痛苦，幸好他還可用手將創口壓住。

那時屠大鵬已向韓棠撲了過去。

孟星魂本該閉著眼睛裝死的，但他卻捨不得錯過這難得的機會。他看到了，而且看得很清楚。

屠大鵬他們衝過去的時候，韓棠已改變了四種動作。

每一種動作都是針對著他們四個人其中之一發出的，他要他們四個人都認爲他已決心要和自己同歸於盡。

韓棠若是不能活，他們四個人中至少也得有個陪他死！

只要他們都想到這一點，心裡多少都會產生些恐懼。

只要他們四個人中有兩個心中有了恐懼，動作變得遲鈍，韓棠就有機會突圍，反擊！

屠大鵬的動作第一個遲鈍。

這並不奇怪，因爲他已領教過韓棠的厲害。

第二個心生畏懼的是蕭銀鵬。

他手裡本來也握著柄刀，此刻刀竟突然落下。

韓棠的動作又改變，決心先以全力對付羅金鵬和原怒鵬。

只要能將這兩人擊倒，剩下兩人就不足爲懼。

誰知就在這刹那間，屠大鵬和蕭銀鵬的動作也已突然改變。

最遲鈍的反而最先撲過來。

韓棠知道自己判斷錯誤時，已來不及了。

他已沒有時間再補救，只有將錯就錯，突然出手抓住了羅金鵬的要害。

羅金鵬痛得彎下腰，一口咬在他肩下，鮮血立刻自嘴角湧出。

他左手的動作雖較慢，但還是插入了原怒鵬的脅骨。

因爲原怒鵬根本沒有閃避，他的脅骨雖斷，卻夾住了韓棠的手，然後他左右雙手反扣，鎖住了韓棠的手肘關節。

他雖已聽到韓棠關節被捏斷的聲音，卻還是不肯放手。

這時蕭銀鵬已從後面將韓棠抱住，一隻手抱住了他的腰，一隻手扼住了他的咽喉。

屠大鵬的刀已從前面刺入了他的小腹。

韓棠全身的肌肉突然全都失去控制，眼淚、口水、鼻涕、大小便突然一齊湧出，甚至連眼珠子都已凸出，脫離眼眶。然後，羅金鵬、原怒鵬、蕭銀鵬才散開。

羅金鵬身子還是蝦米般彎曲著，臉上已疼得全無人色，眼淚沿著面頰流下，將嘴角的鮮血顏色沖成淡紅，他牙關緊咬，還咬著韓棠的一塊肉。

只有屠大鵬還是站在那裡，動也不動，臉上也已全無人色。

那當然不是因爲痛苦，而是因爲恐懼。

只有他一個人看到了韓棠的臉。

他雖然殺人無數，但看到這張臉時，還是不禁被嚇得魂飛魄散。

韓棠還沒有倒下，因爲屠大鵬的刀鋒還留在他小腹中。

他們每一個動作，孟星魂都看得很清楚。

若不是面撲在地，可以將胃壓住，他此刻必已不停嘔吐。

他自己也殺過人，卻很少看到別人殺人。

他想不到殺人竟是如此殘酷，如此可怕。

他們的動作已不僅是殘酷，已有些卑鄙，已連野獸都不如。

過了很久很久。

屠大鵬才能發得出聲。

他的聲音抖得像綳緊了的弓弦，緊張而嘶啞。

「我知道你死不瞑目，死後一定會變爲厲鬼，但你的鬼魂卻不該來找我們，你應該去找那出賣你的人。」

韓棠當然已聽不見，但屠大鵬還是往下說：「出賣你的人是律香川，他不但出賣你，還出賣了孫玉伯！」

蕭銀鵬突然衝過來，將屠大鵬拖開。

他的聲音也在發抖，嗄聲道：「走，快走……」

韓棠屍體倒下時，他已將屠大鵬拖出很遠，就好像韓棠真的已變爲厲鬼，在後面追趕著要報仇。

羅金鵬已不能舉步，只有在地上滾，滾出去很遠，才被原怒鵬抱起。

他突然張嘴嘔吐，吐出了嘴裡的血肉，吐在魚池裡。立刻有一群魚游來爭食這團血肉。

這是韓棠的血，韓棠的肉。

他活著的時候，又怎會想到魚也有一天能吃到他的血肉？

他吃魚，現在魚吃他。他殺人，現在也死於人手！這就是殺人者的結果！

死寂。

風中還剩留著血腥氣。

孟星魂伏在地上，地上有他的血，他的汗。

「這就是殺人者的結果。」

冷汗已濕透了他的衣服。

今天他沒有死，除了因爲他判斷正確外，實在還有點僥倖。

「真的是僥倖？」

不是！

不是因爲僥倖，也不是因爲他判斷正確！

看屠大鵬他們殺韓棠，就可以看出他們每一個步驟、每一個動作，事先都經過很嚴格的訓練和很周密的計劃。

他們的動作不但卑鄙殘酷，而且還非常準確！

每一個動作都準確得分毫不差！

「但屠大鵬那一刀爲什麼會差上半寸呢？」

孟星魂一直在懷疑，現在突然明白。

他沒有死，只不過因爲屠大鵬根本就不想殺死他！

他所說的話，屠大鵬根本連一句都不信，也全不入耳，屠大鵬顯然認定，他也是韓棠的同伴，孫玉伯的手下。

所以屠大鵬要留下他的活口，去轉告孫玉伯。

「律香川就是出賣韓棠的人，就是暗中和『十二飛鵬幫』串通的奸細！」

所以律香川絕不是奸細！

萬鵬王要藉孫玉伯的手將律香川除去。萬鵬王要孫玉伯自己除去他自己最得力的幹部！

因爲在萬鵬王眼中，最可怕的人不是韓棠，而是律香川。

要殺孫玉伯，就一定要先殺了律香川。

這計劃好毒辣。

直到現在，孟星魂才明白律香川是個怎麼樣的人，才明白他地位的重要。

現在孫劍和韓棠已被害，老伯得力的助手已只剩下他一個人。

以他一人之力，就能鬥得過萬鵬王的「十二飛鵬」？

孟星魂在思索，卻已無法思索。

他忽然覺得很疲倦，很冷，疲倦得只要一閉起眼睛就會睡著。

冷得只要一睡著就會凍死。

他不敢閉起眼睛，卻又無力站起。

創口還在往外流血，血已流得太多，他生命的力量大多都已隨著血液流出，剩下的力量只夠他勉強翻個身。

翻過身後，他更疲倦，更無法支持。

就在這時，他看到了葉翔。

屋子裡很陰暗。空氣潮濕得像是在條破船的底艙，木器都帶著霉味。

風吹不到這裡，陽光也照不到這裡。

這就是韓棠活著時住的地方。

屋角有張凳子，高而堅硬，任何人坐在上面都不會覺得舒服。

韓棠卻時常坐在這張凳子上，有時一坐就是大半天。

他不喜歡舒服，不喜歡享受。

他這人活著是爲了什麼，也許連他自己都不清楚。

現在，坐在凳上的是葉翔。

他靜靜的坐著，眼睛裡一片空白，彷彿什麼也沒有看，什麼也沒有想。

韓棠坐在這裡時，神情也和他一樣。

孟星魂就躺在凳子對面的床上，已對他說出了這件事的經過。現在正等著他下結論。

聽的時候，他一句話也沒有說，現在卻已到了他說話的時候。

他慢慢的，一字一字道：「今天你做了件很愚蠢的事。」

孟星魂點點頭，苦笑，道：「我知道，我本來不必挨這一刀的。我早就應該從屠大鵬的眼睛裡看出，他們根本沒有殺我的意思。」

葉翔緩緩道：「無論在任何情況下，你都不必要流血。」

他笑了笑，笑得很辛澀，慢慢的又接著道：「在我們這種人身上，剩下的東西已不多，絕沒有比血更珍貴的。」

孟星魂眼睛望著屋頂。

屋頂也發了霉，看來有些像是鍋底的模樣，韓棠這一生，豈非就好像活在鍋裡一樣麼，他不斷的忍受著煎熬。

但他畢竟還是忍受了下去。

孟星魂嘆了口氣道：「也許還有比血更珍貴的！」

葉翔道：「有？」

孟星魂道：「有一樣。」

葉翔道：「你說的是淚？」

孟星魂點點頭，道：「不錯，有種人寧可流血，也不願流淚。」

葉翔道：「那些人是呆子。」

孟星魂道：「任何人都可能做呆子，任何人都可能做出很愚蠢的事。」

他忽又笑了笑，接著道：「屠大鵬他們今天本來也不必留下我活口的。」

葉翔沉吟著，道：「他的確不必。」

孟星魂道：「孫玉伯知道韓棠的死訊後，第一個懷疑的人必定就是律香川了。」

葉翔道：「一個人遇到很大的困難和危險時，往往就會變得很多疑，對每個人都懷疑，覺得世上已沒有一個他可以信任的人。」

他苦笑，又道：「這才是他的致命傷，那困難和危險也許並不能傷害到他，但『懷疑』卻往往會要了他的命。」

孟星魂道：

「孫玉伯若真殺了律香川，就會變得完全孤立。」

葉翔道：「你錯了。」

孟星魂道：「錯了？」

葉翔道：「你低估了他。」

孟星魂道：「我也知道他不是個容易被擊倒的人，但無論多大的樹，若已孤立無依，也都很容易就會被風吹倒。」

葉翔道：

「一棵樹若能長得那麼高大，就必定會有很深的根。」

孟星魂道：「你的意思是說……」

葉翔道：

「我的意思是說，大樹的根長在地下，別人是看不見的。」

孟星魂道：「孫玉伯難道還有別的部屬？藏在地下的部屬？」

葉翔道：「還有兩個人。」

孟星魂道：「兩個人總比不上十二個人。」

葉翔道：「但這兩個人也許比別的十二個人加起來都可怕。」

孟星魂道：「你知道這兩個是誰？」

葉翔沉默了很久，才緩緩地說道：「一個叫陸沖。」

孟星魂皺了皺眉道：「陸沖？你說的是不是陸漫天？」

葉翔道：「是。」

孟星魂道：「他怎會和孫玉伯有關係？」

葉翔道：「他不但和孫玉伯有關係，和律香川也有關係。」

孟星魂道：「哦？」

葉翔道：「他是律香川嫡親的外舅。」

他接著又道：「孫玉伯手下有兩股最大的力量，他就是其中之一。」

孟星魂道：「還有一人呢？」

葉翔道：「易潛龍，你當然也知道這個人。」

孟星魂知道。

江湖中不知道易潛龍的人很少。

長江沿岸，有十三股流匪，有的在水上，有的在陸上。

易潛龍就是這十三股流匪的總瓢把子。

孟星魂沉吟著道：「這麼說來，那十三股流匪也歸孫玉伯指揮的了。」

葉翔緩緩道：「他並沒有直接指揮他們，因爲他近來已極力的走向正途，不想再和黑道上的朋友有任何關係，但他若有了危險，他們還是會爲他賣命的。」

孟星魂道：「想不到孫玉伯的根竟這麼深。」

葉翔道：「所以『十二飛鵬幫』現在雖佔了優勢，但這一戰是誰勝誰負，還未可知。」

孟星魂默然。

葉翔凝視著他，忽又道：「我說這些話的意思，你懂不懂？」

孟星魂道：「我懂。」

葉翔道：「真的懂？」

孟星魂道：「你想要我放棄這件事。」

葉翔道：「我不勉強你，我只想勸你，好好的爲自己活下去。」

孟星魂道：「我明白。」

他的確明白，所以他心中充滿感激，葉翔這一生已毀了，他已將希望完全寄託在孟星魂身上。

因爲孟星魂就像是他的影子。

但孟星魂也有不明白的事。

他忽然又道：「你對孫玉伯的事好像知道得很多。」

葉翔忽然沉默。

「你怎麼會知道這麼多的？」他沒有問，因他知葉翔不願說。葉翔不願說，就一定有很多充足的理由。

孟星魂六歲時就和他生活在一起，現在才忽然發現自己對他瞭解並不太深，知道得也並不太多。

「一個人若想瞭解另一個人，可真不容易。」

孟星魂嘆了一口氣，道：「我明白你的意思，可是我還不想放棄。」

葉翔道：「爲什麼？」

孟星魂道：「因爲我現在還有機會。」

葉翔道：「你有？」

孟星魂道：「有——鷸蚌相爭，漁翁得利。」

他笑了笑，接著道：「孫玉伯和萬鵬王的力量既然都如此巨大，拚下去一定兩敗俱傷，這就是機會，而且機會很好，所以我不能放棄。」

葉翔沉默了很久，道：「就算你能殺了孫玉伯，又怎麼樣呢？」

孟星魂道：「我不知道——我只覺得車軛既已套在我身上，我就只有往前走。」

有時他的確覺得自己像是匹拉車的馬，也許更像是條推磨的驢子，被人蒙上眼，不停的走，以爲已走了很遠，其實卻還在原地未動。

「走到什麼時候？」

他沒有想過，也不敢想，他怕想多了會發瘋。

葉翔慢慢道：「所以，你就在這裡等著。」

孟星魂的笑容比魚膽還苦，點頭道：「等的滋味雖不好受，但我卻已習慣。」

「等什麼？」

「等殺人？還是等死？」

孟星魂忽又道：「你回去告訴老大，就說我也許不能在限期內完成工作，但我若不能完成工作，就絕不回去。」

葉翔慢慢的點了點頭，道：「我明白你的意思，你這一生已準備爲高老大活著——我明白，因爲我以前也一樣。」

孟星魂道：「現在呢？」

葉翔道：「現在？現在我還活著麼？」他忽然覺得滿嘴苦澀，忍不住拿起桌上的茶壺，喝了一口。

他已有很久沒有喝過茶，想不到這茶壺裡裝的居然是酒。很烈的酒。

葉翔忽又笑了，喃喃道：「想不到韓棠原來也喝酒的，我一直奇怪，他怎麼能活到現在，像他這種人，若沒有酒，活得豈非太艱苦？」

孟星魂忍不住說道：「你對他知道得好像也很多。」

他以爲葉翔必定不會回答這句話，誰知葉翔卻點點頭，黯然道：「我的確知道他，因爲我知道我自己。」

孟星魂道：「他和你不同。」

葉翔苦笑，道：「有什麼不同？我和他豈非全都是爲別人活著的？我不希望你也和我們一樣。」

他抬起頭，望著發霉的屋頂，慢慢的接著道：「一個人無論如何也得爲自己活些時候，哪怕是一年也好，一天也好——我時常都覺得我這一生根本就沒有真正活過。」

孟星魂試探著，問道：「連一天都沒有？」

葉翔灰黯的眸子裡，忽然閃出一線光芒。

流星般的光芒，短促卻燦爛。

他知道自己的確活過一天，那真是光輝燦爛的一天。

因為他的生命已在那一天中完全燃燒。

他忽然轉身走了出去！

這是他生命中最大的歡愉，他要永遠保持秘密，獨自享受。

因為除了這一天的回憶外，他已沒有別的。

葉翔已走了很久，孟星魂卻還在想著他，想著他的一生，他的秘密。

「他跟孫玉伯和韓棠之間，必定有種奇特的關係！」

孟星魂忽然看到他出現在這裡的時候，就已想到了這一點。

他到這裡來，為的也許並不是孟星魂，而是韓棠。

孟星魂想問，卻沒有問。因為他覺得每個人都有權為自己保留些秘密，誰都無權刺探。

他嘆了口氣，決定先好好的睡一覺再說。

等他睡醒的時候，孫玉伯必已知道韓棠的死訊，必已有所行動。

他希望孫玉伯不要做得太錯，錯得一敗塗地。

但他也知道，每個人都會有做錯事的時候。

孫玉伯也不例外。

路很黑。

但葉翔並不在意，這段路他似乎閉著眼睛都能走。他曾經一次又一次躑躅在這條路上，一天又一天的等。

他等的是一個人，一個曾將生命完全燃燒起來的人。

那時他寧可不惜犧牲一切來見這個人，只要能再看這人一眼，他死也甘心。

但現在，他卻寧死也不願再看到這個人。

他覺得自己已不配。

現在，他只希望那個人能好好的活著，為自己活著。

路很黑，因為天上沒有星，也沒有月。

路的盡頭就是孫玉伯的花園。

那也是他所熟悉的，因為他曾經一次又一次的在園外窺探。

他始終沒有看見他所希望看到的。

他只看到了自己悲慘的命運。

風中忽然傳來馬蹄聲，在如此靜夜中，蹄聲聽來分外明顯。

葉翔停下腳，閃入道路黑暗的林木中。

他的反應還不算太遲鈍。

來的是三匹馬。

馬奔很快，在如此黑夜中，誰也看不清馬上坐的是什麼人。

但葉翔卻知道。

馬蹄聲中，還夾雜著一聲聲鐵器相擊時所發出的聲音，清脆如鈴。

那是鐵膽。

只要有陸漫天在的地方，就能聽到鐵膽相擊的聲音。

「陸漫天果然來了！」

孫玉伯顯然已準備動用全力。

陸漫天做事本來一向光明正大，無論走到哪裡都願意讓別人先知道「陸漫天」來了，可是他今天晚上的行動卻顯然不同。

他們走的是最偏僻的一條路，選擇的時間是無星無月的晚上。

這麼樣做可能有兩種意思：

孫玉伯的召喚很急，所以他不得不連夜趕來。

他們之間的秘密關係還不願公開，他們要萬鵬王認爲孫玉伯已孤立無助，這樣他們才能找出機會反擊。

「因爲你若低估了敵人，自己就必定難免有所疏忽。」

他們的反擊必定比萬鵬王對他們的打擊加倍殘酷。

三匹馬都已遠去，葉翔還靜靜的站在榕樹後的黑暗中。

黑暗中往往能使他變得很冷靜。

他想將這件事冷靜的分析一遍，看看孫玉伯能有幾分勝算。

他不能。

他腦筋一片混亂，剛開始去想一件事時，思路就已中斷。

他忽然覺得頭疼欲裂，忽然雙腿彎曲，貼著樹幹跪下。

現在他已無力思考，只能祈禱。

他全心全意的祈禱上蒼，莫要對他喜歡的人加以傷害。

這已是他唯一能做的事。

粗糙的樹皮，摩擦著他的臉，他眼淚慢慢流下，因爲他已無力去幫助他所喜歡的人。他也不敢。

他走到這條路上來，本是要去見孫玉伯的，可是現在他卻只能跪在這裡流淚。

鐵膽被捏在陸漫天手裡，竟沒有發出聲音，因爲他實在捏得太緊。

他指節已因用力而發白，手背上一根根青筋凸起。

桌上擺著盛滿波斯葡萄酒的金樽，金樽前坐著看來已顯得有些疲倦蒼老的孫玉伯。

他本想開懷暢飲，高談闊論。

但是他已沒有這種心情，他心裡沉重得像是吊著個鉛錘。

曙色已將染白窗紙，屋子裡沒有別的人，甚至連平日寸步不離老伯左右的律香川都不在。

這表示他們談的事不但嚴重，而且機密。

陸漫天忽然道：「你能證實韓棠和孫劍都是被十二飛鵬幫害死的？」

老伯點點頭，「啵」的一聲，他手裡拿著的酒杯突然碎裂。

陸漫天又道：「你沒有找易潛龍？」

老伯道：「明後天也許就能趕到，我叫他不必太急，因爲……」

他神色看來更疲倦，望著碎裂的酒杯，緩緩接著道：「我必須先跟你談談。」

陸漫天長長嘆了一口氣，道：「我明白，律香川的事我應該負責。」

老伯疲倦的臉上又露出一絲痛苦之色，道：「我一直將他當做自己的兒子，甚至比自己的兒子都信任，但現在我不能不懷疑，因爲有些事除了他之外，就好像沒有別人能做到。」

你若不得不懷疑一個你所最親近信賴的人時，那實在是件非常痛苦的事！

陸漫天面上卻全無表情，淡淡道：「我可以讓你對他不再懷疑。」

他語氣平淡輕鬆，所以很少有人能聽得出這句話的意思。

老伯嘴角的肌肉卻突然抽緊，他明白！

「只有死人永不被懷疑。」

過了很久，老伯才緩緩道：「他母親是你嫡親的妹妹。」

陸漫天道：「我只知道組織裡絕不能有任何一個可疑的人存在，正如眼裡容不下半粒砂子。」

老伯站起，慢慢的踱著方步。

他心裡一有不能解決的煩惱痛苦，就會站起來踱方步。

陸漫天和他本是創業的戰友，相處極久，當然知道他這種習慣，也知道他思考時不願被人打擾，更不願有人來影響他的決定和判斷。

很久很久之後，老伯才停下腳步，問道：「你認爲他有幾分可疑？」

這句話雖問得輕描淡寫，但是陸漫天卻知道自己絕不能答錯一個字。

答錯一個字的代價，也許就是幾十條人命！

陸漫天也考慮了很久，才緩緩道：「七勇士的大祭日，埋伏是由他安排的？」

老伯道：「是！」

陸漫天道：「所有的人都歸他直接指揮？」

老伯道：「是。」

陸漫天道：「派去找韓棠的人呢？」

老伯道：「也由他指揮。」

陸漫天道：「首先和萬鵬王談判的也是他？」

老伯道：「是。」

陸漫天道：「這一戰是否他造成的？」

老伯沒有回答。

陸漫天也知道那句話問得並不高明，立刻又問道：「他若安排得好些，萬鵬王是否就不會這麼快發動攻勢？」

老伯道：「不錯，這一戰雖已不可避免，但若由我們主動攻擊，損失當然不會如此慘重。」

陸漫天突然不說話了。

老伯凝視著他道：「我在等著聽你的結論。」

對這種事下結論困難而痛苦，但陸漫天已別無選擇！

他站起來，垂首望著自己的手，道：「他至少有五分可疑。」

這句話已無異宣佈了律香川的死刑。

只要一分可疑，就得死！

老伯沉默了很久，忽然用力搖頭，大聲道：「不能，絕不能。」

陸漫天道：「什麼事不能？」

老伯道：「我絕不能要你親手殺他。」

陸漫天沉吟著，試探道：「你想自己動手？」

老伯道：「我也不行。」

陸漫天道：「能殺得了他的人並不多，易潛龍也許能……」

他忽然冷笑，道：「但易潛龍至少已有十五年沒有自己動過手，他的手已嫩得像女人的屁股，而且他只能摸女人的屁股。」

老伯笑了笑。

他一向對陸漫天和易潛龍之間的關係覺得好笑，卻從來沒有設法讓他們協調。

一個人若想指揮別人，就得學會利用人與人之間的矛盾。

陸漫天又道：「他現在知不知道你已對他有了懷疑？」

老伯道：「也許還不知道。」

陸漫天道：「那麼我們就得趕快下手，若等他有警覺，就更難了。」

老伯又沉吟了很久，才慢慢的搖了搖頭，道：「現在我還不想動手。」

陸漫天道：「爲什麼？」

老伯道：「我還想再試試他。」

陸漫天道：「怎麼試？」

老伯沒有立刻回答這句話。

他重新找個酒杯，爲自己倒了酒。這動作表示情緒已逐漸穩定，對這件事的安排已胸有成竹。

他一口喝下這杯酒，才緩緩道：「派去找韓棠的人是馮浩，你應該知道這個人。」

陸漫天道：「我知道，他是我第一批從關外帶回來的十個人其中之一。」

老伯點點頭，笑笑道：「看來這些年你對酒和女人都還有控制，所以你的記性還沒有衰退。」

陸漫天端起了面前的酒杯，他並不想喝酒，只不過想用酒杯擋住自己臉，因爲他生怕自己的臉會紅。

這些年來他對酒和女人興趣不比年輕時減退，得到這兩樣東西的機會卻比年輕時多了幾倍。

艱苦奮鬥的日子已過去，現在已到了享受的時候。

他已能感覺到自己全身的肌肉日漸鬆弛，記憶也逐漸衰退，但馮浩這個人卻是他很難忘記的。

老伯手上最基本的幹部全來自關外，都是他的鄉親子弟！

這些人的能力也許並不強，但忠實卻絕無疑問。

馮浩尤其是其中最忠實的一個。

陸漫天乾咳了兩聲，道：「難道馮浩現在也已歸律香川指揮？」

老伯嘆了口氣，道：「近來我已將很多事都交給他做，他也的確很少令我失望。」

他忽然又笑了笑，接著道：「但馮浩到底還是馮浩，他知道韓棠的死訊後，立刻就直接回來報告給我，現在還在外面等著。」

陸漫天沉吟著，道：「你的意思是說韓棠的死訊到現在還沒有人知道？」

老伯點點頭，道：「除了我之外，那些殺他的人當然也知道。」

陸漫天道：「律香川呢？」

老伯道：「他若沒有和十二飛鵬幫串通，也絕不可能知道，所以……」

他又倒了杯酒，才接著道：「所以我現在就要他去找韓棠。」

陸漫天還沒有完全明白老伯的意思，試探著道：「到哪裡去找？」

老伯道：「你知不知道方剛這個人？」

陸漫天道：「是不是『十二飛鵬幫』中的鐵鵬？聽說他前幾天已離開本壇，但行蹤很秘密。」

老伯面上露出滿意之色，他希望自己的手下每個人都能和陸漫天一樣消息靈通。

他替陸漫天倒了杯酒，道：「他是三天前由本壇動身的，預定明天歇在杭州的大方客棧，因爲那時萬鵬王會派人去跟他連絡。」

陸漫天道：「這消息是否正確？」

老伯笑笑道：「七年前我已派人到『十二飛鵬幫』潛伏，其中有個人已成爲方剛的親信。」陸漫天露出欽佩之色，老伯永遠不會等到要吃梨時候才種樹，他早已撒下種子。每粒種子都隨時可能開花結果。

老伯道：「我的意思現在你是否已明白？」

陸漫天說道：「你要律香川到大方客棧去找韓棠？」

老伯道：「不錯，律香川若沒有和萬鵬王串通，既不可能知道韓棠的死訊，也不可能知道方剛的行蹤，也一定會去……」

他啜了口酒，又慢慢接著道：「但卻不是去找韓棠，而是去殺韓棠。」

律香川的表情顯得很驚詫，忍不住道：「你要我去殺韓棠？」

老伯沉著臉，道：「我剛才已說得很清楚，你難道沒有聽清楚？」

律香川垂下頭，不敢再開口。老伯的命令從沒有人懷疑過。

過了半晌，老伯的臉色才和緩，道：「我要你去殺韓棠，因爲我知道他近年對我很不滿，認爲我已對他冷落，所以就另謀發展。」這解釋合情而合理，無論誰都會滿意。

律香川動容道：「難道他敢到『十二飛鵬幫』去謀發展？」

老伯道：「不錯，他已約好要和方鐵鵬商談，他們見面的地方是杭州的大方客棧，時間就在明天晚上。」

律香川道：「我是否還能帶別人去？」

老伯道：「不能，我們的內部已有奸細，這次行動絕不能再讓消息走漏。」

律香川不再發問，躬身道：「我明白，我立刻就動身。」

老伯的命令既已發出，就必須徹底執行，至於這件事是難是易？他是否能獨力完成？那已全不在他考慮之中，老伯就算叫他獨力去將泰山移走，他也只有立刻去拿鋤頭。

陸漫天一直在旁邊靜靜的瞧著，自從律香川走進這屋子，他就一直在留意觀察著老伯的表情和動作。

現在他不但對老伯更爲佩服，而且更慶幸老伯沒有對他懷疑，慶幸自己沒做出對不起老伯的事。

無論誰欺騙了老伯，都是在自尋死路。

他只希望律香川沒有那麼愚笨，這次能提著方鐵鵬的人頭回來見老伯，能證明自己忠實。因爲律香川畢竟是他的外甥，無論哪個做舅父的人，都不會希望自己的外甥死無葬身之地。

律香川推開門，就看到林秀。

隨便什麼時候，他只要一開門，都會看到林秀。

林秀是他的妻子，他們成親已多年，多年來感情始終如一日。

他從沒有懷疑過妻子的忠實，他無論出門多久，她都從不埋怨，近年來他已很少親自執行任務，夫妻間相聚的時候更多，情感更密，所以他們的家庭更充滿了溫暖和幸福。

他們的家庭就在老伯的花園中，因爲老伯隨時都可能需要他，有時甚至會在三更半夜時將他從他妻子的身邊叫走。

對於這一點，林秀也從不埋怨，她對老伯的尊敬和她丈夫一樣，雖然老伯以前並不十分贊成他們的婚事，因爲她是江南人，老伯卻希望律香川的妻子也是他的同鄉。

林秀站了起來，以微笑迎接她的丈夫，柔聲說道：「想不到你這麼快就回來，我正在怕今天你又吃不成早點了，今天我替你準備了一隻雞用早點，一隻剛好兩斤重的雞，而且是用你最喜歡的吃法做的。」

她說完已轉過身去準備，以乎沒有看到律香川的表情，微笑著道：「我母親告訴我，早點若是吃得飽，整天的精神都會好。」

律香川呆呆的看著她的腰，似乎沒有聽見她在說什麼。

她的腰雖已不如以前那麼標緻苗條，但對一個結婚已多年的婦人來說，已經很不錯的了。

律香川突然走過去，抱住了她的腰。

林秀吃吃的笑，道：「快放開，我去看看雞湯是不是已涼了。」

律香川道：「我不要吃雞，我要吃你。」

林秀心裡忽然湧起一陣熱意，情不自禁倒在她丈夫懷裡，咬著嘴唇道：「你至少也得等我先去關好門。」

律香川道：「我等不及。」他抱起他的妻子，輕輕放在床上。

在別人眼中看來，律香川是個冷酷而無情的人，只有林秀知道她丈夫是多麼熱情。

她慶幸他的熱情經過多年都未曾減退。

但今天她卻忽然發覺他的動作顯得有些生硬笨拙，他們的配合一向完美，只有心不在焉的時候他才會如此。

林秀張開眼，就發現他的眼睛是睜開著的，而且果然帶著心不在焉的表情。

她的熱潮立刻減退，低聲問道：「今天你是不是又要出門？」

律香川苦笑，她對他實在瞭解得太深。

林秀的熱情雖已消失，心中卻更充滿感激。

她懂得他的意思，每次出門前，他都要盡力使她歡愉。

她附在他耳畔，柔聲道：「你不必這樣做的，不必勉強自己，我可以等——等你回來——」

律香川輕撫著她光滑的肩，慢慢的從她身上翻下，他雖然沒有說什麼，但目中的歉疚之意卻很顯明。

林秀溫柔的凝視著他。

她已發覺他心裡有所恐懼，這次的任務一定困難而危險。

她雖然同樣感到恐懼，卻沒有問，因爲她知道他自己會說。

只有在她面前，他才會說出心裡的秘密。

這次她等得比較久，過了很久，律香川才嘆了口氣，道：「你還記不記得杭州大方客棧？」

林秀當然記得。

他們新婚時曾經在大方客棧流連忘返，因爲從大方客棧的後門走出去，用不了走很遠，就可以看到風光如畫的西湖。

律香川道：「今天我又要到那裡去，去殺一個人，他叫韓棠。」

林秀皺皺眉，道：「韓棠？他值得你親自去動手麼？我從未聽過這名字。」

律香川道：「他並不有名，可怕的人並不一定有名。」

林秀道：「他很可怕？」

律香川嘆了口氣，道：「他也許是我們見到的人中，最可怕的一個。」

林秀已發現他提起這個人名字的時候，目中的恐懼之意更深。

她知道他不願去，她也不願讓他去，但是她並不阻攔。

因爲她也知道他非去不可。

過了很久，她才低聲道：「你能不能喝點雞湯再走？」

律香川道：「不能，我也喝不下。」他已穿上衣服忽然轉身出門，他已不忍再看他的妻子那種關心的眼色。

這種眼色最容易令男人喪失勇氣。

等他走出門，她忽然衝出去，只披件上衣就衝過去道：「你能不能在後天趕回來？後天是我的生日。」

律香川沒有回答，卻突又轉身，緊緊擁抱住他的妻子。

他抱得那麼緊，就彷彿這已是最後一次的擁抱。

她的心都已被他抱碎了，但卻還是勉強忍住，不敢在她丈夫面前流淚。

過了很久，律香川才放開手，忽然道：「對了，莫忘記送兩對鴿子去給馮浩，我答應過他的。」

林秀手提著鴿籠，眼淚還未擦乾。

鴿子是她最喜歡的寵物，可是她更愛她的丈夫，她雖然不願將辛苦養成的鴿子送給別人，但她丈夫的話對她來說，比老伯的命令更有效。

馮浩接過鴿子，面上露出衷心感激的微笑，道：「這怎麼敢當，夫人何必急著送來。」

林秀勉強笑道：「他臨走時交代我的，你知道我這人也很急。」

馮浩道：「他剛走。」

馮浩皺起眉，喃喃道：「奇怪！公子爲什麼走得這麼匆忙？」

林秀道：「你有事找他？」

馮浩遲疑著道：「我這次是奉公子之命出去找人的。他本該等到聽過我回音後再走。」

林秀道：「他要你去找誰？」

馮浩又遲疑了很久，道：「一個姓韓的——」

林秀動容道：「姓韓的？是不是韓棠？」

馮浩道：「夫人也知道他？」

林秀搖搖頭，馮浩接著苦笑道：「我去的時候，他已經死了！」

他們的任務本極機密，但事情既已過去，再說也就無妨。

何況律香川的妻子也不是外人。但馮浩卻未想到林秀聽了這句話之後，臉色突然慘變，全身都在發抖，就彷彿突然中魔。

馮浩吃驚道：「夫人你怎麼樣了？」

林秀彷彿已聽不見別人說的話，嘴裡喃喃自言自語，道：「韓棠既已死了，老伯爲什麼要叫他去殺韓棠呢？……爲什麼！」

她突然轉身奔出，就像是一隻突然中箭的野獸般。

馮浩吃驚的望著她，也已怔住，竟沒有發現老伯已從花叢中走了過來，現在，正是老伯散步的時候。

老伯看到他手裡的鴿籠，微笑道：「今天晚上你想用油淋鴿子下酒？」

馮浩這才回過神來，立刻躬身陪笑，道：「這對鴿子吃不得的。」

老伯道：「吃不得？爲什麼？」

馮浩笑道：「這是律香川夫人養的信鴿，我若吃了，律夫人說不定會殺了我。」

老伯的瞳孔似已收縮，面上卻全無表情，微笑道：「我倒還不知道她喜歡養鴿子。」

馮浩道：「那也是最近的事，第一對鴿子還是律公子從江北帶回來的。」

老伯目中露出深思之色，喃喃道：「你看他們夫婦近來的感情怎麼樣？」

別人夫妻感情是好是壞，局外人，本來很難瞭解。

但老伯問的話卻非答覆不可。

馮浩道：「好得很，簡直就像新婚一樣。」

老伯道：「感情好的夫妻，往往是無話不說的，是麼？」

馮浩只能說是。

他沒有妻子。

老伯根本也沒有注意他的答覆，又問道：「你看律香川會不會將自己的行蹤告訴他的老婆？」

這句話已不再是閒談家常，馮浩已覺察出自己的答覆若稍有疏忽，就可能引起極嚴重的後果。

他考慮了很久，才緩緩道：「我想不會……一定不會的，律公子應該知道我們每個人的行動都絕對機密，絕不能對外人洩露。」

老伯點了點頭，目中露出滿意之色。他已準備將這場談話結束。

馮浩忽又笑了笑道：「律公子就算說了，也不會說實話的——律夫人還以為他這次出門是爲了要殺韓棠。」

老伯突然全身冰冷。

他已很久未有這種感覺，因爲他已很久沒有做過錯事。

這一錯卻可能是致命的錯誤。

老伯已可感覺到掌心的冷汗，嗄聲道：「她的人呢？」

馮浩道：「她走得太匆忙，好像已回去。」

老伯突然撩起衫袖，縱身掠出，低叱道：「跟我來！」

這句話說完，他的人影已不見。

馮浩沒有立刻跟去，他似已震驚。就連他這都是第一次看到老伯顯露武功，他從未想到世上有任何人能從地上一掠四丈。

這看來就像是奇蹟。

世上若真有奇蹟出現，那一定就是老伯造成的。

十　誰是叛徒

律香川住的地方就像他的衣著一樣，整潔、簡單、樸素。

他憎惡「多餘」，從不做多餘的事，從不要多餘的裝飾，也從不說多餘的話。因爲多餘就是浪費。只有愚蠢的人才浪費。

愚蠢的人必敗亡。

屋子裡很靜，看不到林秀，只有兩個小丫頭在屋角縫著衣裳。

她們看到老伯，面上都露出吃驚之色。

老伯就像閃電般進了這屋子，厲聲道：「你們夫人呢？」

丫頭們嘴唇發抖，過了半天才能回答。

「馬……馬房。」

英雄都愛良駒。

老伯卻是例外，他從不將馬看成玩物，馬只不過是他的工具。

他很少來馬房。

但馬房裡的人並不敢因此而疏忽，所以每匹馬都被養得很健壯。

「律香川的老婆來過沒有？」

「律夫人剛才選了匹快馬，從邊門出去了。」

老伯的臉上還是沒有任何表情。

老伯突然道：「馮浩！」

他雖未回頭，卻知道馮浩此刻必已趕來隨在他身後。

馮浩果然立刻應聲，道：「在。」

老伯道：「追！帶她回來！」

馮浩沒有再問，人已飛身上馬。

馬上還未備鞍，他拉著馬鬃，箭一般竄出。

他已明白老伯的意思，老伯說：「帶她回來」，那意思就是說：「無論死活都帶她回來！」

一張簡單的紙片，上面寫著：

「林秀，杭州人，獨女。

父：林中煙，有弟一人，林中鶴。少林南宗門下，精拳術。嗜賭，有妾。

母：李綺，已故。」

陸漫天慢慢的將紙片交回老伯，看著老伯將它插回書箱。

這樣的書箱也不知有多少個，陸漫天總覺得，只要是活著的人，老伯這裡就有他的紀錄。

然後老伯又取出張紙片：

「林中鶴，父母俱故，有兄一人，林中煙。少林南宗門下，嗜賭，負債纍纍多達白銀三十萬兩，兩年前突然全部還清，替他還債的是『十二飛鵬幫』金鵬壇主。」

陸漫天手裡拿著紙片，覺得指尖逐漸發冷，就好像在拿著一塊冰。老伯正凝視著他，等著他發表意見。

陸漫天乾咳兩聲，道：「你認為她才是真正的奸細？」

老伯道：「用鴿子來傳遞機密，比用鴿子來下酒好。」

陸漫天道：「律香川是否知情？」

老伯沒有立刻回答，沉默了很久，才緩緩道：「他若也參與其事，就不會讓林秀洩露口風了，狡獪貪心的女人，並不一定聰明。」

陸漫天嘆了口氣，道：「這麼樣說來，我們倒冤枉了他。」

老伯也嘆了口氣，道：「我從不知道他竟如此信任女人。」

陸漫天道：「幸好他還能對付方鐵鵬。」

老伯道：「不幸的是除了方鐵鵬外，必定還有很多人在大方客棧等他，萬鵬王也許早已安排好了香餌，等著我送律香川去上鉤。」

陸漫天臉色變了變，突然長身而起，道：「我趕去，我們不能讓他死。」

老伯道：「這一次我自己去。」

陸漫天變色，失聲道：「你自己去？你怎麼能輕身涉險？」

老伯道：「每個人都能，我爲什麼不能？」

陸漫天道：「但萬鵬王佈下這圈套，要對付的人也許不是律香川，而是你。」

老伯道：「那麼就讓他們對付我，我正想要他們看看，孫玉伯是不是好對付的！」

林秀身子貼在馬鞍上，她的人似已與馬化爲一體。

這是老伯馬房中最快的三匹馬其中之一。林秀五、六歲時已開始騎馬，那時她父親和叔叔輸得還不太厲害，開始的時候，他們甚至還贏過一陣子，所以林秀還可以活得很好。

但以後就不對了。賭博就像是個無底的泥沼，你只要一陷下去，就永遠無法自拔。

到後來，他們馬房中已不再有馬，孩子臉上也不再有笑容。

他們所有的已只剩下債務，愈來愈多的債，壓得她父親背都駝了，但駝背並不影響賭博，反而更適合推牌九，擲骰子。爲了一份豐厚的聘禮，林秀就嫁給了律香川。

她從沒有後悔這件事。

律香川不但是最好的丈夫，也是最好的朋友，最溫柔的情人。

他對她柔情蜜意，使她覺得自己永生也無法報答。

衣袖漸漸潮濕。

她眼淚流下，流在衣袖上。因爲她心中忽然有陣恐懼，無法形容的恐懼，彷彿已感覺到某種禍事降臨。就在這時，馬忽然倒下。

無緣無故的倒下，好像有柄無形的鐵鎚突然自空中擊下。

林秀從馬鞍上仆了出去，仆倒在地上，一陣暈眩震盪後，她就感覺到嘴角的鹹味，帶著一絲腥甜的鹹味。

這就是血的滋味。

她掙扎著爬起，立刻忍不住失聲驚呼。

她騎的是匹白馬，但現在馬身已烏黑，從馬嘴裡流出的血也是烏黑的，身上卻看不到傷痕。

毒早已下了，只不過到現在才發作。

是誰下的毒？爲什麼要毒死這匹馬？難道這一切早已在別人預算之中？有人早已算準了她要騎這匹馬出奔？

林秀全身冰冷，轉身狂奔，剛奔出幾步，就撞在一個人身上。

這人的身子硬如鐵鑄，她倒下。

她倒下後才看清這個人，看清了這人臉上那種惡毒的獰笑。

馮浩在她心目中一向是最誠懇的朋友，最忠誠的部下，她永遠想不到馮浩會笑得如此可怕。

現在她已明白，這一切都是個圈套，也已明白是誰下手毒死那匹馬的，但她還是不明白馮浩爲什麼要設計這圈套來害她。

也許女人大多天生就是優秀的戲子，等她站起來的時候，臉上已看不出絲毫驚懼憤怒之色，反而露出了欣慰的笑意，道：「看來我運氣不錯，想不到竟會在這裡遇見你！」

馮浩凝視著，慢慢的搖了搖頭，道：「你運氣並不好。」

林秀嘆了口氣，道：「我的確不該選上這匹馬的。」

馮浩道：「但那時馬房中只有這匹馬是配好馬鞍的，是不是？」

她目光轉向停在道旁的那匹無鞍馬，又道：「你騎來的也是匹快馬。」

馮浩道：「只有快馬才能追得上快馬。」

林秀臉上故意露出驚訝之色，道：「你是特地來追我的？」

馮浩點點頭。

林秀道：「爲什麼？」

馮浩道：「老伯要你回去。」

林秀笑了笑，道：「我本來很快就會回去的，這兩天我心裡很悶，所以想騎馬出來兜兜風，你知道我一向都很喜歡騎馬。」

她拍了拍身上的塵土，又道：「我們怎麼回去呢？兩個人坐一匹馬？」

馮浩道：「看來只有如此。」

林秀慢慢的走過去，用眼角瞟著他，帶著笑道：「我以前倒常跟香川騎一匹馬，但卻沒有跟別人騎馬，你難道不怕香川知道會不高興？」

她忽然從馮浩身旁衝過去道：「我看還是讓我先騎馬回去，你再隨後趕來吧！」

這句話還未說完，她已掠上馬背，準備反手打馬。

她的手突然被抓住。

她的人立刻被人從馬背上拉下，重重的跌在地上。

馮浩的出手也遠比她想像中快得多。

林秀出聲驚呼，道：「你……你怎麼敢對我如此無禮？」

馮浩冷冷的望著她，冷冷道：「我只是不想再做戲了。」

林秀道：「做戲？做什麼戲？」

馮浩道：「你知道我是為什麼來的，我也知道你想到哪裡去。」

林秀咬著嘴唇，忽然抬頭，目中露出憐憫之色，道：「那麼你為什麼不讓我去？香川一向對你不錯，我只不過想去告訴他，要他莫要做傻事！」

馮浩冷冷道：「老伯要他去做的事，絕不會是傻事！」

林秀道：「可是……這次卻不同，韓棠明明已死了，老伯為什麼還要他去殺韓棠？」

馮浩道：「我只知道遵守老伯的命令，從不問為什麼，這次老伯給我的命令，是要我帶你回去！」

林秀目中又有淚流下，道：「但你可以回去說，沒有追上我。」

馮浩冷冷道：「我為什麼要這樣說？」

林秀道：「因為……因為我一定會報答你。」

馮浩道：「你要怎麼報答我？」

林秀挺起胸，道：「你，只要你讓我去見香川一面，我什麼都可以答應你。」

馮浩嘴角忽然露出一絲不懷好意的微笑，斜眼盯著她雪白的脖子和飽脹的胸膛，一字字道：「真的什麼事都答應？」

林秀的身材雖不如未嫁時窈窕，但卻更成熟豐滿。

對這點她也一向很自傲，因爲她知道自己可以令丈夫滿足歡愉，雖然她的丈夫近年來需要已沒有以前那麼多，但每次還是充滿熱情。

她自己卻比以前更能享受這件事的樂趣，也更懂得如何去享受。

有時她甚至會主動要求，甚至會覺得她丈夫的體力已大不如前。

但她並未埋怨，更未想過要在別的男人身上尋求滿足，除了她丈夫外，她這一生絕不讓任何別人的手碰到她。

但現在馮浩眼中淫猥的笑意卻令她不能不想到這一點。

一個女人若是爲救自己的丈夫而犧牲貞操，是不是值得原諒？更重要的，她丈夫知道後，會不會原諒？

馮浩靜靜的看著她，似乎在等她的答覆。

林秀用力咬著嘴唇，道：「我若答應了你，你讓我走？」

馮浩點點頭。

林秀嘴上的傷口又開始流血，她將血嚥下，道：「你什麼時候要？」

馮浩道：「現在。」

林秀用力緊握雙拳，慢慢的跟在他身後。

這條路只通向老伯的花園，除了老伯的客人外，平時本少行人。

道旁的林木陰森濃密，馮浩在一棵大樹前停下，轉過身等著。

林秀慢慢的走過去，面上毫無表情，她決心將這人當做一條狗，任何人都可能被狗咬一口的。

馮浩的呼吸忽然變粗，喘息著道：「這裡好不好？我保證你以前絕沒有嚐過這種滋味。」

林秀道：「我不是狗。」

馮浩道：「慢慢你就會懂得，做狗有時比做人有趣得多。」他喘息著，將她拉到自己的面前。

林秀的身子硬得就像是一段木頭，咬著牙，道：「你最好快一點，我還急著要趕路。」

馮浩的手已經從她衣襟裡伸進去，接觸到了她溫暖的胸膛。

他手指開始用力，他的手潮濕而發抖。林秀僵硬的身子突然也開始顫抖，抖得胃裡的苦水都衝上咽喉。

她本來以爲自己可以忍受，現在才知道無論如何也不能。

她的手突然揮出，重重的摑在他臉上。

馮浩被打得怔住。

林秀用力推開他，踉蹌向後退，退到另一株樹上，雙手緊緊抱著自己的胸膛，哼聲道：

「我寧可回去，帶我回去見老伯。」

馮浩盯著她，目中漸漸露出了兇光，忽然獰笑道：「回去？你以爲自己還能回去？」

林秀一怔道：「老伯豈非要你來帶我回去？」

馮浩冷冷道：「老實告訴你，你早已注定哪裡都不能去了。」

林秀道：「你……你是來殺我？」

馮浩道：「你早已注定非死不可。」

林秀道：「爲什麼？」

馮浩道：「因爲你已注定要做替罪的羔羊。」

林秀全身冰冷，臉卻火燙。

她全身的血液都似已衝上頭部，道：

「那你爲什麼還要我答應你？」

馮浩道：「因爲我是男人，遇到這種機會，誰都不會錯過的。」

林秀突然怒吼著撲過去，想去扼這人的咽喉，她平時連殺雞都不敢，此刻卻想親手將這人扼死。

只可惜馮浩的出手比她快得多，鐵一般的拳頭已擊中她的鼻樑。

她甚至連疼痛都未感到，人已倒下，過了很久很久，才能模模糊糊的感覺到一陣陣衝擊和痛苦。

但這時她已不能感覺到憤怒和羞辱，只是不停在呼喚，呼喚著她的丈夫。

她已不再將任何事放在心上，只希望自己快死，愈快愈好。

但她卻還是不能忘記她的丈夫。

只要律香川能知道她對他的摯愛和關切，知道她爲他所忍受的痛苦和折磨，她死也瞑目。

律香川能知道麼？

律香川面對著一碟還沒完全冷透的栗子燒雞。

喜歡吃雞，喜歡吃用冬菇和火腿燉的雞湯，更喜歡吃栗子燒雞。

這兩樣也正是他妻子的拿手菜，每當她發覺他工作上有了困難，心裡有了煩惱時，就一定會親自下廚替他燒一道栗子雞做晚餐，每當他們晚上互相滿足了對方後，第二天的早點就定是火腿燉雞湯。

多年來，這似乎已成了不變的定律，因爲他對這兩樣菜也似乎永遠不會厭棄，雖然她烹調的手藝並不如她自己想像中那麼高明，但每次只要有這兩種菜擺在桌上，他總是會吃得乾乾淨淨。

這原因也許只有自己知道。

就在十年前，他想吃一盤栗子雞還是件非常困難的事。那時他每天只要能吃飽，已自覺非常幸運。

他很小就已沒有父母，一直都是跟著陸漫天長大，但一年中卻難得能見到他外舅一面。

他記得陸漫天每次回來時，不是行色匆匆，就是受了很重的傷，他一直不知道陸漫天在外面究竟做了些什麼事。

直到他十二、三歲時，陸漫天將他送給老伯做書僮後，他才漸漸知道他們做的是什麼，他自己很快也加入他們這一行。

那並非因爲他覺得這一行新奇刺激，而是因爲他自信在這一行必能出人頭地，他學得很快，而且工作時非常賣命。

他每天吃得到栗子雞，並不容易，這一段過程中的艱辛痛苦，他從來不願對任何人說起。

但現在栗子雞就擺在他面前，他卻始終沒有動過筷子。這是爲什麼呢？是不是因爲他心裡也有種不祥的預兆？覺得自己的地位開始動搖？覺得危險已迫在眉睫？覺得自己很難再看到妻子？

現在已是黃昏，方剛和韓棠都還沒有露面！

他們爲什麼還沒來，難道他們的計劃已改變？

難道他們已知道律香川在這裡等著？

律香川確信韓棠絕不會再認得他，因爲他已用一種波斯藥水將自己的臉染成蠟黃色，還巧妙的黏了一撇鬍子。

這使他看來至少蒼老了二十歲，而且就像久病未癒。

他來的時候這裡已有兩桌客人，現在又陸續增加了三、四桌。

從他坐的地方望出去，進出大方客棧的每個人都絕不可能逃出他眼下。

大門口的燈籠已燃起。

久。

律香川又要了壺酒，他知道自己無論要等多久，都得等下去。

他並不喜歡喝酒，他要酒只因爲非要不可，不喝酒的人，絕不可能一個人在這裡坐這麼久。

他更不願等人，但也非等不可。

馬車輕便而堅固。

拉車的是好馬，趕車的是一流好手。

車馬飛奔在路上，快得令人側目。

陸漫天斜倚在車廂裡，慢慢的嗅著鼻煙，看來彷彿很悠閒，但手裡的一雙鐵膽卻不停的「叮噹」直響。

老伯凝視著他，忽然問道：「你在想什麼？」

他知道陸漫天將鐵膽捏得很快時，就必定是心事重重。

陸漫天只笑了笑，什麼都沒有說。

又過了半晌，老伯也笑了笑：「我知道你在想什麼。」

陸漫天道：「哦？」

老伯道：「你是不是又想起了我們以前那段很不好過的日子？」

陸漫天嘆了口氣點點頭。

老伯說的不錯，以前那段日子的確不好過。

在那段日子裡，他們幾乎隨時隨刻都有生命的危險，他們無論在做什麼，暗中都隨時可能有一根箭飛來，貫穿他們咽喉。因爲他們自己也時常這樣對付別人。

老伯的眼睛發著光，又道：「你還記得那次我們到辰州去對付言老大的時候？」

陸漫天當然記得，有很多事，他至死也不會忘記。

言老大是「排教」的老大，幾乎完全壟斷了長江上下游木排生意。

木排生意是件好生意，因爲無論誰要將木材從長江上游運到下游，都得要言老大先點點頭。

無論哪種好生意都一定會令人眼紅。

眼紅的人雖多，一直沒有人敢動手。

言老大不但是「排教」的大阿哥，也是辰州言家拳的掌門人。

言家拳就是殭屍拳。

江湖中有關「殭屍拳」和「排教」的傳說，不但神秘，而且可怕，很多人都相信那並不是武功，而是種很神奇的法術。

沒有人願意用自己的血肉之軀去對抗法術。

老伯卻決心要去試一試。

他們先約好言老大在八里外某個地方見面，讓言老大確定他們在那裡，然後他們就連夜趕到辰州，衝入言家，將言老大赤裸裸從被窩裡拉出來，用四根一尺長的鐵釘釘在言家的大門上。

言老大至死只說了一句話，六個字：「你們來得好快！」

快！

快得出人意料之外，快得令人措手不及，無法抵抗！

這就是老伯行動的秘訣。

「快！」

這個字說來容易，但陸漫天一生中所見到，真正能做到這個字的人，卻只有老伯一個！

只不過那已是多年的事了，現在他是不是還能那麼快？

陸漫天目光顯然帶著幾分憂鬱。

老伯卻在微笑，微笑著道：「那段日子雖不好過，但現在想起來卻很有趣。」

陸漫天忽然道：「你還記不記得我們到漢陽去對付周大鬍子的那次？」

那次他們的行動也快。

他們用最快的速度衝入了周大鬍子的埋伏。

那次他們去時一共有十三個人，回來時卻只剩下兩個。

陸漫天回來後在床上躺了整整兩個月，才能坐起來吃飯。

老伯緩緩道：「我當然記得，因爲自從那次之後，我就決定絕不再犯同樣的錯誤。」

陸漫天道：「這次呢？」

老伯還是在笑，但表面看來已有些僵硬。

十一　雷霆一擊

律香川不認得方剛，他從來沒有見過方剛。

但方剛走進大方客棧的門，律香川立刻認出他來。

方剛。方鐵鵬，他這人的確就像是鐵打的。

他穿的是身雪白的衣裳，沒有被衣裳掩蓋的地方每處都黝黑如鐵，在燈下閃閃的發著油光。

他目光鋒銳，嘴唇緊閉，走路的姿態奇特，全身都充滿了勁力，每當他步跨出時，整棟房屋都彷彿不能承受他的重量。

除了孫劍外，律香川從未見過如此精悍健壯的人。他一走進來，全屋子的人呼吸都似已停頓。

八個人跟在他身後，不問可知，必定也都是千中選一的壯士。

但大家的眼中卻只看到他個人。只要他在那裡，就絕不會再有別人的鋒芒。

他坐下，這八個人就站在他身後，他坐著的時候，別人通常都只能站著，世上幾乎很少有人敢跟他平起平坐。

律川香暗中卻鬆了口氣！

「包子有肉，並不在摺上，生鐵雖硬，卻容易斷。」

律香川想起了孫劍。

他喝酒的時候仰著頭，銳利的目光還在不停的四下掃動。

律香川喝酒的時候低著頭，彷彿只看到自己手裡的酒杯，但第一個看到林中鶴走進來的，卻是他。

少林的外家弟子大都筋骨強健，林中鶴也不例外，只不過近年來債已還清，生活日漸優裕，所以肚子已比胸膛寬得多。

他四下打量了兩眼，就直接走到方剛面前，躬身行禮。

方剛道：「你姓林！」

林中鶴陪笑道：「在下林中鶴。」

方剛舉杯，道：「你也喝酒？」

林中鶴笑道：「還可以喝兩杯。」

他搬開椅子坐下，執壺斟酒。

方剛突然揮手，一杯酒潑在他臉上，厲聲道：「你是什麼東西，也配跟我並坐喝酒？」

林中鶴怔住，一張臉立刻脹得血紅。

孫劍比方剛更強，所以死得比方剛更快。

韓棠呢？

律香川慢慢的舉杯，喝酒，慢慢的喝。方剛也在喝酒，一口就是一大杯，十口就是十大杯。

在杭州城裡，他也算得上是個人物，就算背著滿身債的時候，也沒有受過人這麼大的侮辱。

方剛喝道：「滾！還不快滾！」

林中鶴突然一拍桌子，跳了起來，怒道：「你可是什麼東西？憑什麼要我滾？」

他的話還未說完，方剛的拳頭已隔著桌子打在他肚子上。

拳頭硬如鋼鐵，肚子卻已鬆弛柔軟。林中鶴疼得彎下腰。

方剛已掀起桌子，桌子「砰」的撞上了他的頭，一碗熱氣騰騰的湯恰巧剛扣在他頭上。

跟著方剛來的八個人大笑。

律香川目中卻已有了怒意，無論如何，林中鶴總是他妻子的親叔叔。

方剛冷冷道：「把這人架出去塞在陰溝裡，天不亮不要讓他走。」

他身後立刻有兩個人轉出，架起了林中鶴。

林中鶴突然狂吼，用力一掙，他肚子雖已柔軟，但兩條膀子至少還有三五百斤力氣，少林子弟畢竟是有兩下子的，架住他的兩個人看來雖然也很強悍，但被他用力一掙，就再也抓不住他，其中有一人踉蹌外退，幾乎跌倒。

林中鶴反手一個肘拳，打在另一人的胸膛上，

忽然向律香川衝了過來，撲在桌子上，喘著氣道：「走，快走，他們這次來要對付的是你。」

親戚畢竟是親戚，他居然認出了律香川。

律香川雖也吃了一驚，面上卻不動聲色，道：

「我不認得你。」

林中鶴急得跺腳，道：「你用不著瞞我，你一到這裡他們就已知道……」

他並沒有說完這句話。

被他撞倒的那兩人已趕來，一人從後面抓住他衣領，往後面拖，另一人抓起張凳子，往他腰上用力砸了下去。

方剛也已拍案而起，厲聲道：「先廢了他！」

又喝道：「姓律的，我們出去鬪一鬪！」

他嘴裡雖然在說「出去」，人卻已向律香川猛虎般撲了過來。

這實在是個很驚人的變化，而且快速得令人預料不及。

律香川彷彿也沒有準備來應付這種變化，他一直坐在那裡，動都沒有動。

但是方剛撲過來的時候，他身子突然向桌下滑了進去，宛如游魚般穿過桌底，他的手已抓住了一個人的足踝。

這人剛把凳子砸在林中鶴腰上，足踝突然被抓住，他足踝開始碎裂的時候，身子已被懸空掄起。

律香川將他掄了過去，右腳反踢，踢在另一人的膝蓋上。

這人狂呼一聲，雙腿跪下，冷汗隨著眼淚一起流落，他知道自己今生已很難再站得直。

練。

律香川拉起了倒在地上的林中鶴，沉聲道：「快走，去找老伯！」

林中鶴咬著牙點點頭，轉身奔出，但前面已有三個人擋住了他的去路，手裡的鋼刀亮如匹練。

林中鶴一步步向後退，忽然看到七、八道烏光往他脅下穿過，對面的三個人立刻倒下了兩個。

他知道律香川的暗器已出手。

方剛大喝道：「小心他的暗器。」

他揮拳打退了律香川掄過來的人，反手抄起張凳子，以凳子作盾牌，再次向律香川撲了過來。

律香川站在那裡，等著。

他動的時候，準確迅速如毒蠍，不動的時候，看來立刻又變得溫文有禮，臉上甚至還帶著一絲微笑，看著方剛道：「你小子也得小心我的暗器才是。」

方剛怒喝一聲，突然沖天躍起。

三道烏光，忽然由地反彈而出，直射他的下部。

他竟全未看到律香川有任何動作，這三道烏光發出像是自己從地上射出來的，若非他反應迅速，此刻已倒地不起。

律香川微笑道：「我關照過你，要你小心的，是嗎？」

他變得很從容，因爲他知道自己佔了先機。

方剛此刻身在空中，簡直就像是個飛靶，這麼大一個靶子，他確信自己萬無打不中的道理。

他已準備了四種不同的暗器，每種三件，這十二件暗器已將在這一刹那間同時射出。

但就在這時，他臉上的微笑突然凝結。

他已感覺到一雙手攔腰抱住了他，這雙手至少有百斤力氣，他知道自己絕對無法擺脫。

只要他稍微留心，就沒有人能從他身後攔腰抱住他，沒有人能對他暗算。

但此刻他卻已變得像是條落入網中的魚，因爲他絕未想到這人會對他暗算——他簡直做夢也想不到林中鶴會向他出手。

他身子已被林中鶴揪倒。

方剛凌空一轉，落下，落在他身上，一隻腳踩著他胸膛，一隻腳踩著他肚子，就像是獵人踩著隻中了箭的山羊，黝黑的臉上發著勝利之光，嘴角帶著征服者的笑，大笑著道：「姓律的，別人都說你足智多謀，但這一著你也想不到吧！」

律香川的眸子似已變成兩塊烏石，冷冷的看著他，冷冷道：「你應該感激我才是。」

方剛道：「感激你？」

律香川道：「若非我有個好親戚幫你的忙，你怎能得手！」

方剛大笑，道：「不錯，你的確有個好親戚，你娶老婆的時候，本該小心些才是。」

林中鶴喘息著站起來，目中帶著一絲羞慚之色，看著律香川，吶吶道：「這不能怪我，我是奉命行事。」

律香川淡淡道：「我明白，若換了我，或者也會同樣做的。」

他忽又道：「我只有一樣事不懂！」

林中鶴道：「什麼事？」

律香川道：「十二飛鵬幫中至少也有幾個人物，你爲什麼偏偏要選條蠢驢來做夥伴，而且還不惜被他侮辱。」

方剛怒道：「你說的是誰？」

律香川道：「除了你之外，這裡好像並沒有第二條驢子。」

方剛俯首瞪著他，目中出現怒火，忽然提起腳，往他胯間踏下。

律香川的身子一陣顫抖，臉上的肌肉，一根根扭曲！可是他咬緊牙，絕不呻吟出聲！

方剛厲聲道：「這一下怎麼樣？」

律香川看著他，忽然慢慢的笑了，道：「你看起來是男人，怎麼動起手來卻像女人。」

方剛怒吼著跳起，一腳踢向他脅骨。

律香川索性閉起眼睛。

方剛不停的踢，他雖然疼得冷汗直流，但卻絕不發出呻吟。

林中鶴轉過頭，似已不忍再看。

方剛突然停下，突然笑了，道：「我明白你的意思了。」

律香川咬著牙，說道：「笨驢也會明白人的意思？」

方剛臉色變了變，還是笑道：「你是想早點死，是不是？」

律香川牙咬得更緊。

方剛悠然道：「你放心，我絕不會這麼便宜你，我要讓你後悔爲什麼活著！」

律香川道：「你若讓我活下去，遲早也會後悔的。」

方剛道：「難道你還想等人來救你？」

他冷笑著，接著道：「我倒希望有人來救你，無論誰來，我都要讓他變成刺蝟。」

他迅速的向兩旁牆壁瞥了眼，眼角又瞟向他帶來的那幾個人。

那八個人現在已只剩下四個還能站著，這四人面上全無表情。

律香川的心忽然跳，他已看出，這四人目中帶著種特殊的氣質，有這種氣質的人絕不會做人的奴僕。

他忽然明白，這四人才是真正難對付的，何況這地方兩面牆壁中必定還設有埋伏都在等著來救他的人。

他只希望老伯莫要來救他。

方剛已在椅上坐下，悠然道：「我再等兩個時辰讓你看看……」

他已不必再等。

突然間，一輛雙馬拉著的黑車從大門外直闖了進來。

趕車的揮鞭打馬，健馬怒嘶。

馬車已闖入飯廳。

方剛霍然飛身而起，大喝道：「來了！」

喝聲中，又是「轟」的一響！

兩旁的牆壁同時撞破了二、三十個大洞，每個洞裡露出了隻弩匣。

無數隻硬弩暴射而出。

趕車的首先怒呼一聲，當胸中箭，自車座上跌下。

兩匹馬也全身浴血，怒嘶著直衝過來，撞上牆，倒下。

車廂傾倒。

方剛一揮手。

又是無數根的硬弩射出，釘在車廂上，突然起火。

火勢燃燒極快，眨眼間整個車廂都被燃著，車廂裡的人若不出來，眼看著就要隨車廂一齊被燒成灰燼，若是出來，第三次弩箭立刻就要往他們身上招呼，縱是絕頂高手，也躲不過這種暴雨般的機簧硬弩。

方剛仰面大笑，道：「孫玉伯，這次看你還想往哪裡逃！」

他笑得並不長。

突然間，兩旁牆壁中慘呼不絕，一隻隻弩匣拋出，接著，人也竄出。

一竄出就慘呼著倒下。

律香川這才知道兩旁牆壁都是空的，這些人早已埋伏在夾壁中。

但他們爲什麼突然竄出來？爲什麼倒下？

方剛臉色也變了，拉起一個人，只見這人臉已烏黑，嘴角不停的往外淌著鮮血，呼吸卻已停止。

再看他身上，卻全無傷痕，顯然是被人以極重的手法擊中，而且一擊致命。

夾壁中本來埋伏著四十八個弩箭手，現在已有三十多人倒下，剩下的十餘人也已竄出，高呼著奪門而逃。

方剛提起張桌子往燃燒著的車廂擲過去，車廂立刻被撞碎，裡面卻空無一人。

他忽然明白，自己竟也中了別人的聲東擊西之計，變色道：「孫玉伯，你既然來了，為什麼不敢出來？」

破壁中似乎發出一聲冷笑。

方剛衝過去，還是看不到人。

只聽一陣「噹」聲自門外傳來，彷彿是鐵器相擊聲。

律香川的心又一跳。

「這是陸漫天的鐵膽！」

陸漫天手裡揑著鐵膽，施施然從大門口走了進來，看他神情的安詳，就彷彿是個走進一間自己很熟的飯館來吃飯的客人。

方剛霍然轉身喝道：「你是誰？」

陸漫天微笑著攤開手掌，鐵膽在火焰中閃閃的發光。

方剛道：「陸漫天？」

陸漫天微笑道：「你果然是在江湖中混過兩天，還認得我。」

方剛道：「孫玉伯呢？」

陸漫天道：「你想看他？」

方剛道：「我早已想見識見識他了。」

陸漫天道：「你不怕？」

方剛怒道：「怕什麼？」

陸漫天悠然地說道：「那麼，你就不妨回頭去看看。」

方剛一驚，轉身。一個人靜靜的站在破壁中，臉上全無表情。看他的裝束，就像是個土頭土腦的鄉下老人，但神情中卻自然流露出一種無法形容的威嚴。

方剛不由自主後退了幾步，道：「孫玉伯？」

老伯點點頭。

方剛突然倒縱，落在律香川身旁喝道：「你想不想要他的命？」

老伯道：「想！」

方剛道：「想要他命的，就要老實點。」

老伯道：「你若敢傷他一根毫髮，我就要你的命！」

方剛獰笑道：「我爲什麼不敢！」

他剛想再踢律香川一腳，突然發現老伯已到了他面前。

他這一生中從未看到任何人的行動如此迅速，甚至連想都想不到。老伯冷冷的望著他，道：「你敢！」

方剛忽然覺得滿嘴發苦，額角上已流下冷汗，又開始往後退。

他彷彿想退到那四個人身旁。

這四人卻似已被嚇呆了，低著頭，噤若寒鴉。

方剛終於退到他們身旁，又喝道：「姓孫的，你敢不敢過來，跟我一對一決一死戰。」

老伯沒有說話，慢慢的走了過去。方才拿凳子猛砸林中鶴，又被律香川掄起，再被方剛打倒的那個人，此刻忽然從地上躍起，指著那四人道：「注意他們，他們才是正點子！」

這句話說出來每個人都吃了一驚。

律香川雖已想到方剛帶來的這八個人中，必有老伯的眼線，所以老伯才會對方剛的行蹤瞭如指掌。

但，這人會是老伯的眼線，卻連律香川也未想到。方剛更是大驚失色，怒吼著道：「原來你是奸細。」

他身旁站著的四個人突然出手，手中赫然已有兵器在握。

那些兵刃是：一雙匕首，一雙判官筆，一雙鋼環，一條軟鞭。

這四樣兵刃不是極短，就是極長，短極險，長極強。

無論長短，都是極難練的外門兵器。

看他們的兵器，就知道他們的武功絕不會在方剛之下。

但他們兵器雖已拔出，卻幾乎連施用的機會都沒有。

老伯的身形突然展動。

長鞭剛揮出，老伯已欺入他懷中，反掌一切。

這人甩鞭，手撫咽喉，倒下。

沒有慘呼聲。

他的脖子已如麵條般軟軟垂下。

龍虎鋼環一震，寒光四射。

突然一枚鐵膽飛來，鋼環落下，這人撫著臉，而指縫間鮮血向外溢。

也沒有慘呼。

他的臉已變得像是個抓爛了的柿子。

這就是老伯和陸漫天的武功。

沒有任何的字能形容他們的武功。

只有一個字！

快！

快得不可思議，快得無法招架，快得令人連他們的變化都看不出。陸漫天快，老伯更快。

從頭到尾只有一聲慘呼。

慘呼聲是方剛落入燃燒著的車廂中時發出的，他落下後就再也沒有出來，老伯的手一抓住他，他這人已自世上消失。

「你要燒死我，我就燒死你。」

這就是老伯做事的原則。

這就叫：「以牙還牙，以血還血！」

律香川在床上躺了三天，才能走動。

他立刻去見老伯。

他跪下。

律香川第一次向老伯下跪，已是十七年前的事了，這十七年來，他從未跪過第二次。

因爲老伯不喜歡別人向他下跪。

老伯認爲下跪有失男子漢的尊嚴，他不願他的手下失去尊嚴。

在老伯的面前，只有犯錯的人才下跪。

現在老伯拉起了他，目光中流露出慈祥和安慰，柔聲道：「你沒有錯。」

律香川垂下頭，道：「我太大意，所以才沒有令韓棠伏法。」

老伯笑了笑道：「韓棠已死了。」

律香川面上露出吃驚之色，但卻忍耐著，沒有發問。

老伯顯然也不願解釋，立刻又接著道：「這次你雖受了傷，但我們總算很有收穫。」

律香川道：「是。」

老伯道：「現在十二飛鵬已只剩下七隻。」

律香川動容道：「那四人難道也是十二飛鵬的壇主？」

老伯點點頭。

律香川目中不禁露出欽佩之意，十二飛鵬無一不是武林中的一流高手，但在老伯面前，簡直不堪一擊。

老伯道：「我們至少已給了萬鵬王個教訓，從此之後，他只怕也不敢輕舉妄動。」

律香川沉默了半晌，才問道：「我們呢？」

老伯站起來，慢慢的踱了個圈子，緩緩道：「我們暫時也不動。」

一次大勝之後，為什麼不乘勝追擊，反而按兵不動？這不像老伯平日的作風。

律香川雖沒有問出來，但面上的懷疑之色卻很明顯。

老伯道：「因為我們的損失也不輕，現在正是我們養精蓄銳，重新整頓的時候。」

律香川忍不住抬起頭，凝注著老伯。他已覺察出老伯的言詞有些吞吐，彷彿隱瞞著什麼。

老伯轉過頭，望著窗外的一株梧桐。

梧桐在秋風中顫抖。

老伯忽然嘆了口氣，喃喃道：「秋已漸深，冬天已快到了。」

律香川又沉默了很久，終於忍不住問道：「易潛龍沒有來？」

老伯慢慢的點了點頭，道：「他沒有來。」

律香川面上第一次現出恐懼之色，

他知道易潛龍在組織中的地位多麼重要，易潛龍若有離心，無異大廈中拆卸了一根主要的樑柱。

老伯緩緩道：「我已要你的舅父去問他，爲什麼不來應召，我相信他一定有很好的理由。」

律香川遲疑著，道：「他若不說呢？」

老伯沒有回頭，律香川看不到他的臉色，只看到他雙拳握緊。

過了很久，他拳頭才慢慢的鬆開，道：「你的傷，還沒有完全好，這兩天在家好好的養傷，不必來見我！」

律香川道：「是。」

老伯道：「現在你的任務就是好好的保重自己，因爲以後我要交給你做的事一定愈來愈多。」

這句話無異說明律香川在組織中的地位以後更爲重要，也無異說明老伯對他的信任也日益加深。

律香川心裡充滿感激，道：「我會自己保重，你老人家……」

老伯忽然回頭，笑道：「誰說我老了？你看我對付方剛他們的時候，像是個老人麼？」

律香川也笑了。

有些老人永遠不會老的——他們也許會死，卻絕不會老。

老伯就是這種人。

律香川道：「我也希望易潛龍有很好的理由，否則……」

老伯道：「否則怎麼樣？」

律香川嘆了口氣，道：「他以前對我不錯，我願意爲他安排後事。」

老伯笑了笑，笑容中卻帶著幾分憂鬱，過了很久，他才揮揮手，道：「你去歇著吧！」

律香川道：「是。」

他轉過身，還未走過門口，老伯忽然又道：「等一等。」

律香川停下腳步。

老伯道：「你好像還有件事沒有問我？」

律香川垂下頭道：「我沒有事。」

老伯道：「你不想知道林秀到哪裡去了？」

律香川又沉默了很久，才斷然道：「我不想知道，無論她到那裡去，一定都有很好的理由。」

老伯望著他的背影，笑容漸漸開朗，道：「你終於是個男人了，你果然沒有令我失望！」

男人。老伯對一個人最大的稱讚就是這兩個字。

律香川知道，所以他走出門的時候，嘴角也不禁露出微笑。

他走出去的時候，馮浩在等著。

他們約好了今天晚上喝酒。

用油淋鴿子下酒。

十二　春水儷影

地是平的，沒有墳墓。老伯看人將一畦菊花移到這裡。他親手埋下第一株。

他知道菊花在這塊地上一定開得比別地方更鮮艷。因爲這塊地很肥。

菊花種下去的時候，老伯臉上帶著笑容，可是他的心卻在絞痛。

他唯一的兒子，他最忠實的朋友，就都埋在這塊地下，他們的屍體雖然很快就會腐朽，但他們的靈魂卻將永久安息。

老伯不願任何人再來打擾他們，所以他沒有讓任何人知道他們的埋葬之處。

以後當菊花盛開的時候，一定會有很多人稱讚這片鮮艷，但卻永遠不會有人知道，是什麼力量使這片花分外鮮艷的。

永遠沒有別人，只有老伯自己。只有他自己知道，他已將自己兒子的生命賦與這片土壤。

他希望他兒子生命能與大地融合。

暮色剛剛降臨，種花的人已都走了。

直到這時，老伯的眼淚才流下。

孫劍、韓棠、文虎、文豹、武老刀——還有其他無數忠實的人。

這些人不但是他的部屬，也是他的朋友。

他們死了，他才知道自己是多麼寂寞，才知道自己漸漸老了。

但除了他自己外，他這種感情絕不會有別人知道，永遠沒有！

流星劃破黑暗的時候，孟星魂正在星空下。

他看到流星閃耀，又看到流星消失。

他問自己：「有些人的生命，是不是也和流星一樣？……」

蝴蝶永遠只活在春天裡。

春日雖易逝，但卻必將再來。

只要你活著，就有春天。

這蝴蝶已死去了，至少已死了三個月，但牠翼上的色彩卻幾乎還像活著時同樣鮮艷。

蝴蝶夾在一本李後主的詞集裡。那雙美麗的彩翼雖已被夾得薄如透明，身體的各部位都還完整無缺，所以看起來還栩栩如生，彷彿隨時都可能展動雙翼，乘風而去。

她翻開這本詞集，就看到了這隻蝴蝶。那一頁恰巧是她最心愛的一首詞。

「林花謝了春紅太匆匆……」

花謝了還會再開，春天去了還會再來。

可是這蝴蝶呢？

「林花謝了春紅太匆匆……」

這首詞幾乎和蝴蝶同樣美，足以流傳千古，永垂不朽。

可是這填詞的人呢？

這填詞的人，生命是不是和蝴蝶一樣？

若人太多情，是不是就會變得和蝴蝶一樣？

多情人總是特別容易被人折磨，多情人的痛苦總是較多。

多情人的生命也總比較脆弱短促！

「小姐，水已經打好了。」

她的丫頭蘭蘭匆匆走進來。看到她手裡的蝴蝶，蘋果般的面露出一雙笑渦，嫣然道：「小姐，你看這蝴蝶美不美？」

她抬起頭道：「這蝴蝶是你捉來的？」

蘭蘭道：「嗯，我捉了很久，好不容易才捉到，幸好沒有把牠的翅膀弄斷。」

她輕輕嘆了口氣，道：「你雖然沒有弄斷牠的翅膀，卻弄死了牠。你心裡不難受？」

蘭蘭笑道：「蝴蝶反正很快就會死的。」

她打斷了她的話，道：「人也反正很快就會死的，是不是？」

蘭蘭道：「可是……可是……」

她皺了皺眉，道：「可是怎麼樣？蝴蝶有沒有傷害過你？」

蘭蘭道：「沒有。」

她又道：「蝴蝶有沒有傷害過任何東西？」

蘭蘭道：「沒有。」

她又嘆了口氣道：「那你爲什麼要傷害牠？」

她總是不懂，人爲什麼要對蝴蝶這麼殘忍？

人捕殺野獸，是爲了野獸傷人。

人奴役牛馬，烹殺牛羊，是爲了這些家畜是人養育的。

可是，蝴蝶——牠那麼善良，那麼無辜，牠爲了人間的美麗而傳播花粉，卻沒有想要人對牠報答。

人爲什麼還是偏要對牠這麼殘忍？

蘭蘭咬著嘴唇，想了想，才低著頭道：「我去捉牠，只不過是因爲牠很美，很好看……」

「美」難道也是種罪惡？

爲什麼愈美麗的生命愈容易受到傷害？

蘭蘭又道：「我其實並不想傷害牠。」

她嘆息著道：「你雖然不想傷害牠，但牠已死在你手上。」

蘭蘭嘟起嘴，道：「但現在牠還是和活著時同樣美麗，我若沒有去捉牠，牠現在也許已經死在陰溝裡，也許已被吃進了蜘蛛的肚子。」

她怔住，說不出話。

她不能不承認蘭蘭的話也有道理。

這蝴蝶雖已死了，但牠的美麗已被保存，已被人欣賞。

牠的生命已有了價値。

蝴蝶如此，人也一樣。

一個人是死是活並不重要，重要的是，他的生命是否已有價值？

「死有輕於鴻毛，也有重如泰山」，豈非也正是這意思？

蘭蘭道：「小姐，水已快涼了，你快去洗吧！晚上你不是還要出去嗎？」

她點點頭，輕輕的將蝴蝶又夾回書裡。

塡詞的人雖已死了，但這些詞句卻已不朽，所以他的人也不朽。

他雖已死了，但卻遠比很多活著的人還有價值。

他死又何妨？

水並沒有涼了，但夜色已籠罩大地。

約會的時間已過了。

她並不著急，還是懶懶的躺在溫水裡。她知道約她的人一定會等。

何況，他等不等都沒有關係。

雖然他很年輕、很英俊，尤其穿著那件大紅斗篷的時候，更如臨風玉樹，足以令很多少女心醉。雖然他對她體貼入微，千依百順，將她當做女王，甚至當做仙子，不惜用盡一切方法討好她。

可是她對他並不在乎。

她無論對任何人都不在乎，無論對任何事都不在乎。

有時她自己想想，都覺得自己很可怕。

也許就因為她對他全不在乎，所以他才對她這樣死心塌地吧！

她若真的愛上了他，嫁給了他，他也許就會變得不在乎了。

人，本就是這種如此奇怪的動物。對他們已得到的東西，總不知道多加珍惜，等到失去了時，又往往要悔恨痛苦。

人，為什麼總喜歡折磨自己？

她現在很少去想這種事，也許因為她對人生已看得太透徹，所以她無論對什麼事都覺得很厭倦。

她還年輕，本不該對人生看得如此透徹，本不該如此厭倦。

包圍著她的那些人，很多人年紀都比她大，可是他們無論對什麼都覺得很有興趣，一點點小事也會讓他們笑個不停。

有時候她簡直覺得他們太幼稚，太無聊。

望著清澈的水波，她忽然想到那天坐在溪水旁的那年輕人。

那眼睛裡充滿了憂鬱和痛苦的年輕人。

他還年輕，可是他對人生卻似已比她更厭倦。

為什麼？

她輕輕嘆了口氣，喃喃道：「也許我應該讓他死的。因為我並不能給他快樂……」

蘭蘭垂首走進來，遞來了一方乾淨的絲巾，陪笑道：「小姐臉洗好了吧！花公子一定等得快急瘋了。」

她淡淡道：「讓他等，讓他瘋。」

蘭蘭眨眨眼，道：「小姐你難道一點也不喜歡他？」

她搖搖頭。

蘭蘭道：「那麼小姐最近為什麼總是跟他一起出去玩呢？」

她凝視著水波，緩緩道：「也許只因為沒有人來約我。」

花公子穿著大紅的斗篷，站在樹下。

一彎新月掛上樹梢。

「夜已深了，她為什麼還不來？」

花公子的確已等得快急瘋了，恨不得立刻衝到她家裡去問她。

可是他不敢。

他不敢做任何一件可能讓她不高興的事。

有時他也會替自己生氣，氣得要命，覺得自己本是好好的一個人，為什麼要被她如此欺負。

他甚至詛過很多次咒，詛咒以後絕不再去找她。

可是他不能。

他的人就像是自己被一根看不到的繩子綁住，拉著他去找她。

只要一看到她，心裡立刻充滿柔情蜜意，怒氣早已不見了。黑暗中忽然走出來了一條人影。

花公子的心跳：「她來了！」

不是。

這人的腳步踉蹌，看來是個醉漢，頭上戴的帽子也歪下來了，遮住了大半個臉。遠遠就嗅到有一陣陣酒氣了。

花公子皺皺眉，

他自己沒有喝酒的時候，總是很討厭喝醉了的人。他自己喝醉了的時候，卻認爲自己豪爽而可愛。

他希望這醉漢快點走過去，這醉漢卻偏偏向他走了過來，忽然道：「你在等人？」

花公子昂起頭，根本不屑理睬。

醉漢喃喃道：「我也等過人，但要等値得的人，我才等，你的呢？」

花公子冷冷道：「你管不著。」

醉漢笑笑道：「我當然管不著，但你等的若是個婊子，那就太冤枉了。」

花公子一把揪住他的衣襟怒道：「你說什麼？」

醉漢道：「你等的難道不是婊子？難道還會是個皇后？」

花公子道：「是又怎樣？」

醉漢又笑笑，道：「她也許是你的皇后，卻是我的婊子。」

花公子大怒揮拳，拳頭還未打上他的臉，忽然發覺這醉漢一雙眼睛銳利如刀，完全沒有半分醉意。

醉漢冷冷的瞧著他，銳利的眼睛中似乎還帶著幾分嘲弄之意。

花公子的心一跳，道：「你莫非知道我等的是誰？」

醉漢道：「你等的是小蝶，是不是？」

花公子動容道：「你認得她？」

醉漢點點頭，道：「我怎會不認得？她就是你的皇后，也就是我的婊子。」

花公子的怒氣再也不能忍，拳頭再次揮出，剛剛觸及這醉漢的時候，突然覺得胃部一陣劇痛，彷彿有根尖針直刺進去。

他痛得彎下腰，醉漢的膝蓋已撞上他的臉。他只覺眼前冒出一片金星，仰面倒下，鼻子裡流出的血比身上的斗篷更紅。

醉漢垂頭望著他，喃喃道：「奇怪，這人的鼻子雖已歪了，卻還是不太難看。」花公子喘息著，想躍起。

但醉漢的腳已飛來。他只覺腰上一陣刺骨的痠痛，面目五官都似已變形，嘴裡滿是破裂的牙齒。

醉漢慢慢的點了點頭，道：「這樣才好些了，但我還可以讓你變得更好些。」

花公子已不再憤怒，只有恐懼，顫聲道：「你……你爲什麼要對付我？」

醉漢淡淡道：「因爲她是我的婊子，我一個人的婊子，不是你的。」

小蝶站在那裡，面對黑暗。她身上穿的紅斗篷在黑暗中看來，已變爲暗紫色，一種鮮血凝結時的暗紫色。

地面上一片狼藉，現在她不再嘔吐。

現在她甚至已能不再恐懼，不再憤怒，但卻不能不思想，所以就不能不悲哀！

「他還是個孩子，他做錯了什麼？」

一個健康少年，愛上了一個美麗的女孩子，誰也不能說他錯。

可是現在他卻像條野狗般被人吊在樹上，——一條已被人用亂棒打死了的野狗。

他做錯了什麼？他唯一做錯的事就是愛上了一個不該愛，也不能愛的人。

「我早就應該告訴他，我不是他的對象，我早就應該知道會有這樣的後果的。」

小蝶閉起眼睛，忽然想起多年前的事。

那時候她也許是個孩子，也許已由孩子長成女人，對生命和愛情還都充滿了美麗的憧憬。

那時正是春天，花已盛開。她的人就像花一樣，被春風吹得又鮮艷，又芬芳。

盛開的花畔一定有蝴蝶留戀。

花一般的女孩子呢？

她忽然發覺有一個少年人在注意著，她隨時隨地都可以感覺到他那雙明亮的眼睛在凝注著她。

這少年也許在沉默，也許在害羞，可是他那雙眼睛裡，卻蘊含著火一般的熱情，足以勝過千言萬語。

她也很喜歡這少年，很願意接近他。

只要給他們機會，他們一定會由相識而相愛。

只可惜他們沒有機會。

他們剛相識，他就忽然失蹤，從此之後，她再也沒有看到他。

她本來很奇怪，猜不透他爲什麼突然避不見面，過了很久之後，她才漸漸明白，無論誰愛上了她，都很快就會「失蹤」的。

她當然也已知道那是誰做的事。

這人已將她佔爲己有，絕不許任何別的人再沾她一根手指。

開始時她不但驚惶而憤怒，憤怒得幾乎忍不住要殺了這個人。

她不能。

她沒有那種力量，而且也沒有那種勇氣。

他佔有她時，她竟完全不能反抗。

從此她只有忍受，忍受……忍受到快要瘋的時候，她就會不顧一切，去找別的男人，別的男孩子。

她只能帶給別人不幸。

每次的結果都是一樣——和現在這結果一樣。

花公子的命運雖然悲慘，可是她的命運更悲慘十倍。

花公子雖然無辜，她又何嘗不是無辜的？

她什麼也沒有錯。

唯一錯了的是，有個不是人的人愛上了她，糾纏著她。

她非但無法反抗，連逃都逃不了。

小蝶慢慢的向前走，走向黑暗。

她沒有再回頭去看一眼，可是她眼淚已開始流下。

也許她眼淚並不是爲別人而流的，而是爲自己。

她並沒有往回走，她不想回家，因爲她知道那人現在一定在等著她，伸開了雙手在等著她。

那雙殺人的手現在必已洗得很乾淨，但是手上的血腥卻是永遠洗不掉的。

每當這雙手擁抱她，撫摸她的時候，她都恨不得去死。

她不能死。

她有原因不能死。

只有一個原因，一個任何女人都不能接受的原因。

所以她就不能不忍受，忍受他的撫摸，他的擁抱，忍受他那滿帶著酒臭的嘴在她臉上摩擦。

這也是最令她痛恨的。

他只有在喝得醺醺大醉時才會去找她，只有在需要她時才去找她。

他找她好像只是爲了一件事，一件令她作嘔的事。

她從沒有在其中找到絲毫樂趣。她只不過是他發洩的工具。

她非但不敢拒絕，甚至不敢露出一絲厭惡的表情，因爲他隨時隨刻都不會忘記提醒她。

「你若不愛我，若敢離開我，我就要你死！」

小蝶已走了很久，但前面還是和她走來的地方同樣黑暗。

甚至更黑暗些。

她不知道，自己應該走到哪裡去？能走到哪裡去？

這世上彷彿根本就沒有一個她可以逃避的地方，而她雖然明知如此，卻還是不願意回去。

一想起那雙手，她就幾乎忍不住要嘔吐。

前面有流水聲。

她茫然走過去。

靜靜的河水在夜色中看來如一條灰白的絞索，無情的扼斷了大地的靜寂。

她坐下。

她看著淡淡的煙霧從河水上升起，看來那麼溫柔，那麼美麗。

但是霧很快就會消失。

「我只要縱身一躍，躍入霧裡，我的煩惱和痛苦豈非也很快地就會隨著這煙霧消失？」

她忽然有了行動，幾乎想不顧一切跳下去。

就在這時，她彷彿聽到一個人的聲音。

「你是不是想死？」

聲音縹緲而遙遠，就彷彿是黑夜中的幽靈在探問她的秘密。

她不由自主地點頭。

這聲音又在問：

「你活過嗎？」

她猝然回頭，就看到了那雙眼睛。

同樣明亮的眼睛，同樣在冷漠中含蘊著火一般的熱情。

在這一剎那間，她幾乎要將他當做多年前那沉默的少年人——那突然失蹤了的少年人。

只不過他彷彿更年輕，更憂鬱，此刻冷峭的嘴角卻帶著絲淡淡的笑意，彷彿在對她說：

「這句話是你問過我的，你還記不記得？」

她當然記得，有種人你只要見過一面就很難忘記。

孟星魂就是這種人。

小蝶也凝視著他，道：「你沒有死？」

孟星魂嘴角的笑紋更深，道：「一個人若連活都沒有活過，怎麼能死？」

小蝶忽然發覺自己臉上也有一絲笑容升起，道：「你什麼時候來的？」

孟星魂道：「該來的時候就來了。」

小蝶道：「該來的時候？」

孟星魂道：「我總覺得好像欠你一點什麼，所以……」

小蝶道：「你認爲我救過你，所以也該救我一次，是不是？」

孟星魂笑了笑，道：「老實說，我從未想到你這樣的人也有想死的時候。」

小蝶垂下頭，又抬起頭道：「你一向都是這麼說話的麼？」

孟星魂道：「我只說真話。」

小蝶道：「真話有時是很傷人的。」

孟星魂道：「謊話也許會不傷人，但卻傷人的心。」

小蝶凝視著他，眸子更亮，道：「那麼我問你，那天我若不來，你是不是真的會死？」

孟星魂沉默著，緩緩道：「我只想死……想不想死和我會不會死是兩回事。」

小蝶道：「兩回事？」

孟星魂道：「很多人，都想死，很多人，都沒有死。」

小蝶笑了，道：「所以我並沒有救你，你也沒有救我。」

孟星魂道：「真正要死的人，本就是誰都救不了的。」

小蝶慢慢的點了點頭，道：「所以你不欠我，我也不欠你的。」

孟星魂道：「我欠你。」

小蝶道：「欠我什麼？」

孟星魂的眸子裡似已有霧，凝注著她，一字字道：「我現在已不想死。」

小蝶又笑了，道：「這麼樣說，我也欠你。」

孟星魂道：「欠我什麼？」

小蝶道：「我想不到今天晚上能笑得出。」

孟星魂道：「你喜歡笑？」

小蝶道：「喜不喜歡笑，和笑不笑得出也是兩回事。」

孟星魂道：「你看到我才笑的？」

小蝶道：「嗯。」

孟星魂道：「你認爲我這人很滑稽？」

小蝶道：「不是滑稽，是有趣。」

孟星魂道：「那麼，你爲什麼不陪我喝兩杯酒去？」

小蝶眨眨眼道：「誰說我不去？」

酒不好。

如此深夜，已找不到好酒。

酒不好並沒有關係，有些人要喝的並不是酒，而是這種喝酒的情趣。

孟星魂舉杯道：「我不喜歡敬別人的酒。」

小蝶道：「我也不喜歡別人敬我的酒。」

孟星魂道：「但是，我更不喜歡別人比我酒喝得少。」

小蝶笑笑道：「喝酒的人都有這種毛病，總希望別人先醉……就算他自己想喝醉，也希望別人先醉。」

孟星魂說道：「你對喝酒的人，好像瞭解得很多。」

小蝶道：「因爲我也是其中之一。」

孟星魂微笑道：「看來你也不喜歡說謊。」

小蝶微笑道：「那只因爲我對你沒有說謊的必要。」

孟星魂道：「若是有必要呢？」

小蝶慢慢舉起酒杯，望著杯中的酒，緩緩道：「有必要時，我時常說謊，而且說出來的謊話有時連我自己都不信。」

孟星魂道：「要怎樣才算有必要呢？」

小蝶道：「那樣的情形很多。」

孟星魂道：「譬如說……」

小蝶道：「譬如說，你若看上了我，已讓我知道你在喜歡我……」

她笑了笑，將杯中酒一飲而盡，道：「那當然不可能。」

孟星魂也慢慢的舉起酒杯，卻沒有望著杯中的酒。

他的眼睛在杯沿上凝注著她，緩緩道：「爲什麼不可能？」

小蝶道：「因爲……我們彼此根本不瞭解，甚至可以說不認識。」

孟星魂道：「但，我們現在已經認識了，何況……」

他很快的喝完了這杯酒，又添了一杯再喝下去，才接道：「瞭不瞭解是一回事，喜不喜歡又是另一回事，我相信瞭解你的人一定不會多，喜歡你的人一定不會少。」

小蝶微笑道：「你這裡是在恭維我，還是在諷刺我？」

孟星魂也笑了，道：「我只不過說出了我心裡想說的話。」

小蝶道：「你常常在別人面前說出你心裡想說的話？」

孟星魂道：「我從不說……」

小蝶道：「可是今天你……」

孟星魂道：「今天是例外，對你是例外。」

小蝶道：「爲什麼？」

孟星魂沉默了很久，突然長嘆了口氣，道：「我也不知道。」

小蝶也沉默了。

她忽然發現自己心裡也有同樣的感覺，覺得在這人面前可以說出自己的心事，覺得在這人面前可以無拘無束。

爲什麼呢？

她自己也不知道。

她只笑了笑，道：「你的毛病是話說得太多，酒喝得太少。」

孟星魂道：「我在等你。」

小蝶道：「等我？」

孟星魂道：「你已經比我少喝了兩杯了。」

小蝶道：「你要我喝得跟你一樣？」

孟星魂道：「嗯。」

小蝶道：「你想灌醉我？」

孟星魂道：「的確有這意思。」

小蝶笑道：「那麼我警告你，要灌醉我並不容易。」

孟星魂道：「就因爲不容易，所以才有趣，愈不容易愈有趣。」

孟星魂很喜歡韓棠住的這木屋，這也許因爲他和韓棠也有些相似之處。

這木屋並不舒服，卻很幽靜。

韓棠死後，這木屋就沒有人來過，因爲韓棠的價值，就在於他自己的那雙手，他死了之後，所有屬於他的一切立刻都變得全無價值。

孟星魂已將這木屋看成自己的。

他們喝酒的地方，就在木屋外，現在星已漸疏，夜已更深。

罎子裡的酒卻已淺了。

孟星魂道：「我忽然發現跟你在一起，不但話說得特別多，酒也喝得特別多。」

小蝶道：「一個人只有跟老朋友在一起的時候，才會這樣的，是不是？」

孟星魂道：「是。」

小蝶道：「但我們並不是老朋友。」

孟星魂道：「我們不是。」

小蝶看了看，眸子更亮，比天上最後的一顆星還亮。

孟星魂忽又笑道：「聽說你酒喝得愈多，眼睛愈亮，是不是？」

小蝶吃吃的笑道：「你對我還知道多少？」

孟星魂道：「我知道你酒量很好，知道別人都叫你小蝶。」

小蝶道：「還有呢？」

孟星魂道：「沒有了。」

小蝶道：「我卻連你叫什麼都不知道。」

孟星魂道：「我姓孟……」

小蝶打斷了他的話，道：「我並不想知道你的名字，因爲我們之間根本沒有任何關係，以前沒有，以後更不會有。」

孟星魂忽然覺得自己的心在往下沉，忍不住問道：「爲什麼？」

小蝶道：「因爲我不高興。」

她忽然站起來，往外走。

孟星魂道：「你要走？」

小蝶道：「我早就該走了。」

孟星魂道：「我送你。」

小蝶道：「不必，不必，不必……」

她沒有再看孟星魂一眼，接著又道：「我自己有腿，我的腿並沒有斷。」

孟星魂道：「以後……」

小蝶道：「以後？我們沒有以後，以後你還是不認識我，我也不認識你。」

這人就像是忽然變了。在一刹那間就變了，變得既冷酷，又殘忍。

誰也猜不透她怎會變的？女人的心事本就沒有人能瞭解。

孟星魂的心彷彿有些刺痛，就彷彿有根針刺入了他左面的胸膛裡。

他沒有再說話，他靜靜的看著她走。他不喜歡去勉強別人，尤其不喜歡勉強女人。

誰知小蝶忽又回過頭，道：「你就這樣讓我走？」

孟星魂道：「我還能怎麼？」

小蝶道：「你不想留住我？」

她眼波忽然朦朧，又道：「若是別人，一定會想盡法子留下我。」

孟星魂道：「我不是別人，我就是我。」

小蝶瞪著他，又吃吃笑道：「你這人真有趣，真有趣……」

她忽然又走回來，拿起酒杯，看了看，酒杯是空的。

她就提起酒罎，對著嘴往下灌。

孟星魂道：「你已經有點醉了。」

小蝶抹著嘴角的酒痕，吃吃的笑道：「你不喜歡我醉？——男人都喜歡女人喝醉，女人喝醉了時，男人才有機會佔便宜。」

「砰」的，她手裡的酒罎跌了下去，跌成粉碎。

她忽然坐到地上，放聲大哭，道：「我不要回去，就不要回去……」

小蝶沒有回去。

她清醒的時候，發現自己睡在一張既冷又硬的小床上。

她身上的衣服還和昨夜同樣完整，連鞋子都還穿在腳上。

那姓孟的少年人就坐在對面，像是一直都坐在那裡，連動都沒有動。

小蝶感激的看了他一眼，微笑中帶著歉意，道：「昨天晚上我是不是喝醉了？」

孟星魂微笑道：「每個人都有喝醉的時候。」

小蝶的臉紅了紅，道：「我平常本不會那麼快就喝醉的。」

孟星魂道：「我知道你昨天心情不好。」

小蝶道：「你知道？」

孟星魂道：「心情好的人，絕不會一個人跑到河邊去想死。」

小蝶垂下頭，過了很久，才問道：「我喝醉了後，說了些什麼話？」

孟星魂道：「你是說：你不想回去。」

小蝶道：「然後呢？」

孟星魂道：「然後你就沒有回去。」

小蝶道：「我……我沒有說別的？」

孟星魂道：「你以為自己會說什麼？」

小蝶沒有回答，忽然站起來，攏著頭髮，笑道：「現在我真的該回去了。」

孟星魂道：「我知道。」

小蝶道：「你……你用不著送我。」

孟星魂道：「我知道。」

小蝶忽然抬起頭：「你爲什麼一直瞪著我？」

孟星魂道：「因爲我怕。」

小蝶道：「怕？怕什麼？」

孟星魂道：「怕以後再也看不到你！」

小蝶的心忽然一陣顫抖，就像是一根被春風吹動了的含羞草，她忍不住去看看他，她看得出他眸子裡充滿了痛苦。

孟星魂慢慢的，接著又道：「我希望以後還能夠去找你。」

小蝶大聲道：「不行。」

她聲音大得連自己都嚇了一跳，所以停了停，才接著道：「你若去找我，一定會後悔的。」

孟星魂道：「後悔？」

小蝶道：「我對你不會有好處，我對任何人都沒有好處，無論誰遇到我都會倒楣的。」

孟星魂道：「那是我的事，我只問你……」

他深深的凝注著她，一字字道：「我只問你，你願不願意我再去找你？」

小蝶道：「你絕不能去找我。」

她低下頭，發現自己的心已開始軟化，她輕輕的接著道：「但我以後卻說不定會來找你。」

小蝶走了。

孟星魂還是動也不動的坐在那裡。

他心裡有痛苦，有甜蜜，有失望，也有溫馨。

他已覺察到她心裡一定有很多秘密，是不能對他說出來的。他自己又何嘗沒有一些不能對人說出的秘密。

也許就因爲他們彼此間相似的實在太多了，所以才會痛苦。

因爲一個人若是動了情感，就有痛苦。因爲那句話——「我以後說不定還會來找你。」

她真的會來麼？

孟星魂長嘆了口氣，站起來，又倒在床上。

他有很多事要做，但現在他什麼都不想做。

枕頭上還留著她的髮香，他將自己的臉埋到枕頭裡。

他已下定決心。

她若不來，他就將她忘記。

他雖然已下定決心，卻不知自己能否做到。

「她呢？她要忘記我一定很容易。」

枕頭是冰冷的，但卻還是很香，他真想將這枕頭用力丟出去。

突然，門開了。

他聽到開門的聲音，抬起頭，就又看到了她。

她站在那裡，容光煥發，臉上再也找不出一絲昨夜的醉意，看來那麼新鮮而美麗，就像是一朵剛開放的鮮花。

孟星魂歡喜得幾乎忍不住要跳起來。

他這一生從未如此歡喜過。

小蝶背負著手，笑得比花更燦爛，望著他笑道：「你猜我帶了什麼東西來？」

孟星魂故意搖搖頭。

小蝶道：「我忽然想到既然吃了你一頓，至少也該還請你一次，是不是？」

她揚起手，手裡握著的滿袋食物。

她笑著道：「你餓不餓？」

孟星魂終於忍不住跳起來，笑道：「我餓得簡直可以吞下一匹馬。」

他們奔入樹林。

樹林深處，綠草如茵，秋風彷彿還未吹到這裡，風中充滿了草木的香氣。

他們跑著，笑著，就像是兩個孩子。

然後他們在濃蔭下的草地上躺倒，靜靜的呼吸著這香氣。

也不知過了多久，小蝶才輕輕的嘆息了一聲道：「我已有很久沒有這樣躺在草地上了，你呢？」

孟星魂道：「我常常躺在地上，但今天卻覺得有點不同。」

小蝶道：「什麼不同？」

孟星魂道：「今天的草好像特別柔軟。」

小蝶笑了，笑得那麼溫柔，道：「原來你也很會說話，說得真好聽。」

孟星魂道：「真話有時也很好聽的，有時甚至比謊話還好聽。」

小蝶咬著嘴唇，過了很久，忽然道：「你有沒有想過？」

孟星魂道：「想過什麼？」

小蝶道：「想過我是不是會再來找你！」

孟星魂道：「我想過。」

小蝶道：「你以爲我不會再來了，是不是？」

孟星魂道：「我的確是沒有想到，你來得這麼快。」

小蝶道：「你知不知我爲什麼這麼快就又來了？」

孟星魂道：「我不知道，我只知道你走了之後，我忽然覺得很寂寞。」

小蝶不再說話，是不是因爲孟星魂已替她說出了心事？寂寞，多麼可怕的寂寞。

只有經常忍受寂寞的人，才知道突然感覺到不再寂寞是多麼幸福，多麼快樂。

只可惜這種快樂太難得。

有時縱然有成群人圍繞著你，你還是會覺得寂寞無法忍受。孟星魂緩緩道：「也許我們還不是朋友，但也不知爲了什麼，我只有跟你在一起的時候，才會覺得不再寂寞。」

小蝶的眼睛已漸漸濕潤，幾乎忍不住要說：「我也一樣。」

她沒有說。

她畢竟是個女人，女人總不大願意說出自己心裡的話。

她忽然跳起來，笑道：「無論如何，我既已來了，你就該好好的陪我玩一天。」

孟星魂道：「我陪你——無論你想做什麼，我都陪你！」

小蝶眨眨眼說道：「我們去掘寶，好不好？」

孟星魂道：「掘寶？」

小蝶道：「我知道這樹林裡有個地方，埋著寶藏。」

孟星魂笑了道：「這樹林裡不但有寶藏，還有神仙，幾百個大大小小的神仙，有的還喜歡把人變成驢子，你可得小心。」

小蝶道：「我說的話你不信？」

孟星魂笑道：「我說的話你信不信？」

小蝶跺跺腳，道：「你不信，我帶你去找，找到了，看你還信不信！」

孟星魂只笑。

小蝶忽然長長的吸了一口氣道：「我聞到了。」

孟星魂道：「聞到了什麼？」

小蝶道：「寶藏的味道。」

孟星魂道：「哦？在哪裡？」

小蝶道：「寶藏就在這裡，就在你睡的地方下面。」

孟星魂忍不住站起來道：「這下面有寶藏？」

小蝶道：「你還是不信？」

孟星魂嘿嘿的笑。

小蝶道：「我若掘出來了呢？」

孟星魂道：「你若掘得出來，你就去找個神仙來把我變成驢子。」

小蝶道：「好，男子漢，大丈夫說出來的話可不能不算數的。」

她立刻找了根比較硬的樹枝來開始挖。孟星魂也幫著挖。

還沒有挖多久，他的樹枝就碰到了一樣硬的東西，彷彿是個箱子。小蝶眼角瞟著他，吃吃笑道：「看來有個人要變成驢子了。」

孟星魂怔了半晌，忽然大笑。

地下埋著的藏寶已挖了出來，是罎酒。

孟星魂大笑道：「我上當了，這罎酒一定是你剛才埋下去的。」

小蝶道：「那不管，我只問你，這算不算是寶藏？」

孟星魂笑道：「當然算，我簡直想不出天下還有什麼比這更好的寶藏。」

小蝶悠然道：「寶藏已有了，驢子呢？」

孟星魂道：「驢子就在你的面前，你難道沒有看見？」

小蝶笑得彎了腰，道：「這驢子好像只有兩條腿。」

孟星魂正色道：「兩條腿的驢子，比四條腿的好。」

小蝶道：「哪裡好？」

孟星魂道：「兩條腿的驢子能喝酒。」

小蝶的眼睛又亮了起來，那就是說，罈子裡的酒又快空了。

風中不再有草木的香氣，只有酒氣。

一個人的肚子裡若已裝了半罈酒，除了酒氣外，他還能聞到什麼別的？

小蝶伏在草地上，已有很久沒有說話，她的鼻子也沒有平時靈敏，但腦子裡卻想得更多，更複雜。

有很多平時不願意，不敢想的事，現在卻完全想了起來。

是誰說酒能澆愁的？

孟星魂也沒有說話。他什麼都沒有想，他只是靜靜的享受著這分沉默的樂趣，機智的言語雖能令人歡愉，但一個人若不懂得享受沉默，他就不能算是個真正會說話的人。

因爲「真正令人歡愉的言語，只有那些能領悟沉默意義的人才能說出來」。

他以爲小蝶也在享受著這分沉默的樂趣。

人與人之間要能真正互相瞭解別人，更莫要以爲你能瞭解女人，否則你必將追悔莫及。

星又疏，夜又深。

小蝶忽然翻身坐起，喃喃道：「我要回去了。」

她這句話說得實在太快了，快得就好像根本不願被人聽見。

也許因爲這句話本不是她自己真心願意說的。

孟星魂只聽見一個「我」字，忍不住問道：「你要怎樣？」

小蝶忽然瞪起眼睛，道：「你故意假裝聽不見我的話是不是？」

孟星魂笑道：「我爲什麼要假裝聽不見？」

小蝶叫了起來，道：「我說我要回去。」

聲音大得又讓她自己嚇了一跳，她吸了口氣，才接道：「這次你聽見了嗎？」

孟星魂怔了半晌，道：「我聽見了！」

小蝶道：「你有什麼話說？」

孟星魂道：「我……我沒有話說。」

小蝶道：「你不問我爲什麼忽然要回去？」

孟星魂道：「你當然有很好的理由，是不是？」

小蝶道：「當然，可是……可是你爲什麼不想法子留住我？」

孟星魂道：「我留得住麼？」

小蝶道：「當然留不住，你憑什麼資格留住我？」

孟星魂道：「我並沒有要留住你！」

小蝶瞪著眼發了半天呆，才點著頭道：「對，你並沒有要留下我的意思，我爲什麼還不走呢？我爲什麼要如此不知趣？」

孟星魂道：「我並不是沒有要留下你的意思，更沒有要你走的意思。」

小蝶道：「那麼你是什麼意思？」

孟星魂道：「我沒有什麼意思。」

小蝶道：「你難道是石頭？難道不是人？怎麼會沒有意思？」

孟星魂不說話了。

他發覺小蝶忽然又變了，變得很兇，而且簡直蠻不講理。

小蝶道：「你沒有話說了，是不是？」

孟星魂苦笑。他的確已無話可說。

小蝶道：「好，你既然連話都不願跟我說，我不走幹什麼？」

她跳起身，奔出去，大聲道：「我以後永遠也不要見你，你若敢來找我，我打死你。」

孟星魂怔在那裡，也不知是悲哀？是憤怒？還是痛苦？

他只覺心裡很悶，很痛，幾乎忍不住也要大聲叫出來。

「我以後也永遠不想見你，你也莫來找我。」

也許愛情就是這麼回事。

你若想享受愛情的甜蜜，就必須同時忍受它的煩惱和痛苦。

小蝶已走得連影子都看不見了。

樹林一片黑暗，令人絕望的黑暗。

孟星魂站起來，又坐下去，想找酒喝，可是懶得動。

他只想一個人坐在這裡，坐在黑暗中。

但坐著也是痛苦，站起來還是痛苦，清醒時痛苦，醉了也痛苦。

一個人真正痛苦的時候，無論做什麼都同樣痛苦。

他有時厭倦，有時憂鬱，有時空虛，但卻從未如此痛苦過。

這是不是因爲他以前從未有過快樂，黑暗中忽傳來一陣陣淒涼的哭聲，孟星魂想裝做聽不見，卻已聽見了。

他站起來，走過去。

小蝶伏在一株樹後，哭得就像個孩子。

「她究竟爲什麼哭？究竟有什麼事令她如此傷心？」

孟星魂慢慢的走過去，走到她身旁。

她的頭髮披散下來，柔軟而光滑。

他心中不再有氣悶和憤怒，只是充滿了同情和憐惜，只希望自己能說幾句安慰她的話，卻又不知該從哪裡說起。

他忍不住伸出手，輕輕的去撫摸她的頭髮。

小蝶忽然拉住了他的手，用力拉住他的手，眼淚流滿了她的面頰，在夜色中看來宛如梨花上的露珠。

她流著淚嘶叫。

「我不想回去，你莫要趕我走，我真的不想回去……」

孟星魂跪下來，緊緊擁抱住她。他的淚也已流下：「沒有人要趕你回去，也沒有人能趕你回去。」

的確沒有人要趕她回去。

是她自己在趕自己回去。

她自己心裡有根鞭子。

小蝶沒有回去。

她醒來時，發現自己還是躺在那張又冷又硬的小床上。

孟星魂坐在地上，頭枕在她腳旁。

他彷彿還睡得很沉，就像是個睡在母親足畔的孩子。

在你自己情人的眼中，你無論做什麼都會像個孩子，笑得像個孩子，哭得像孩子，睡得也像孩子。

一個人往往總會覺得自己所愛的人是帶著幾分孩子氣的。

小蝶輕輕的坐起來，伸手輕輕去撫摸他的頭髮。

她看到他時，心裡忽然充滿了柔情蜜意，她撫摸他時，也正如一個慈愛的母親在撫摸自己最疼惜的孩子。

在這一剎間，她已忘卻了所有的煩惱和痛苦，忘卻了一切。

孟星魂的呼吸忽然變得很輕很輕。

小蝶立刻縮回手，發白的臉上泛起一片紅暈，聲音中帶著顫抖，道：「你……你醒了？」

孟星魂沒有動，也沒有出聲，過了很久才抬起頭，凝注著她。

小蝶的頭卻垂下，道：「昨天晚上，我又醉得很厲害，是不是？」

孟星魂道：「嗯。」

小蝶紅著臉道：「我醉了之後，一定變得很兇，很不講理，一定說了很多讓你生氣的話。」

孟星魂道：「我不氣，因爲我知道。」

小蝶道：「知道什麼？」

孟星魂柔聲道：「每個人心裡都會有些亂七八糟的煩惱和痛苦，總得找個機會發洩。」

小蝶沉默了很久，幽幽道：「你也有痛苦？」

孟星魂道：「本來沒有的。」

小蝶道：「難道——難道你認識我之後才有痛苦？」

孟星魂道：「嗯。」

小蝶用力咬著嘴唇，道：「你一定後悔認識我了。」

孟星魂道：「我不後悔，我很高興。」

小蝶道：「高興？我讓你痛苦，你卻高興？」

孟星魂道：「因爲沒有痛苦也不會有真正的快樂，我只有跟你在一起的時候，才真正快樂。」

這些話在別人聽來一定很肉麻，但在情人們自己聽來，卻溫柔如春風，優美如歌曲。

情人的話本不是說給別人聽的。

小蝶又沉默了很久，終於忍不住說出了心裡的話：「我也一樣。」

她說出了這句話，就立刻跳下床，避開了孟星魂的目光，道：「現在我真的要回去了。」

孟星魂道：「我知道。」

小蝶道：「你……你還是不必送我回去。」
孟星魂道：「我不送。」
小蝶道：「那麼我……我走了。」
孟星魂道：「我也不讓你走。」
小蝶霍然回身，瞪大了眼睛，道：「你不讓我走？」
孟星魂又重複一遍，語氣更堅決，道：「我不讓你走。」
他不讓她說話，很快的接著又道：「因爲我知道你本不想回去。」
小蝶目中的驚奇變成了悲痛，淚光又湧出，黯然道：「不錯，有時我的確想逃避，逃得遠遠的，可是我非回去不可。」
孟星魂道：「爲什麼？」
小蝶突又變得很急躁道：「爲什麼？我難道還能在這裡待一輩子？」
孟星魂道：「爲什麼不能？」
小蝶又叫了起來，道：「不能，不能……不能就是不能……」
她轉身，孟星魂已拉住她的手。
她另一隻手突然揮出，重重的摑在他臉上。
孟星魂整個人都已被打得呆住似的。
小蝶也呆住，過了很久，才長長吐出口氣，冷冷道：「放開我——放開我好不好？」
孟星魂道：「不好。」

他忽然用力將她拉過來，用力將她抱在懷中。

她的身子又冷又僵硬，就像是一塊木頭，一塊鐵，一塊冰。

他覺得心已冷透，終於放開了她。然後他就覺得胃部劇烈收縮，全身都已因痛苦而顫抖。

小蝶動也不動的站著，冷冷的看著他。

他還在抖，抖得連站都站不住，一面抖一面退，退到牆角突然扭過頭，扭過頭時眼淚已奪眶而出。「好，你走……走……」

他用盡力量只說出這幾個字，說出後就似已將倒下。

小蝶沒有走。

她忽然走過去擁抱著他，緊緊的擁抱住他。冰已溶化，鐵已燃燒。她身子柔軟而發燙，變得就像一團火，眼淚又已流滿面頰。

她用整個身子緊貼著他。

孟星魂的顫抖已漸漸平息，咬著嘴唇道：「你……你不必這樣做的。」

小蝶道：「我不必，可是我願意，只要你不後悔，我願意將一切都給你。」

她抱得更用力，流著淚道：「無論你後不後悔，我絕不後悔，無論以後你怎麼樣，我現在完全是你的。」

她說的每個字都是從心裡說出來的，她已決心不顧一切，把自己交給這陌生人，這是她第一次甘心情願的將自己交給別人。

因爲她知道自己已全心全意的愛上了他。

雖然她對他還不瞭解，卻已愛上了他。

這種情感來得實在太快，太猛烈，連她自己都幾乎不能相信。

但這情感卻又如此真實，令她不能不信。

「愛情本就是種最奇妙的情感，既沒有人能瞭解，更沒有人能控制，它不像友情，友情由累積而深厚，愛情卻是突然發生的。」

它要就不來，要來，就來得猛烈，令人完全無法抗拒。

於是她給了他。

他也給了她。

他們絲毫沒有勉強，就彷彿這本是最自然的結果，他們坐下來，他們活著，爲的就是等著這件事發生。

他們既沒有狂歡，也沒有激情，只是無限溫柔的付出了自己，也佔有對方——

她躺在他臂彎裡。

他的呼吸輕柔如春風。

風從窗隙間吹進來，但秋意卻已被隔斷在窗外。

大地和平而靜寂。

也不知過了多久，小蝶的眼波又漸漸濕潤，她輕輕翻了個身，背對著他，輕輕的道：「現在你總該知道我有過別的男人！」

孟星魂的臉色溫柔而平靜，柔聲道：「我早已知道。」

小蝶道：「你不後悔？」

她接著又問：「你……難道你一點也不在乎？」

孟星魂的聲音更溫柔，道：「過去的事，我爲什麼要在乎？」

小蝶突又轉過身，緊緊的抱住他，眼淚沾濕了他的臉。

她流著淚道：「不管你相信不相信，我都要告訴你，以前我雖然有過別人，但這卻是我生平第一次——第一次——」

孟星魂道：「我相信。」

小蝶將頭藏到他脅下，道：「你聽了也許會覺得很可笑，但在我感覺中，我好像還是……還是個處女，好像還是第一次跟男人在一起。」

孟星魂道：「我明白。」

他的確明白。

有些力量確實是任何人都無法抗拒的，所以一個人的身子是否被玷污，在他看來並不重要。

重要的是她的心。

只要她是真心對他，只要她的心仍然純潔高貴，那麼她是處女也好，是妓女也好，都完全不能影響他對她的愛和尊敬。

小蝶緊緊擁抱他，淚如泉湧。但這卻是快樂的淚，感激的淚，沒有人能形容她此刻的快樂和感激。

孟星魂忽然道：「那個人是誰？」

小蝶的心沉下去，道：「你既然不在乎，爲什麼要問？」

孟星魂說道：「因爲我知道他一定還在糾纏著你。」

小蝶道：「你想殺了他？」

孟星魂緊閉著嘴。

這句話根本用不著答覆，任何人都能看出他目中的怒火。

他畢竟是個人，是個男人。

這種事本就不是任何男人所能忍受的。

小蝶用力咬著嘴唇，喃喃道：「我也想殺了他，我早就想殺了他！」

孟星魂道：「那麼你就告訴我……」

小蝶道：「我不能告訴你。」

孟星魂道：「爲什麼？」

小蝶道：「因爲我不願你爲我去殺人，更不願你爲我去冒險。」

孟星魂道：「冒險？」

小蝶道：「他是個很可怕的人，你……你……」

孟星魂冷笑道：「你認爲他比我強？……你認爲我不是他的對手？」

小蝶用力握著他的手，道：「我沒有這意思，絕對沒有，只不過……」

孟星魂道：「只不過怎樣？」

小蝶閉著嘴，搖了搖頭。孟星魂道：「你為什麼不說話了？」小蝶閉上眼睛，淚珠又湧出，過了很久，才緩緩道：「我的意思你應該瞭解才是，為什麼一定要我說出來呢？」

孟星魂也沉默了很久，才長長嘆息了一聲，道：「我瞭解。」

他的確瞭解，但卻無法不嫉妒。

只要有愛，就有嫉妒。

也許有人說：「愛是奉獻，不是佔有，既然是奉獻，就不該嫉妒。」

說這句話的人若非聖賢，就是偽君子。

聖賢博愛。

偽君子根本就不會對一個人真正愛過。

孟星魂既非聖賢，也不是偽君子。他瞭解，但是他嫉妒，憤怒，痛苦。

小蝶凝注著他的眼神，慢慢的鬆開了他的手，黯然道：「我只想你知道，我現在心裡只有你，只關心你，那個人根本不值得你……」

孟星魂霍然站了起來，大聲道：「你不用說了，我知道，全都知道。」

他赤著腳走過去，走到桌前倒了杯酒，一口喝了下去。

他就赤著腳站在冷而潮濕的石地上，久久都不肯回頭。

小蝶凝望著他，彷彿已能感覺到自己的心在碎裂。

「難道我又做錯了？」

「若沒有我，他也許還不會如此痛苦！」

「我令別人痛苦，也令自己痛苦，我既明知這是不可能的事，爲什麼還要做……？」

她悄悄的站起來，悄悄的穿上衣服。

孟星魂忽然道：「你想幹什麼？」

小蝶垂著頭，看著自己纖細的腳趾，道：「我……我已出來兩、三天……」

孟星魂道：「你想回去？」

小蝶道：「嗯。」

孟星魂霍然回過頭，瞪著她，道：「你一直想回去，一直不肯要我送你，是不是因爲那個人在等著你？」

小蝶看到自己的腳趾在蜷曲收縮，她的心也在收縮。

孟星魂道：「你說你心裡只有我，爲什麼不在這裡陪著我？——你心裡若是真的只有我，就應該忘了那個人，忘了一切。」

他冷笑著，接著又道：「除非你根本就是騙我的。」

小蝶居然抬起頭，瞪著他，大聲道：「不錯，我根本就是騙你的，我還是想他……」

孟星魂衝過來，用力抓起她的手，似乎想將她纖細的手腕捏碎，將她捏碎。

小蝶疼得眼淚都流出來，但她忍著，咬著牙道：「我既然已對你說明白了，你爲什麼還要死皮賴臉的拉住我？」

孟星魂的身子開始發抖，忽然揚起手，一掌摑在她臉上。

掌聲清脆，「啪」的一響。

住。

然後屋子裡就突然靜寂了下來，靜寂如墳墓。

孟星魂的人也似已被埋入墳墓，他放開手，一步步向後退。

小蝶瞪著他，嗄聲道：「你打我……原來你也打女人！」

她猝然轉身，衝出去。

她決心這次絕不再回頭。

可是她剛衝了出去，就已聽到孟星魂悲慟的哭聲。

孟星魂哭得像是個孩子。

他本來以爲自己只會流血，不會流淚，但眼淚要流下來的時候，縱是天大的英雄也拉它不住。

既然要哭，爲什麼不哭個痛快？大哭大笑，豈非正是至情至性的英雄本色？

小蝶的腳步停下，就像是忽然被一條看不見，也剪不斷的柔絲拉住了。「我流淚的時候，只有他來安慰過我——」

她慢慢的轉回身，走回去，走到他身旁，輕撫他的頭髮。

孟星魂咬牙忍住了淚，道：「我既然打了你，你爲什麼還不走？」

小蝶垂下頭，道：「你雖然不該打我，可是我……我也不該故意氣你。」

孟星魂道：「你是故意氣我的？」

小蝶嘆了口氣，柔聲道：「你難道真的相信我在騙你？我爲什麼要騙你？」

孟星魂跳起來，又緊緊抱住了她，破涕爲笑，道：「不錯，你爲什麼要騙我？我有什麼值得你騙的？……我簡直不是個東西。」

小蝶嫣然一笑道：「你的確不是東西……你是個人。」

這就是愛情。

有痛苦，也有甜蜜，有種無法解釋，莫名其妙的黏力。

有些人本來是天南地北，各在一方，而且毫無關係，但他們只要一見面就忽然被黏在一起，分也分不開，甩也甩不掉。

孟星魂和小蝶正是如此。

得償心願死也甜。

十三　殺手輓歌

凌晨。

孟星魂站在小路旁，從薄霧中看過去，依稀可以看到一棟小小屋子，赭紅色牆，暗灰色的屋頂，建造得很精緻。

屋子外有個小小的花圃，有幾簇花正盛開，卻看不出是茶花？還是菊花？

聽不見聲音，也看不見人，窗子裡彷彿有盞孤燈還未熄滅。

昨天晚上一定有人在屋裡等，等得很遲。

小蝶癡癡的看著這窗子，良久良久，才輕輕嘆了口氣，道：「這就是我現在的家。」

孟星魂道：「現在的家？你以前還有過別的家？」

小蝶道：「嗯。」

孟星魂也嘆了口氣道：「你的家倒真不少。」

小蝶笑了笑，道：「其實只有一個，現在這地方根本不能算做家。」

孟星魂道：「你爲什麼不要以前那個家了？」

小蝶笑得很凄涼道：「不是我不要它，是它不要我。」

她似乎不願再提以前的事，立刻改變話題，道：「就因爲這地方根本不能算是家，所以我才一直不願你送我回來。」

孟星魂道：「現在你爲什麼又要我送你回來？」

小蝶道：「現在我反正什麼都不在乎了，而且，我也想要你看看……」

孟星魂道：「看什麼？」

小蝶的目光忽然變得很溫柔，緩緩道：「看一個人，我希望你也跟我一樣喜歡他。」

孟星魂的臉色變了，咬著嘴唇，道：「我想……還是不要看的好。」

小蝶瞟了他一眼，笑道：「你以爲我要你來見那個人？」

孟星魂道：「不是？」

小蝶道：「當然不是，非但你不願意看他，我以後也永遠不想再見他。」

孟星魂道：「他現在……」

小蝶道：「他現在絕不會在這裡。」

孟星魂道：「那麼你帶我來看誰？」

小蝶沒有回答，拉起他的手，和他並肩走上了花圃間的小路。

很靜，靜得幾乎聽得見花瓣開放的聲音。

他們慢慢的走在鋪滿了細碎石子的路上，屋子裡竟立刻有人聽到了他們的腳步聲。

一個孩子的聲音叫著道：「是不是娘娘回來了？寶寶要出去看看……寶寶要出去看看……」

門開了，一個睡眼惺忪的小姑娘，拉著個三、四歲小孩子走出來。

這孩子圓圓臉上也滿是睡意，用一雙又白又胖的小手揉著眼睛，一看到小蝶，立刻笑著，跳著，掙脫了那小姑娘，張開雙手奔過來，叫著道：「娘娘回來了，寶寶想死你了，娘娘抱抱寶寶。」

小蝶也甩開了孟星魂的手迎上去，道：「寶寶乖乖，快來給娘娘香香臉。」

她緊緊抱起小孩子，像是再也捨不得放開。

那小姑娘的眼睛裡已無睡意，正吃驚的瞪著孟星魂。

孟星魂扭過頭，心裡亂糟糟的，也不知是甜？是苦？是酸？

也不知過了多久，他忽然發現小蝶抱著孩子站在面前，用一雙充滿了柔情的目光凝視著他，道：「寶寶叫聲叔叔！」

孩子笑得像天使，立刻叫道：「叔叔……這個叔叔乖不乖？」

小蝶柔聲道：「當然也乖，跟寶寶一樣乖。」

孩子道：「叔叔乖乖，寶寶香香臉。」

他張開一雙小手，撲過去抱住孟星魂。

孟星魂忽然覺得胸中一陣熱血上湧，熱淚幾乎已忍不住要奪眶而出。

他伸手接過孩子，抱在懷裡。

這是他平生第一次抱孩子。他忽然希望抱的是自己的孩子，他的心又開始在痛。

小蝶看著他們，目光更溫柔，又不知過了多久，一粒晶瑩的淚珠慢慢自眼角流落，滾下面頰。

她悄悄拭乾淚珠，柔聲道：「外面好冷，寶寶先跟姐姐過去好不好？」

孩子的笑臉立刻不見了，幾乎快哭了出來，道：「娘娘又要出去嗎？」

小蝶道：「娘娘不出去——娘娘陪叔叔說幾句話，就進去陪寶寶。」

孩子道：「娘娘不騙寶寶？」

小蝶道：「寶寶乖，娘娘怎麼捨得騙寶寶。」

孩子立刻又笑了，從孟星魂身上溜下來，笑道：「寶寶乖，寶寶先進去，娘娘就喜歡……」

他雀躍著奔進去，又往門外面探出頭，向孟星魂搖了搖手。

孟星魂也搖了搖手，也想笑笑，但一張臉卻似乎已麻木僵硬。

等孩子走進去，小蝶才轉過臉來望著他。孟星魂勉強笑了笑，道：「這孩子的確很乖，很可愛。」小蝶慢慢的點了點頭，淒然道：「很乖，很可愛，……也很可憐。」

孟星魂長長嘆了一聲道：「的確很可憐。」

小蝶垂下頭，道：「你現在總該知道我爲什麼一定要回來了吧！」

孟星魂點點頭。

小蝶的聲音哽咽，嘎聲道：「他已經沒有父親，我不能讓他再沒有母親。」

孟星魂道：「我明白。」

他當然明白，世上也許不會再有別的人比他更明白，一個沒有父母的孤兒是多麼可憐，多麼痛苦。

他自己也不知有多少次在半夜中被噩夢驚醒，醒來時已滿面淚痕。

小蝶黯然道：「無論父母做錯了什麼，孩子總是無辜的，我實在不忍讓他痛苦終生。」

孟星魂雙手緊握，癡癡的怔了半晌，忽然道：「我該走了，你……你也不必送我。」

小蝶幽幽道：「你就這樣走？」

孟星魂道：「你不忍，我……我也不忍……我留在這裡雖痛苦，但走了一定會更痛苦。」

他轉過身，小蝶卻又將他拉回，凝注著他，道：「你不能走，我還有話說。」

孟星魂道：「你說，我聽。」

小蝶目光移向遠方，道：「你當然知道這孩子就是那個人的吧？」

孟星魂道：「嗯。」

小蝶道：「我發現自己有孩子的時候，我真恨，不但恨那個不是人的人，也恨自己，恨這孩子，我甚至下了決心，一等他生出來就把他淹死。」

孟星魂在聽著。

小蝶道：「但等他生下來後，我第一眼看到他，看到他那張紅紅的醜醜的小臉，我心裡的恨就變成了愛。」她聲音如在夢中，慢慢的接著道：「我看著他一天天長大，看著他一天比一天可愛，我抱著他餵奶的時候，也會感覺出他吸得一天比一天更有力，我忽然覺得只有在這時候，我才會暫時忘記自己的煩惱和痛苦。」

孟星魂低低咳嗽幾聲，他熱淚又將奪眶而出。

小蝶道：「那時候我才知道這一輩子是絕不能離開他的，他雖然需要我，我更需要他，爲了他，什麼痛苦委屈都可以忍受，我已決心忍受一生。」她黯然長嘆，接著道：「因爲我既然捨不得孩子，就不會有勇氣離開那個人，那個人自己當然也知道，所以他從未想到我會反抗，會改變。」

孟星魂道：「你……你變了？」

小蝶道：「我的確變了——若沒有你，我也許永遠不敢，可是你給了我勇氣，我才敢下決心——下決心離開他！」

孟星魂的眼睛忽然明亮了，道：「你……你真有這決心？」

小蝶面對著他，道：「我只問你，你要不要我？要不要我的孩子？」

孟星魂忍不住擁抱起她，柔聲道：「你說過，孩子是無辜的……你的孩子就是我的孩子。」

小蝶道：「真的？」

孟星魂道：「當然真的。」

小蝶道：「我們以後也許會遇到很多困難，很多麻煩，你會不會後悔？」

孟星魂道：「絕不後悔！死也不後悔。」

小蝶道：「死也不後悔？」

孟星魂道：「只要已活過，死又何妨？只有跟你在一起，我才算活著。」

小蝶「嚶嚀」一聲，撲入他懷裡。

兩個人緊緊擁抱，整個世界彷彿已被他們抱在懷裡。

風輕輕的吹，霧輕輕的散，花輕輕的散發著芬芳。

小蝶忽然道：「你喜不喜歡蝴蝶？」

孟星魂道：「蝴蝶？」

小蝶道：「嗯，蝴蝶，我喜歡蝴蝶，因爲我覺得有些人的命運就跟蝴蝶一樣，尤其是我。」

孟星魂道：「你？」

小蝶道：「有一天我發現我的丫頭將一隻蝴蝶捉來夾在書裡，心裡本來很生氣，我想不出那小丫頭竟說出了一篇很令我感動的道理。」

孟星魂道：「她說什麼？」

小蝶道：「她說這蝴蝶雖因她而死，卻也因此而保存了牠的美麗，牠活得已有價值，就算她不去抓這隻蝴蝶，蝴蝶也遲早會死的，而且可能死得更悲慘……」她淒然一笑，接著道：「所以我假如忽然死了，你也用不著傷心，因爲我活得總算也有了價值，我知道你一定會永遠記得我的。」

孟星魂抱得更緊，道：「你怎麼能說這種話？你怎麼會死？」

小蝶不再說話，靜靜的依偎在他懷裡，過了很久，才輕輕道：「你先回去等我好不好？」

孟星魂道：「你呢？」

小蝶道：「我這裡還有些東西要收拾，然後我就立刻帶著孩子去找你。」

孟星魂沉吟著，忽然搖頭，道：「我還是在這裡等你的好。」

小蝶道：「爲什麼？」

孟星魂道：「我不放心。」

小蝶嫣然道：「傻孩子，有什麼不放心的，難道你還認爲我會騙你？」

望。」

她忽又問道：「你知道不知道有些人在背後叫你做什麼？」

孟星魂道：「隨便他們叫我什麼都沒關係。」

高老大笑了笑道：「他們叫你『釘子』，無論誰撞上你，頭上都會撞出個洞，連我都不例外。」

孟星魂道：「那麼你就不該來，你要我做的事，我並未忘記。」

高老大道：「我來看看你都不行嗎？莫要忘記，你小時候連一天都離不開我的。」

孟星魂又垂下頭，垂得更低，過了很久，才長長嘆了口氣，道：「我不會忘記的——永遠都不會忘記。」

高老大柔聲道：「葉翔已來對我說過你的事，我既然知道你受了傷，怎麼能不來看你？就算有天大的事，我也會抽空來看看你的。」

她笑了笑，接著又道：「我還記得有次你去偷人家田裡的芋頭，被那家人養的狗在你腿上咬了兩口，咬得你好幾天都躺著不能動。」

孟星魂道：「我……我也記得……那次你一直在旁邊守護著我。」

他並不是忘恩負義的人，但每次憶及往事時，心裡都會發疼。

高老大道：「看來你的傷已好了些？」

孟星魂道：「好得多了。」

高老大道：「那麼，你想在什麼時候動手？」

她笑了笑，接著道：「我並不是在催你，只不過，現在的確有個很好的機會。」

孟星魂道：「什麼機會？」

高老大道：「現在老伯又在暗中招兵買馬，準備跟萬鵬王最後一戰，像你這樣的人若去投靠他，他一定會重用你。」

孟星魂道：「他也定會仔細調查我的來歷。」

高老大道：「不錯。」

孟星魂道：「他若發現我根本沒有來歷時，你想他會對我怎麼樣？」

他的確沒有來歷。

江湖中根本沒有人知道他的過去。

沒有來歷比任何一種來歷都更容易令人懷疑，因爲像他這麼樣一個人，是絕不可能憑空從天上掉下來的。

高老大道：「他若查不出你的來歷，說不定就會殺了你。」

孟星魂道：「你是要我殺他，還是要他殺我？」

高老大笑道：「但你並不是沒有來歷的人，我已替你安排了個來歷。」

孟星魂道：「什麼來歷？」

高老大道：「你姓秦，叫秦中亭，是魯東秦家的人，秦護花秦二爺的遠房侄子，因爲從小就跟著秦二爺手下的海客出海去做生意了，從未在中原露過面，所以也就沒有人認得你。」

她又笑笑，接著道：「你總該知道，秦護花不但欠我的情，而且一直想討好我，我就算說你是他叔叔，他也不會否認的。」

孟星魂道：「秦家的子弟，爲什麼要投靠老伯？」

高老大道：「因爲你想出人頭地，老伯和『十二飛鵬幫』之間的爭戰，早已轟動武林，年輕人若想揚名立萬，這正是最好的機會。」

孟星魂看著她，心裡不禁湧起欽佩之意。她雖然是個女人，雖然還是很年輕，但做事計劃之周密，十個老江湖加起來也萬萬比不上。高老大也正在看著他，目光尖銳而冷靜。孟星魂在接觸到她目光的時候，心裡常會懷疑，現在坐在他面前的這冷酷而現實的女人，是否真的還是那將他們從泥沼中救出來，不惜犧牲一切將他們養大，使他們免於寒冷飢餓的那個女孩子。

有時他甚至會懷疑，那時她是爲什麼而救他們的？是真的出於憐憫和同情？還是有了利用他們的打算？她對他們的照顧和愛，只不過是種有計劃的投資？他懷疑，卻從來不願想得太多，太深。

他不願做個忘恩負義的人。

高老大從懷中取出兩本裝釘得很好的紙簿，道：「這一本是秦家的家譜，魯東的秦家是大族，人很多，你最好全部記下來，其中有個叫秦雄的，就是你的父親，你十歲的時候，他已死了。」

孟星魂道：「怎麼死的？」

高老大道：「病死的。」

她考慮了一下，又道：「據說是種不體面的病，所以別人問起時，你可以拒絕答覆。」

孟星魂道：「另外這本呢？」

高老大道：「這本是秦中亭自己在船上寫的私記，記載著這些年來他的生活，認得了些什麼人，到過什麼地方，所以你更要記得很熟。」

孟星魂道：「那些人……」

高老大打斷了他的話，道：「那些人都已出海，兩、三年內絕不會回來，所以你不必擔心他們會揭穿這秘密。」

孟星魂道：「我只擔心一件事。」

高老大道：「你是不是擔心老伯會找到真的那個秦中亭？」

孟星魂道：「是。」

高老大笑笑說道：「你放心，他找不到的。」

孟星魂沒有問爲什麼。

他知道高老大若想要一個人失蹤，並不是件困難的事。

高老大凝注著他，道：「你還有什麼問題？」

孟星魂道：「沒有了。」

高老大道：「那就該我問你了，你去不去？」

孟星魂轉過身，面對著窗子。

風從遠方吹過來，落葉在風中飄舞，遠方的山聲淒清。

孟星魂緩緩道：「若不是你，我根本活不到現在，你知道我隨時都準備爲你死的。」

高老大的目光忽然變得很柔和，道：「但我卻不希望你爲我而死，我只希望你爲我活著。」

孟星魂道：「我沒有父母，沒有親人，甚至連朋友都沒有，我可以爲你死，也可以爲你活，可是現在我……」

高老大道：「現在怎麼樣？」

孟星魂的手緊緊抓著窗門，緩緩道：「現在我希望能爲自己活一段時候。」

高老大目中的溫柔之意突然結成冰，道：「你是不是想離開我？」

孟星魂道：「我並不是這意思，只不過……」

高老大突又打斷了他的話，道：「你的意思，我想我已經明白。」

她的目光更冷，但聲音卻更溫柔，柔聲接道：「你是不是已經有了意中人？」

孟星魂沉默著，沉默的意思通常就是默認。

高老大道：「你用不著瞞我，這是件喜事，我也爲你高興，只不過……那女孩子是不是值得你這樣做呢？」

孟星魂道：「她很好。」

高老大笑了笑，笑的時候還是沒有絲毫溫暖之意。她笑著道：「我倒真想看看她，能令你如此傾倒的女孩子，一定非常出色。」

孟星魂道：「你不反對？」

高老大道：「我爲什麼要反對？你本已到了應該成家的時候，只要是你喜歡的女孩子，我一定也會喜歡的。」

孟星魂回過頭，目中充滿感激，感激得連喉嚨都似已被塞住。

高老大卻轉過頭，道：「你們準備到什麼地方去？」

孟星魂沉吟著，道：「現在還不知道，我只想找個安靜的地方。」

高老大道：「你們準備什麼時候走？」

孟星魂拿起放在桌上的那兩本簿子，道：「那就要看這件事什麼時候才能做好。」

這已是他報答高老大恩情的最後一次機會，他不能不去。

高老大轉過頭來望著他，連目光都已變得非常溫柔，道：「這次的任務很危險，你就算不去，我也不會怪你。」

孟星魂道：「我去，我已經答應過你。」

高老大道：「你有沒有把握？」

孟星魂面上露出微笑，道：「你用不著爲我擔心，應該擔心的人是孫玉伯。」

他從未對自己如此自信，這任務無論多麼困難危險，他也有信心完成，他忽然覺得自己比以前更成熟，更聰明，這就是愛情。

愛情可以令人變得堅強，勇敢，自信。

愛情幾乎可以做任何事，只除了一樣——愛情改變的只是你自己，你不能改變別人。

高老大走了，帶著微笑走的。

遠處有一輛華麗的馬車在等著，她帶著微笑坐上馬車。趕車的車伕本已等得有點不耐煩，現在心情也好了起來！「老闆娘今天一定很順利，一定得到很令她開心的消息。」

他從未發現老闆娘的笑容竟是如此可愛，如此令人歡愉。無論誰見到這種笑容，心情都會變得好起來的。

回到快活林的時候，還不算太晚，她又陪客人們喝了幾杯酒，臉上的笑容更甜蜜動人，連客人們都忍不住在問：「老闆娘今天為什麼特別高興？」

直到很遲的時候，她才回到自己的屋子，她貼身的丫頭也覺得她今天脾氣特別好，連洗澡水涼了，她都全不在意。

她微笑著叫丫頭早點休息，微笑著關起房門，然後突然回過身，將屋子裡每一樣可以砸碎的東西都砸得粉碎！

孟星魂一直站在門口，所以小蝶一走進樹林，他就已看到。

「她果然來了，帶著孩子來了。」

孟星魂這一生從未有過比此刻更幸福快樂的時候，他忽然覺得自己剛才那種不祥的預感很荒謬可笑。

孩子已睡了。

小蝶輕輕的將他放在床上，她看著孩子，再看看孟星魂。

目光中充滿了幸福滿足，溫柔得如同夕陽下的湖水。

孟星魂已張開雙臂，等著她。

小蝶撲入他的懷裡，滿足的嘆息了一聲道：「現在我完全是你的了，隨便你要怎麼樣都可以。」

孟星魂的手從她領子裡滑了進去，輕撫著她溫暖光滑的肌膚，道：「隨便我要怎麼樣？」

小蝶閉上眼睛，吃吃的嬌笑道：「隨便……你難道會吃了我不成？」

孟星魂道：「我正是要吃了你，一口一口的吃到肚子裡去。」

他低下頭輕輕的咬她耳朵和脖子。

小蝶笑著閃了閃，喘著道：「孩子……留神莫要吵醒了孩子……」

孩子卻已坐了起來，睜大了眼睛瞪著他們。

小蝶趕緊推開他，拉著衣襟，雖然在自己孩子面前，她還是有點臉紅。

孩子眨眨眼，忽然笑了，道：「娘娘親叔叔，叔叔一定乖得很。」

孟星魂也忍不住笑了，走過去抱起孩子，道：「寶寶也乖得很，叔叔親寶寶。」

孩子揉著眼睛，道：「寶寶想睡了，娘娘帶寶寶回家好不好？」

小蝶接過孩子，放在床上，柔聲道：「寶寶就在這裡乖乖的睡，這裡就是我們的家。」

孩子用力搖頭，道：「寶寶不要這個家，這裡好髒，好亂，寶寶睡不著。」

小蝶瞟了孟星魂一眼，勉強笑道：「寶寶先乖乖的睡一覺，叔叔就要帶我們到好的地方去了。」

孩子道：「叔叔會不會騙人？」

孟星魂柔聲道：「叔叔怎麼會騙人？寶寶只管安心睡吧！」

孩子笑道：「叔叔騙人就不乖，娘娘就不親叔叔了。」他拉著母親的手，閉上眼睛，臉上還帶著甜甜的笑，喃喃道：「叔叔就要帶寶寶到好的地方去了，那地方，有好香的花，寶寶睡的床又軟又舒服……」

他已在夢中找到了那地方，他睡得很甜。

孟星魂的心卻又已開始刺痛，他的確想讓他們活得更安定舒服，他的確想要給他們一個很好的家。可是他忽然發現自己辦不到。

愛情並不能改變一切，不能將這破房子改變成一個溫暖的家，也不能將陽光青草變成孩子的食物。

孟星魂的手不由自主伸進袋口，緊緊捏著剩下的一張銀票。

這已是他的全部財產，他手心突然沁出冷汗。

小蝶凝注著他，顯然已看出他的心事，走過去輕撫他的臉，柔聲道：「你用不著擔心，只要我們能在一起，日子過得苦些，也沒關係。」

她本來當然還有些珠寶首飾，可是她什麼也沒有帶來。

她已決心拋卻以前所有的一切，重新做人。

這點也正是孟星魂最感激的，他知道她願意跟他同甘共苦，可是孩子……

孟星魂忽然搖搖頭，道：「無論如何，我們也不能委屈了孩子。」

他已下定決心，決心要儘快完成那件任務。

任務完成後，高老大一定會給他一筆很厚的報酬。

孟星魂又道：「你能不能在這裡等我十天？」

小蝶道：「等你十天？爲什麼？」

孟星魂道：「我還有件事要去做，只要這件事能做好，孩子以後也可以活得好些。」

小蝶道：「可是……你卻要離開我十天，整整十天。」

孟星魂道：「十天並不長，我也許還可以提早趕回來。」

小蝶垂下頭，道：「以前我也會覺得十天很短，就算十年，也好像一眨眼就過去，可是現在，現在卻不同了，因爲……」

她忽又緊緊將他擁抱道：「因爲我一定會時時刻刻的惦記著你，時時刻刻的爲你擔心，你若不在我身邊，那種日子我簡直連一天都過不下去。」

孟星魂柔聲道：「你一定能過下去的，只要想到我們以後還有幾千幾百個十天，這十天也很快就會過去了。」

小蝶道：「你能不能告訴我你要到哪裡去？」

孟星魂遲疑著，勉強笑了笑，道：「以後我定會告訴你，但現在你最好莫要知道。」

小蝶目中出現憂慮之色，道：「爲什麼？是不是怕我擔心？你做的事是不是很危險？」

孟星魂笑道：「你用不著爲我擔心，只要想到你，就算有些危險，我也能應付的。」

小蝶道：「你……你是不是一定會回來？」

孟星魂道：「當然，無論如何，我都一定會回來。」

他假笑著，親了親她的臉，又道：「就算別人砍斷了我兩條腿，我爬也要爬回來的！」

小蝶望著孟星魂的身影消失，眼淚又流下面頰。

也不知為了什麼，她心裡忽然覺得很亂，彷彿已預感到有某種不幸的事將要發生。

尤其是孟星魂臨走時說的那句話，更使她憂慮不安。她彷彿已看到孟星魂的兩條腿被砍斷，正爬著回來。

她真想不顧一切，將他留在身邊，可是她沒有這樣做。

因為她知道男人做的事，女人最好不要干涉——一個女人若是時常要干涉男人的事，遲早一定會後悔的——等到這男人受不了她的時候，她想不後悔也不行。

但小蝶若是知道孟星魂現在要去做的是什麼事，去殺的是什麼人，那麼她寧可被他埋怨，也會不顧一切的將他留住。

因為他此去所做的事，必將令他們兩人後悔終生。

高老大望著滿地的碎片，一雙手還是在不停的發抖。

她這一生從未如此憤怒過。

只要她想要的，她就不擇手段去要，就一定能得到。

她一得到就抓得很緊，因為她不願再失去，更不願被人搶走，不到那樣東西已失去價值時，她絕不肯鬆手。

她甩掉過很多已失去價值的東西，甩掉過很多已失去價值的人，就像甩掉手上的鼻涕一樣。

可是她從未被別人甩掉過。

現在，她一手撫養大的孟星魂，卻要離開她了，為了另一個女人而離開她，這種事，她怎麼能忍受？

憤怒就像是一股火焰，從她的心裡開始燃燒，直燒到她的子宮。

她需要發洩，無論摔破多少東西都不能算是發洩。

她是女人，一個三十七歲的女人，只有在男人身上才能得到真正的發洩。

她新浴後的皮膚在燈下看來白裡透紅，宛如初生嬰兒的臉。

昂貴柔滑的絲袍是敞開的，修長的腿從敞開的衣襟裡露出來，仍然結實而充滿彈性。

小腹也依然平坦，全身上下絕沒有任何地方肌肉鬆弛。

像這樣的女人，當然還可以找到很多男人，每當他看到她時，目中的垂涎之色就像是餓狗看到了肥肉。

她並沒有低估自己的魅力，但卻不願這麼做。

女人的身體就像是餌，只能讓男人看到，不能讓他得到。

因爲男人是種很奇怪的魚，他吞下了餌，往往就會溜走。

「妻不如妾，妾不如偷，偷不如偷不著。」

她多年前就已懂得男人的心，所以她多年前就已懂得利用情慾來征服男人。多年前一個酷熱的夏夜，她忽然被情慾燃燒得無法成眠了，悄悄走出去，提桶冷水在倉房的一角沖洗。她看到有幾雙發亮的眼睛在黑暗中瞪著她赤裸的身子——那天晚上看到她裸浴的，並不止孟星魂一個人。

她並沒有阻止他們，也沒有掩蓋自己，反而沖得更仔細，儘量將自己完美無瑕的胴體裸露到月光下。

因爲她忽然發覺自己喜歡被男人偷看。

每當有人偷看她時，她自己也同樣能感覺到一種秘密的歡愉。

在那天晚上，她另外還發現了兩件事。

那些孩子都已長成。

她在他們心目中已不僅是母親和朋友，而是個女人，只要她懂得利用這一點，他們就永遠不會背叛她。

她第一次遭受失敗，是在孟星魂的木屋裡。

她想不到孟星魂在那種時候還能控制自己，孟星魂奔出木屋的時候，她憤怒得幾乎忍不住要將他拉回來斬成肉醬。女人被男人拒絕時，心裡的感覺，並非羞愧而是憤怒，這點只怕是男人想不到的。

她也控制住自己，因爲她確信以後還有機會。

她永遠想不到孟星魂會離開她。

推開窗子，風很冷。

情慾也正如火焰一樣，冷風非但吹不滅它，反而更助長了火勢。

她撩起衣襟，掠了出去。

小何現在雖已沒有用，但她知道在什麼地方能找到葉翔。

酒樽是空的。

葉翔手裡的酒樽彷彿好像都是空的。他俯臥在地上，用力壓著大地，彷彿要將大地當做他的女人。

他的心雖已殘廢，人卻未殘廢，就像其他那些三十歲的男人，時時刻刻都會受到情慾的煎熬。

尤其是在喝了酒之後，酒總是令男人想女人。

酒是不是能令女人想到男人？

是的。

唯一不同的是，男人喝了酒後，會想到各式各樣的女人，很多不同的女人；女人喝了酒後，卻往往只會想到一個男人。

大多數時候她想到的是一個拋棄了她的男人。

葉翔是男人，現在他想到了很多女人，從他第一個女人直到最後一個。他有過很多女人，其中大多數是婊子，是他用錢買來的。

但他第一個女人卻不同，他將自己的一生都賣給了那女人。

那的確是與眾不同的女人。

只要想到她那完美無瑕的胴體，他就衝動得忍不住要將自己的手當做她。

突然有人在笑，笑聲如銀鈴！

「想不到你會變成這樣可憐，可憐得居然只能用自己的手。」

葉翔翻過身，就看到了高老大。

高老大看著他，吃吃的笑道：「你用手的時候，是不是在想我？」

葉翔憤怒得臉發紅。

近來他自覺已逐漸痲木，但現在卻憤怒得幾乎無法忍受。

高老大還在笑，笑得更媚，道：「你以為我再不會找你了，所以才用手，是麼？」

葉翔勉強控制住怒火，冷冷道：「我早就知道你還會來找我的。」

高老大道：「哦？」

葉翔道：「你就像是條母狗，沒有男人的時候，連野狗都要找。」

高老大笑道：「那麼你就是野狗。」

她故意讓風吹開身上的絲袍，讓他看到他早已熟悉的胴體。

一陣熟悉的熱意自他小腹間升起，他忽然用力拉住了她纖巧的足踝。

她倒下，壓在他身上。

葉翔翻身壓住她，喘息著……

風在林梢。

葉翔的喘息已漸漸平靜。

高老大卻已站了起來，冷冷的看著，冷冷道：「我知道你已不行了，卻沒想到連這種事你也不行了。」

葉翔冷笑道：「那只因為我將你當條母狗，用不著讓你享受。」

高老大的臉色也因憤怒而發紅，咬著牙道：「莫忘了是誰讓你活到現在的，我既能讓你活，同樣也能要你死！」

葉翔道：「我沒有忘記，我一直對你很尊敬很感激，直到我發現你是條母狗的時候，你不但自己是狗，也將我們當做狗——你養我們，爲的就是要我們替你去咬人。」

高老大瞪著他，嘴角忽然又露出微笑，道：「無論你嘴裡怎麼說，我知道，你心裡還是在想著我的。」

葉翔道：「我的確在想你，連我用手的時候也在想著你，但我也只有在想這種事的時候，才會想到你，因爲這種時候，我不敢想她，我不敢冒瀆了她。」

高老大道：「她？她是誰？」

葉翔笑了笑，道：「當然是一個女人。」

高老大道：「你心裡還有別的女人？」

葉翔道：「沒有別的，只有她。」

高老大道：「她究竟是誰？」

葉翔冷笑道：「她比你高貴，比你美，比你也不知要好多少倍。」高老大聽後臉色有些變了。

葉翔笑得更殘酷，道：「我知道你現在一定想殺了她，只可惜你永遠也不會知道她是誰。」

高老大忽然大笑了，忽然問道：「你知不知孫玉伯還有個女兒？」

葉翔臉上的笑容忽然凍結。

高老大道：「你若去問孫玉伯，他一定不承認自己有個女兒，因爲這女兒實在太丟他的人，還未出嫁就被人弄大了肚子。」

葉翔的臉已因痛苦而扭曲。

他忽然發覺無論任何秘密都瞞不了高老大。

高老大道：「最妙的是，她肚子大了之後，卻還不知誰是肚裡孩子的父親。」

葉翔眼前彷彿又出現了個純潔的美麗影子，正癡癡地站在夕陽下的花叢裡，癡癡的看一雙飛翔的蝴蝶……

那是他心中的女神，也是他夢中的情人。

葉翔跳起來，咬著牙，哽聲道：「你說謊！她絕不是這種女人。」

高老大道：「你知道她是怎麼樣的女人？你認得她？」

葉翔咬著牙不能回答。

這是他心裡最大的秘密，他準備將這秘密一直隱藏到死。

但他當然也知道，若不是爲了她，孫玉伯就不會要韓棠去找他，他也就不會變成這樣子。

高老大帶著笑道：「孫玉伯對這女兒本來管得很嚴，絕不許任何男人接近她，無論誰只要對她有了染指之意，就立刻會發覺孫玉伯屬下的打手等著他，那麼這人很快就會失蹤了。」

她笑得比葉翔剛才更殘酷，接著又道：「但孫玉伯還是忘了一件事。忘了將他女兒像男人一樣閹割掉，等他發現女兒肚子已大了時，後悔已來不及，爲了顧全自己的面子，只有將她趕出去！而且永遠不承認自己有這麼一個女兒。」

葉翔全身顫抖，道：「你……你說的話我一個字也不信。」

高老大笑了笑，說道：「其實，你每個字都相信，因爲你不但見過孫玉伯的那個女兒，也見過她的孩子。」

葉翔退了兩步，忽然坐到地上。

高老大道：「有件事你也許真的不信——非但你不信，連我都有點不信，像她那樣的蕩婦，居然還有人敢去愛她。」

她眨了眨眼，又說道：「你猜愛上了她的人是誰？」

葉翔咬著牙。

高老大道：「你當然猜不到，愛上她的人，就是孟星魂。」

葉翔全身冰冷。

高老大道：「更妙的是，她居然也像真的愛上了他，居然準備跟他私奔。」

葉翔顫聲道：「我不信——這種事就算真的發生了，你也不會知道。」

高老大淡淡道：「我爲什麼不能知道？我知道的事比你想像中多得很。」

葉翔道：「你……你已知道，卻還是要小孟去殺她的父親？」

高老大沉下臉，冷冷的說道：「那是他的任務，他不能不去，何況他根本不知道她是誰的女兒。」

她嘴角又露出殘酷的微笑，悠然接著道：「等他知道時，那情況一定有趣得很……等到那時，他就會回來的。」

後面那兩句話她說的聲音更低，因爲她根本是說給自己聽的。

葉翔沒有聽見，他好像什麼都沒有聽見。高老大道：「你在想些什麼？是不是想去告訴他？」

葉翔忽然笑了，道：「我本來還以爲你很瞭解男人，誰知你除了跟男人做那件事外，別的什麼都不懂。」

高老大瞪著眼，道：「我不懂？」

葉翔道：「你若懂得男人，就應該知道男人也跟女人一樣，也會吃醋的，而且吃起醋來，比女人更可怕得多了。」

高老大看著他，目中露出笑意。

她當然懂。

最冷靜的男人往往也會因嫉妒而發狂，做出一些連他自己也想不到的事，因爲那時他已完全失去理智，已變成野獸。

高老大笑道：「不錯，孫玉伯死了之後，他女兒遲早總會知道誰殺了他，那時你也許還有機會。」

葉翔閉起眼睛，說道：「現在，我只擔心一件事。」

高老大道：「擔心什麼？」

葉翔道：「只擔心小孟殺不了孫玉伯。」

高老大臉上的笑忽然變得神秘，緩緩道：「你用不著擔心，他的機會很好，簡直太好了。」

葉翔皺眉道：「爲什麼？」

高老大道：「你知道誰來求我暗殺孫玉伯的麼？」葉翔搖搖頭。

高老大笑道：「你果然猜不到……誰都猜不到的。」

葉翔試探著道：「孫玉伯的仇人很多。」

高老大道：「來找我的並不是他的仇人，而是他的朋友。」

她又笑笑，慢慢的接著道：「你最好記著，仇人並不可怕，真正可怕的是你的朋友。」

葉翔沉默了很久，才又淡淡的道：「我沒有朋友。」

高老大道：「孟星魂豈非是你的朋友？」

有人說：「聰明人寧可信任自己的仇敵，也不信任朋友。」

被「朋友」出賣的確實很多。因爲你只提防仇敵，不會提防朋友。

高老大的確是聰明人，只不過她還是說錯了一點：

「朋友並不可怕」。真正的可怕是，你分不出誰是你的仇人？誰是你的朋友？

孟星魂在樹下挖了個洞，看著那兩本簿子在洞中燒成灰燼埋在土裡。

在行動前，他總是分外小心，無論做什麼都絕不留下痕跡，因爲「無論多麼小的疏忽，都可能是致命的疏忽」。

現在他已將這兩本簿子上的名字全都記熟，他確信自己無論在任何情況下都絕不會忘記。

現在他已準備開始行動。

除了第一次外，他每在行動前都保持平靜，幾乎和平時完全沒有兩樣，就算一個真正的劊子手在行刑前，心情都會比他緊張得多。但現在他心裡忽然覺得有些不安。那是不是因爲他以前殺人都是報恩，爲了奉命，爲了盡責，所以自己總能爲自己找到藉口，而這次殺人卻是爲了自己。

他不能不承認這次去殺人是有些私心。因他已想到了殺人的報酬，而且竟想用這報酬來養自己所愛的人，他簡直不敢去想，因爲連他自己也覺得自己這想法卑鄙無恥。

「孫玉伯也許本就該殺。」

「但你爲了正義去殺他是一回事，爲了報酬殺他又是另一回事了。」

孟星魂心裡充滿了痛苦和矛盾，只有不去想它——逃避雖也可恥，但世人又有誰沒有逃避過呢？有的人逃避理想，有的人逃避現實，有的人逃避別人，有的人逃避自己。

有時逃避只不過是種休息，讓你有更多的勇氣去面對人生。

所以你覺得太緊張時，若能逃避一下，也滿不錯的，但卻千萬不可逃避得太久，因爲你所逃避的問題，絕不會因你逃避而解決的。

你只能在逃避中休息，絕不能「死」在逃避裡。

孟星魂站起來，長長的嘆了口氣。

月明星稀。

他踏著月色走向老伯的花園，現在去雖已太遲了些，但他決心不再等。

只有一樣事比「明知做錯，還要去做」更可怕，那就是「等著痛苦去做這件事」。你往往會等得發瘋。

老伯的花園在月色中看來更美如仙境，沒有人，沒有聲音，只有花的香氣在風中靜靜流動。

也沒有任何警戒防備，花園的門大開著。孟星魂走了進去。

他只踏入了這「毫無戒備」的花園一步——

突然間，鈴聲一響，十八枝弩箭挾著勁風，自花叢中射出。

孟星魂的身子也如弩箭般射出。

他落在菊花上，菊花開得這麼美，看來的確是比較安全的地方。

但菊花中立刻就有刀光飛起。

四把刀，一把刀刺他的足踝，一把刀砍他的腰，一把刀在旁邊等著他，誰也不知道要砍向哪裡。

還有一把刀卻是從上面砍下來的，砍他的頭。

花叢上完全沒有借力之處，他身子已無法再躍起，看來已免不了要挨一刀。

至少挨一刀，也許是四刀。

孟星魂沒有挨上，他身子不能躍起，就忽然沉了下去。

「一條路在走不通時，你就會趕快地找另一條路。」

孟星魂的武功並不完全是從師父學來的，師父的武功是死的，他的武功卻不死——否則他就死了，早就死了。

他從經驗中學到的更多。

他身子忽然落入花叢中，落下去之前腳一踩，踩住了削他足踝的一把刀，揮拳打飛了砍他腰的一把刀。

他身子既已沉下，砍他頭的一刀自然是砍空了。

那把在旁邊等著的刀砍下來時，他的腳已踩到地，腳尖一借刀，身子又躍起。

身子躍起時，乘機一腳踢上這人的手。手拿不住刀，刀飛出。

孟星魂彷彿早已算準這把刀要飛往哪裡，一伸手，就已將刀抄住。

他並沒有使出什麼奇詭的招式，他使用的每一個動作都很自然，就好像這一切本來就是很順理成章的事，一點也不勉強。

因爲他每一個動作都配合得很好，而且所有的動作彷彿是在同一瞬間發生的。

現在他手裡雖有了一把刀，但花叢中藏著的刀顯然更多。

他身子還未落下，又有刀光飛起。

突聽一人喝道：「住手！」

這聲音似比神鬼的魔咒都有效，刀光只一閃，就突又消失。

花園中立刻又恢復平靜，又變得「沒有人，沒有聲音，沒有戒備」，只有花香在風中飄動。

但孟星魂卻知道老伯已來了。

只有老伯的命令才能如此有效。

他身子落下時，就看到老伯。

老伯身後雖還有別人，但他只看到老伯，老伯無論站在多少人中間，你第　眼總是先看到他。

他穿著件淡色的布袍，背負著雙手，神情安詳而悠閒，只有一雙眸子在夜色中灼灼發光，上下打量了孟星魂兩眼，淡淡的笑了笑，道：「這位朋友好俊的身手！」

孟星魂冷笑道：「我這副身手本來是準備交給你的，但現在……」

老伯道：「現在怎麼樣？」

孟星魂道：「現在我才知道老伯用什麼法子對待朋友，我實在很失望。」

他冷笑著轉身，竟似準備走了。

老伯笑了，道：「你好像將我這地方看成可以讓你說來就來，說走就走的。」

孟星魂回過頭，怒道：「我偷了你什麼？」

老伯道：「沒有。」

孟星魂道：「我殺了你手下的人？」

老伯道：「也沒有。」

孟星魂道：「那麼我爲何不能走？」

老伯道：「因爲我還不知你爲何而來的。」

孟星魂道：「我剛才說過。」

老伯微笑道：「你若是想來交我這朋友的，就未免來的太不是時候，在半夜裡到我這裡來的，通常都是強盜小偷，絕不是朋友。」

孟星魂冷笑道：「我若真想交朋友，從不選時候，我若想來殺你，也不必選時候。」

老伯道：「爲什麼？」

孟星魂冷冷道：「因爲什麼時候都一樣，只有呆子，才會認爲你在半夜中沒有防備，就能殺得了你。」

老伯又笑了，回頭道：「這人像不像呆子？」他身後站著的是律香川和陸漫天。

律香川道：「不像。」

孟星魂又冷冷笑道：「我是呆子，我想不到老伯只有在白天才肯交朋友。」

老伯道：「但你白天也來過，那時候爲什麼不交我這朋友？」

孟星魂的心一跳，他想不到老伯在滿園賓客中，還能記住那麼樣一個平平凡凡的陌生人。

他心裡雖然吃驚，面上卻絲毫不動聲色，淡淡道：「那天我本不是來交朋友的。」

老伯道：「你難道真是來拜壽的？」

孟星魂道：「也不是，我只不過來看看，誰是我值得交的朋友，是你？還是萬鵬王？」

老伯道：「你爲什麼選了我？」

孟星魂道：「因爲我根本見不到萬鵬王。」

老伯大笑，又回頭道：「你有沒有發現這人有樣好處？」

律香川微笑，道：「他至少很坦白。」

老伯道：「我想你一定還記得他的名字！」

律香川道：「本來是記得的，但剛才忽然又忘了。」

老伯皺眉道：「怎麼會忽然忘記？」

律香川道：「那時他既不想來交朋友，自然不會用真名字，既然不是真名字，又何必記住？」

老伯點點頭，又問道：「他所說的話你實在信不信？」

律香川道：「他說的理由並不動聽，但不動聽的話通常是真的，除了呆子外，任何人說謊都會說得動聽些。」

老伯道：「你看他是不是呆子？」

律香川凝視著孟星魂，微笑道：「絕不是的。」

孟星魂也在看著他，忽然道：「我至少願意交你這朋友，無論什麼時候都願意。」

老伯大笑，道：「你的確不是呆子，你剛選了個好朋友。」

他拍了拍律香川的肩，道：「帶他回去，今天晚上我將客人讓給你。」

陸漫天一直在盯著孟星魂，此刻忽然道：「等一等，你還沒有問他的名字。」

老伯微笑道：「名字可能是假的，朋友卻不會假，我既已知道他是朋友，又何必再問名字？」

孟星魂看著他，忽然發現他的確是個很會交朋友的人。

無論他是在用手段，還是真心誠意，都一樣能感動別人，令人對他死心蹋地。

在這種人面前，很少有人能不說真話。

孟星魂能，他說的還是個假名字。

陸漫天道：「秦中亭？你是什麼地方人？」

孟星魂道：「魯東。」

陸漫天目光如鷹，在他面上搜索，又問道：「你是秦護花的什麼人？」

孟星魂道：「堂侄。」

陸漫天道：「你最近有沒有見過他？」

孟星魂道：「見過。」

陸漫天道：「他的氣喘病是不是好了些？」

孟星魂道：「他根本沒有氣喘病。」

陸漫天點了點頭，似乎覺得很滿意。

孟星魂幾乎忍不住要將這人當做笨蛋，無論誰都可以想到秦護花絕沒有氣喘病。

內家高手很少有氣喘病。

用這種話來試探別人，非但很愚蠢，簡直是可笑。

孟星魂的確想笑，但他聽到陸漫天手裡鐵膽的相擊聲時，就發覺一點也不可笑了。

他忽然想到那天在快活林看見過這人，聽見過他手捏鐵膽的聲音，他捏著鐵膽走過小橋，每個人都對他十分尊敬。

那時孟星魂對他已有些好奇，現在終於恍然大悟。

要殺孫玉伯的人，原來就是他！

那天他到快活林去，爲的就是要收買高老大手下的刺客。

現在他故意用這種可笑的問題來試探孟星魂，爲的只不過是要加深老伯的信任，他顯然早已知道孟星魂的身分。

這人非但一點也不可笑，而且很可怕。

朋友手裡的刀，遠比敵人手裡的可怕，因爲無論多謹慎的人，都難免會常常忘記提防它。

律香川的屋子精緻而乾淨，每樣東西都恰好在它應該在的地方，無論在什麼地方都找不出一粒灰塵。

燈光很亮，但屋子裡看來還是冷清清的，不像是個家。

沒有女主人的屋子，永遠都不是一個家。

律香川推開廳角的小門，道：「你可以睡在這屋子裡，床單和被都是新換過的。」

孟星魂道：「謝謝。」

律香川道：「你現在一定很餓，是不是？」

孟星魂道：「很餓，也很累，所以不吃也睡得著。」

律香川道：「但吃了就睡得更好。」

他提起燈道：「你跟我來。」

孟星魂跟著他，推開另一扇門，竟是間小小的廚房。

律香川已放下燈，捲起衣袖，帶著微笑問道：「你喜歡吃甜的？還是鹹的？」

孟星魂道：「我不吃甜的。」

律香川道：「我也一樣——這裡還有香腸和風雞，再來碗蛋炒飯好不好？」

孟星魂道：「很好。」

他實在覺得很驚異，他想不到像律香川這種地位的人，還會親自下廚房。

律香川似已看出了他目中的驚異之色，微笑著道：「自從林秀走了之後，我每天都會在半夜起來，弄點東西吃，我喜歡自己動手，也許只有在廚房裡的時候，我才會覺得真正輕鬆。」

孟星魂笑了，道：「我沒有下過廚房。」

他決定以後也要時常下廚房。

律香川往紗櫥裡拿三個蛋，忽然道：「你沒有問林秀是誰？」

孟星魂道：「我應該問嗎？」

律香川顯得有點心不在焉的樣子，好像根本沒有聽見他在說什麼，很久，才嘆了口氣，道：「林秀以前是我的妻子。」

孟星魂道：「現在呢？」

律香川又沉默了很久，徐徐道：「她已經死了。」

他將三個蛋打在碗裡。

他看來雖有點心神恍惚，但打蛋的手還是很穩定。

孟星魂忽然覺得他也是個很寂寞的人，彷彿很難找到一個人來吐露心事。

律香川慢慢的打著蛋，忽又笑了笑，道：「你一定可以看得出，我很少朋友，一個人到了我這樣的地位，就好像會忽然變得沒有朋友了。」

孟星魂道：「我懂。」

律香川道：「現在我們一起在廚房裡炒蛋，我對你說了這些話，我們好像已經是朋友，但以後說不定很快就會變了。」

他又笑了笑接道：「你說不定會變成我的屬下，也說不定會變成我競爭的對手，到那時我們就不會再是朋友了。」

孟星魂沉吟著，道：「但有些事卻是永遠都不會變的。」

律香川道：「哪些事？」

孟星魂笑笑道：「譬如說，蛋和飯炒在一起，就一定是蛋炒飯，永遠不會變成肉絲炒麵的。」

律香川的笑容忽然開朗，道：「我第一眼就看出你是一個值得交的朋友，只希望我們能像蛋炒飯一樣，永遠不要變成別的。」

「嗤拉」一聲，蛋下了油鍋。

蛋炒飯又熱又香，風雞和香腸也做得很好。

孟星魂裝飯的時候，律香川又從紗櫥下拿出一小罎酒。

他拍碎泥封，道：「你想先吃飯？還是先喝酒呢？」

孟星魂道：「我不喝酒。」

律香川道：「你有沒有聽人說過，不喝酒的人不但可怕，而且很難交朋友？」

孟星魂道：「我只不過是今天不想喝！」

律香川盯著他，道：「爲什麼？是不是怕在酒後說出真話？」

孟星魂笑笑道：「有的人喝了酒後也未必會說真話。」

他開始吃飯。

律香川凝視著他，道：「看來只要你一下決心，別人就很難令你改變主意。」

孟星魂道：「很難。」

律香川笑了笑，道：「你怎麼下決心到這裡來的？」

孟星魂沒有回答，好像覺得這問題根本不必回答。

律香川道：「你一定也知道，我們最近的運氣並不好？」

孟星魂道：「我的運氣很好。」

律香川道：「你相信運氣？」

孟星魂道：「我是一個賭徒，賭徒都相信運氣的。」

律香川道：「賭徒有好幾種，你是哪種？」

孟星魂道：「賭徒通常只有兩種，一種是贏家，一種是輸家。」

律香川道：「你是贏家？」

孟星魂微笑，道：「我下注的時候一向都押得很準。」

律香川也笑了，道：「我希望你這一注也沒有押錯才好。」

他也沒有喝酒，慢慢的吃了大半碗飯。

孟星魂笑道：「我從來沒有吃過這麼香的蛋炒飯，你若改行，一定也是個好廚子。」

律香川道：「若改行做賭徒呢？」

孟星魂道：「你已經是賭徒，而且到現在爲止，好像也一直都是贏家。」

律香川大笑，道：「沒有人願意做輸家，除非運氣突然變壞。」

孟星魂嘆了口氣，道：「只可惜每個人運氣都有轉壞的時候，這也許就是賭徒最大的苦惱。」

律香川道：「所以我們就要乘手風順的時候多贏一點，那麼就算運氣轉壞了，輸的也是別人的本錢。」

他站起來，拍了拍孟星魂的肩，又笑道：「你還要什麼？」

孟星魂道：「現在我只想要張床。」

律香川道：「像你這樣的男人，想到床的時候，通常都還會聯想到別的事。」

孟星魂道：「什麼事？」

律香川道：「女人。」

他指了指旁邊一扇門，道：「你若想要女人，只要推開這扇門。」

孟星魂搖搖頭。

律香川道：「你根本用不著客氣，更不必難爲情，這本是很正常的事，就像肚子餓了要吃飯一樣正常。」

孟星魂又搖了搖頭。

律香川彷彿覺得有點驚異，皺眉道：「你不喜歡女人？」

孟星魂笑笑，道：「我喜歡，卻不喜歡別人的女人。」

律香川目光閃動，道：「你有自己的女人？」

孟星魂微笑著點點頭。

律香川道：「你對她很忠心？」

孟星魂又點點頭。

律香川道：「她值得？」

孟星魂道：「在我心目中，世上絕沒有比她更值得的女人。」

他本不願在別人面前談論自己的私事。

但這卻是他最得意，最驕傲的事，男人通常都會忍不住要將這種事在朋友面前說出來，就好像女人絕不會將美麗的新衣藏在箱底。

律香川的臉色卻有些變了，彷彿被人觸及了心中的隱痛。

這是不是因爲他曾經被女人欺騙？

過了很久，他才緩緩道：「世上根本很少有真正值得你犧牲的女人，太相信女人的賭徒，一定是輸家。」

他忽然又笑了笑，拍了拍孟星魂的肩，道：「我只希望你這一注也沒押錯。」

窗紙已白。

十四　圖窮匕現

孟星魂還沒有睡著，他心裡覺得又興奮又恐懼，又有很多感慨。

他發覺老伯並不如想像中那麼難以接近，也沒有他想像中那麼聰明。

老伯也是個人，並不是個永遠無法擊倒的神。

他一生以善交朋友自豪，卻不知他最親近的朋友在出賣他。孟星魂甚至有些爲他覺得悲哀。

律香川也是個奇怪的人，他表面看來本極冷酷鎮靜，其實心裡也似有很多不能向別人敘說的痛苦和秘密。

最奇怪的是，他居然好像真的將孟星魂當做自己的朋友，非但沒有向孟星魂追查質問，反而在孟星魂面前吐露出一些心事。

這令孟星魂覺得很痛苦。

他不喜歡出賣一個將他當朋友的人，但卻非出賣不可。

想到小蝶時，他心裡開始覺得幸福溫暖。

她現在在做什麼？

是不是已抱著孩子入了睡鄉？還是在想著他？

想到她一個人孤零零的，守候在一個又破又冷的小屋裡，等著他，想著他，孟星魂心裡不禁覺得有些刺痛，有些酸楚。

他發誓，只要這件事一做完，他就立刻回到她身邊去。

他發誓，以後一定全心全意的對她，無論爲了什麼，都不再離開她。

他想到律香川的話。

「世上根本很少有值得犧牲的女人。」

他並不在意，因爲他知道律香川並不瞭解她，他相信等到律香川認得她的時候，對她的看法就會改變了。

只可惜律香川永遠不會認得她。

孟星魂嘆了口氣，心裡忽然平靜。因爲他終於有了個值得他忠實的人，而相信她對他也同樣忠實。

「男人能有個這麼樣的女人，真是件好事。」

他平靜，因爲他不再寂寞。

逐漸發白的窗紙突然輕輕一響。

孟星魂立刻像貓般躍起，掠到窗前。

推開窗，他就看到乳白色的晨霧中，淡黃色的花叢後，有個人正在向他招手。

陸漫天。

陸漫天終於現身了。

孟星魂掠入菊花叢，赤著腳站在乾燥的土地上，地上的露水很冷。

陸漫天的目光更冷，瞪著他，瞪了很久，才沉聲道：「你已知道我是誰？」

孟星魂點點頭。

陸漫天道：「你是誰？」

孟星魂道：「你也應該知道我是誰。」

陸漫天又瞪了他很久，終於也慢慢的點點頭，道：「你為什麼到現在才來？半個月之前，你已應該在這裡了。」

孟星魂道：「那麼現在我也許在棺材裡。」

陸漫天突然笑笑，道：「你很小心。」

孟星魂道：「我從不冒險，所以我還活著。」

陸漫天道：「其實你本不必如此小心，有我在這裡照顧，你還怕什麼？」

他的臉在霧中看來宛如死人，笑起來比不笑時更難看。

孟星魂心中忽然湧出一種厭惡之意，冷冷說道：「你本是老伯的好朋友，我真沒有想到你會出賣他。」

陸漫天居然神色不變，淡淡道：「有些事你還不懂，這就是人生，一個人若想爬得高些，有時就不能不從別人頭上踩過去。」

孟星魂道：「我的確不懂，也不想懂。」

陸漫天道：「高老大沒有告訴你？」

孟星魂搖搖頭。

陸漫天道：「你知不知道你是來做什麼？」

孟星魂點點頭。

陸漫天道：「很好，你準備什麼時候動手？」

孟星魂道：「等機會來的時候。」

陸漫天道：「沒有機會，永遠沒有，老伯絕不會給任何人機會，再等十年，也是白等。」

他笑笑道：「所以……」

陸漫天道：「所以你根本不必等，無論什麼時候都可以製造機會的。」

孟星魂道：「你要我什麼時候動手？」

陸漫天道：「今天。」

孟星魂動容道：「今天？」

陸漫天道：「今天黃昏。」

他轉身走出去，緩緩接著道：「有些事非但絕不能等，而且一定要快，愈快愈好！這就叫：迅雷不及掩耳。」

孟星魂跟著他，聽著陸漫天道：「老伯喜歡花，每個黃昏都要到園子裡溜溜，看看花，這是他的習慣，幾十年來從未有一天間斷。」

孟星魂道：「他一個人？」

陸漫天道：「他從來不要別人陪他，因爲他總是利用這段時候，一個人靜靜的思考，有很多大事都是他在這段時候裡決定的。」

孟星魂道：「但園裡一定還是埋伏著暗卡。」

陸漫天點點頭，忽然在一叢菊花前停下，道：「他每天都要逛到這裡才回頭。」

孟星魂道：「這裡就有暗卡。」

陸漫天道：「有，但我可以叫它沒有。」

他忽然蹲下去，伸手拔一株菊花。

這株菊花竟是活的，被他一拔，就連根而起。

下面竟有個小小的洞穴。

陸漫天道：「你下去試試。」

孟星魂道：「用不著試，我可以下去。」

陸漫天道：「好，今天黃昏，你就躲在這裡，帶著你的兵器。」

他忽又問道：「你以前用什麼殺人的？」

孟星魂道：「看情形。」

陸漫天道：「像這種情形呢？」

孟星魂道：「用暗器。」

陸漫天道：「什麼暗器？」

孟星魂道：「夠快，夠準，夠狠的暗器。」

陸漫天面上露出滿意之色，道：「好，老伯看花的時候，常常很專心，而且，這是他自己的地盤，他絕對想不到會有人暗算他。」

孟星魂道：「我得手的機會有多大？」

陸漫天道：「至少有七成機會，除非你——」

孟星魂打斷了他的話，道：「七成機會已足夠，通常有五成機會時，我已可以下手。」

陸漫天道：「聽說你從未失手過。」

孟星魂淡淡的一笑，道：「問題並不在有幾成機會，而在你能把握機會，若是真的能完全把握住機會，一成機會也已足夠。」

陸漫天長長吐出一口氣，微笑道：「看來我並沒有找錯人。」

孟星魂道：「你沒有。」

陸漫天道：「你還有什麼問題？」

孟星魂道：「我什麼時候來？來的時候是不是絕不會有人看到？」

陸漫天笑道：「問得好。」

他將拔起的菊花又埋下，才接著道：「這裡晚飯開得很早，開飯時會有鈴聲，那時你無論在哪裡，一聽到鈴聲，就立刻要趕來。」

孟星魂道：「立刻？」

陸漫天道：「立刻！連一眨眼的工夫都耽誤不得，我只能負責在那片刻間絕不會有人看到你。」

他一字字接著道：「你若耽誤了，非但誤了大事，你自己也得死！」

孟星魂擦淨了腳上的土，又躺回床上。

現在一切事都已決定，只等著最後一擊，就好像龍已畫成，只等點睛。

事情的發展非但遠比他想像中快，而且也遠比他想得容易，他本該很滿意才是。

但也不知道爲了什麼，他心裡反而有些不安，總覺得這件事好像有點不對。

究竟什麼地方不對呢？他自己弄不清楚。

一切事的安排都很妥當周密，也許只不過安排得太容易了些。而且是別人替他安排好的。

他做事一向都由自己來安排決定，從沒有人替他出過一分力。

他從不願將自己的命運交在別人手上。他更不願太信任陸漫天。

但這件事的主謀本來是他，想殺老伯的也是他，他完全沒有理由出賣我，我更沒有理由懷疑他的。

孟星魂只有儘量使自己安心，因爲他根本沒有別的事可做。他只有等，等到黃昏——

正午。

老伯在午飯的時候，總喜歡找幾個人來聊聊，他認爲在這種閒談中非但能發現很多事，也能決定很多事。

能跟老伯吃飯的人，定然都是他很接近，很信任的朋友。

今天卻有個例外。

孟星魂居然也被請到他午飯桌上。

老伯吃得很簡單，午飯通常只有四菜一湯，而且很清淡的菜。

他認爲老年人不能吃得太油膩。

但今天也是例外。

今天桌上居然多了一隻雞，一碗肉。

老伯微笑著道：「年輕人都喜歡吃肉，我年輕時也喜歡吃肉，吃肉才有勁，兩天不吃肉，我做事就會覺得提不起精神來。」

孟星魂在吃肉，他絕不客氣。

老伯看著他，目中帶著笑意，忽又道：「你以前在船上的時候，伙食好不好？」

孟星魂道：「還不錯。」

老伯道：「做菜的廚子一定也是南方人吧！我總覺得南方菜比北方菜精緻。」

孟星魂道：「我們那條船上廚子有三個，只有一個姓吳的是閩南人，其餘兩個卻是不折不扣的關東大漢，所以我們吃的南方菜、北方菜都有。」

他面上雖不動聲色，心裡卻在捏著把冷汗。

他發覺老伯在這短短半天中，一定已將「秦中亭」的底細調查得一清二楚。若不是高老大給他的資料極爲完整，他此刻已露出馬腳。

老伯問得雖輕描淡寫，但只要他答錯一句話，休想活著吃完這頓飯。

孟星魂一句話也沒有答錯。

他吃完這頓飯。但這頓飯吃得並不舒服，他簡直不知道吃的是些什麼，只覺褲襠涼涼的，好像已被冷汗濕透。

律香川坐在他旁邊一直很少說話，直到吃過飯走出門，走上菊花叢的小路，才微笑道：「老伯剛才叫我帶你到四處看看，你懂得他的意思嗎？」

孟星魂搖搖頭，最近他好像常常搖頭，他已學會裝傻。

律香川道：「他的意思就是說，從此你差不多就是我們的自己人了。」

孟星魂道：「差不多？」

律香川道：「只差一點。」

孟星魂道：「哪一點？」

律香川道：「你還沒有爲他殺過人。」

他笑笑，接著道：「但是你不必著急的，這種機會隨時會有。」

孟星魂也笑笑，道：「卻不知哪種機會比較多些？是殺人？還是被謀殺？」

律香川沉默了半晌，笑得已有些苦澀，緩緩道：「不是殺人，就是被殺，有些人他本來簡直以爲他永遠不會死的，但忽然間，他卻被人殺了，到那時你才會想到，殺人和被殺的機會原來一樣多。」

孟星魂道：「你本來是不是從未想到孫劍也會被殺？」

律香川臉色變了變，道：「你知道他？」

孟星魂道：「孫劍被殺的事，在江湖中早已不是秘密。」

律香川長長嘆了口氣，苦笑道：「不錯，這是十二飛鵬幫最光榮的戰績，他們當然唯恐別人不知道。」

孟星魂目光閃動，道：「易潛龍叛變的事，也已不是秘密。」

律香川又沉默了半晌，冷冷道：「他沒有叛變，他不是叛徒。」

孟星魂道：「不是？」

律香川冷笑道：「他還不配做叛徒，做叛徒要有膽子，他只不過是個懦夫，是個膷種。」

孟星魂道：「膷種？」

律香川道：「他本是老伯最信任的朋友，但他知道老伯有危險時，立刻就溜了，帶著老伯給他幾百萬家財溜了。」

孟星魂道：「你們爲什麼不去找他？」

律香川道：「我們找過，卻找不著，據說他已溜到海外的扶桑島上，他老婆本是扶桑一個浪人的女兒。」

請續看【流星・蝴蝶・劍】下冊

流星・蝴蝶・劍（上）

作者：古龍
發行人：陳曉林
出版所：風雲時代出版股份有限公司
地址：10576台北市民生東路五段178號7樓之3
電話：(02) 2756-0949　　傳真：(02) 2765-3799
封面原圖：明人出警圖（原圖為國立故宮博物館典藏）
封面影像處理：風雲編輯小組
執行主編：劉宇青
業務總監：張瑋鳳
出版日期：古龍珍藏限量紀念版2024年10月
ISBN：978-626-7464-47-2

風雲書網：http://www.eastbooks.com.tw
官方部落格：http://eastbooks.pixnet.net/blog
Facebook：http://www.facebook.com/h7560949
E-mail：h7560949@ms15.hinet.net
劃撥帳號：12043291
戶名：風雲時代出版股份有限公司

風雲發行所：33373桃園市龜山區公西村2鄰復興街304巷96號
電話：(03) 318-1378　　傳真：(03) 318-1378
法律顧問：永然法律事務所 李永然律師
　　　　　北辰著作權事務所 蕭雄淋律師

行政院新聞局局版台業字第3595號 營利事業統一編號22759935

定價：340元

國家圖書館出版品預行編目資料

流星・蝴蝶・劍 ／ 古龍 著．　-- 三版．--
臺北市：風雲時代出版股份有限公司，2024.10
面；公分．（武俠經典系列）古龍珍藏限量紀念版
　ISBN 978-626-7464-47-2（上冊；平裝）
　ISBN 978-626-7464-48-9（下冊；平裝）
857.9　　　　　　　　　　　　113007064